国家出版基金项目

逃向纯净的东方

林笳 著

上海社会科学院出版社

题解：出自歌德晚年诗歌《西东合集》

北方、西方和南方分崩离析，
宝座破碎，王国战栗，
逃走吧，逃向纯净的东方，
去呼吸宗法社会的清新空气！
让爱情、美酒、歌唱陪伴你，
为恢复青春，将吉赛泉饮汲！

——杨武能译

编 委 会

丛书主编： 叶　隽

学术委员会委员：

（按姓氏拼音顺序排列）

曹卫东　北京体育大学

陈洪捷　北京大学

范捷平　浙江大学

李明辉　台湾"中央研究院"

麦劲生　香港浸会大学

孙立新　山东大学

孙周兴　同济大学

谭　渊　华中科技大学

卫茂平　上海外国语大学

杨武能　四川大学

叶　隽　同济大学

叶廷芳　中国社会科学院

张国刚　清华大学

张西平　北京外国语大学

Adrian Hsia　　夏瑞春　　加拿大麦吉尔大学

Françoise Kreissler　　何弗兹　　法国东方语言学院

Iwo Amelung　　阿梅龙　　德国法兰克福大学

Joël Thoraval　　杜瑞乐　　法国高等社会科学研究院

Klaus Mühlhahn　　余凯思　　美国印第安纳大学

Michael Lackner　　郎密榭　　德国埃尔郎根大学

总　序

一、中、德在东、西方（亚欧）文化格局里的地位

华夏传统，源远流长，浩荡奔涌于历史海洋；德国文化，异军突起，慨然跃升于思想殿堂。作为西方文化，亦是欧陆文化南北对峙格局之重要代表的德国，其日耳曼统绪，与中国文化恰成一种"异体"态势，而更多地与在亚洲南部的印度文化颇多血脉关联。此乃一种"相反相成"之趣味。

而作为欧陆南方拉丁文化代表之法国，则恰与中国同类，故陈寅恪先生谓："以法人与吾国人习性为最相近。其政治风俗之陈迹，亦多与我同者。"诚哉是言。在西方各民族文化中，法国人的传统、风俗与习惯确实与中国人诸多不谋而合之处，当然也不排除文化间交流的相互契合：诸如科举制的吸纳、启蒙时代的诸子思想里的中国文化资源等皆是。如此立论，并非敢淡漠东西文化的基本差别，这毕竟仍是人类文明的基本分野；可"异中趋同"，亦可见钱锺书先生所谓"东海西海，心理攸同；南学北学，道术未裂"之言不虚。

在亚洲文化（东方文化）的整体格局中，中国文化属于北方文化，印度文化才是南方文化。中印文化的交流史，实际上有些类似于德法之间的文化交流史，属于地缘关系的亚洲陆地上的密切交

流,并由此构成了东方文化的核心内容;遗憾的是,由于地域太过辽阔,亚洲意义上的南北文化交流有时并不能相对频繁地形成两种文化之间的积极互动态势。两种具有互补性的文化,能够推动人类文明的较快推进,这可能是一个基本定律。

西方文化发展到现代,欧洲三强英、法、德各有所长,可若论地缘意义上对异文化的汲取,德国可拔得头筹。有统计资料表明,在将外语文献译成本民族语言方面,德国居首。而对法国文化的吸收更成为思想史上一大公案,乃至歌德那一代人因"过犹不及"而不得不激烈反抗法国文化的统治地位。虽然他们都说得一口流利的法文,但无论正反事例,都足证德意志民族"海纳百川"的学习情怀。就东方文化而言,中国文化因其所处地理中心位置,故能得地利之便,尤其是对印度佛教文化的汲取,不仅是一种开阔大度的放眼拿来,更兼备一种善择化用的创造气魄,一方面是佛教在印度终告没落,另一方面却是禅宗文化在中国勃然而起。就东方文化之代表而言,或许没有比中国更加合适的。

中德文化关系史的意义,正是在这样一种全局眼光中才能凸显出来,即这是一种具有两种基点文明代表性意义的文化交流,而非仅一般意义上的"双边文化关系"。何谓?此乃东西文化的两种核心文化的交流,即作为欧洲北方文化的条顿文明与亚洲北方文化的华夏文明之间的交流。这样一种质性文化的交流,具有重要的范式意义。

二、作为文明进程推动器的文化交流与中国文化的"超人三变"

不同文明之间的文化交流,始终是文明进程的推动器。诚如季羡林先生所言:"从古代到现在,在世界上还找不出一种文化是不受外来影响的。"①其实,这一论断,也早已为第一流的知识精英所认知,譬如歌德、席勒那代人,非常深刻地意识到走向世界、汲取不同文化资源的重要性,而中国文化正是在那种背景下进入了他们的宏阔视域。当然,我们要意识到的是,对作为现代世界文明史巅峰的德国古典时代而言,文化交流的意义极为重要,但作为主流的外来资源汲取,是应在一种宏阔的侨易学视域中去考察的。这一点歌德总结得很清楚:"我们不应该认为中国人或塞尔维亚人、卡尔德隆或尼伯龙根就可以作为模范。如果需要模范,我们就要经常回到古希腊人那里去找,他们的作品所描绘的总是美好的人。对其他一切文学我们都应只用历史眼光去看。碰到好的作品,只要它还有可取之处,就把它吸收过来。"②此处涉及文化交流的规律性问题,即如何突出作为接受主体的主动选择性,若按陈寅恪所言:"其真能于思想上自成系统,有所创获者,必须一方面吸收输入外来之学说,一方面不忘本来民族之地位。此二种相反而适相成之态度,乃道教之真精神,新儒家之旧途径,而二千年吾民族与他

---

① 季羡林:《文化交流的必然性和复杂性》,载季羡林、张光璘编:《东西文化议论集》(上册),经济日报出版社1997年版,第8页。
② 德文原文为:"Wir müssen nicht denken, das Chinesische wäre es oder das Serbische oder Calderon oder die Nibelungen, sondern im Bedürfnis von etwas Musterhaftem müssen wir immer zu den alten Griechen zurückgehen, in deren Werken stets der schöne Mensch dargestellt ist. Alles übrige müssen wir nur historisch betrachten und das Gute, so weit es gehen will, uns daraus aneignen." Mittwoch, den 31. Januar 1827. in Johann Peter Eckermann: *Gespräche mit Goethe-in den letzten Jahren seines Lebens*(《歌德谈话录——他生命中的最后几个年头》). Berlin und Weimar: Aufbau-Verlag, 1982. S.198.中译文见[德]爱克曼辑录:《歌德谈话录》,朱光潜译,人民文学出版社1978年版,第113—114页。

民族思想接触史之所昭示者也。"[1]这不仅是中国精英对待外来文化与传统资源的态度,推而广之,对各国择取与创造本民族之精神文化,皆有普遍参照意义。总体而言,德国古典时代对外来文化(包括中国文化)的汲取与转化创造,是一次文化交流的质的提升。文化交流史的研究,其意义在此。

至于其他方面的双边交流史,也同样重要。德印文化交流史的内容,德国学者涉猎较多且深,尤其是其梵学研究,独步学林,赫然成为世界显学;正与其世界学术中心的地位相吻合,而中国现代学术建立期的第一流学者,如陈寅恪、季羡林等就先后负笈留德,所治正是梵学,亦可略相印证。中法文化交流史内容同样极为精彩,由启蒙时代法国知识精英对中国文化资源的汲取与借鉴到现代中国发起浩浩荡荡的留法勤工俭学运动,其转易为师的过程同样值得深入探究。总之,德、法、中、印这四个国家彼此之间的文化交流史,应当归入"文化史研究"的中心问题之列。

当然,不可否认的是,作为中国学者,我们或多或少会将关注的目光投入中国问题本身。必须强调加以区分的是所谓"古代中国""中世中国"与"现代中国"之间的概念分野。其中,"古代中国"相当于传统中国的概念,即文化交流与渗透尚未到极端的地步,尤以"先秦诸子"思想为核心;"中世中国"则因与印度佛教文化接触,而使传统文化受到一种大刺激而有"易",禅宗文化与宋儒理学值得特别关注;"现代中国"则以基督教之涌入为代表,西

---

[1] 《冯友兰〈中国哲学史〉下册审查报告》,载刘桂生、张步洲编:《陈寅恪学术文化随笔》,中国青年出版社1996年版,第17页。

学东渐为标志,仍在进程之中,则是以汲取西学为主的广求知识于世界,可以"新儒家"之生成为关注点。经历"三变"的中国,"内在于中国"为第一变,"内在于东方"为第二变,"内在于世界"为第三变,"三变"后的中国才是具有悠久传统而兼容世界文化之长的代表性文化体系。

先秦儒家、宋儒理学、新儒家思想(广义概念)的三段式过渡,乃是中国思想渐成系统与创新的标志,虽然后者尚未定论,但应是相当长时期内中国思想的努力方向。而正是这样一种具有代表性且兼具异质性的交流,在数量众多的双边文化交流中,具有极为不俗的意义。张君劢在谈到现代中国的那代知识精英面对西方学说的盲目时有这样的描述:"好像站在大海中,没有法子看看这个海的四周……同时,哲学与科学有它们的历史,其中分若干种派别,在我们当时加紧读人家教科书如不暇及,又何敢站在这门学问以内来判断甲派长短得失,乙派长短得失如何呢?"[1]其中固然有个体面对知识海洋的困惑,同时也意味着现代中国输入与择取外来思想的困境与机遇。王韬曾感慨地说:"天之聚数十西国于一中国,非欲弱中国,正欲强中国,非欲祸中国,正欲福中国。"[2]不仅表现在政治军事领域如此,在文化思想方面亦然。而当西方各强国

---

[1] 张君劢:《西方学术思想在吾国之演变及其出路》,《新中华》第5卷第10期,1937年5月。
[2] 《答强弱论》,载王韬:《弢园文录外编》,中州古籍出版社1998年版,第304页。另可参见钟叔河:《王韬的海外漫游》,载王韬等:《漫游随录·环游地球新录·西洋杂志·欧游杂录》,岳麓书社1985年版,第12页。同样类型的话,王韬还说过:"合地球东西南朔九万里之遥,胥聚之于一中国之中,此古今之创事,天地之变局,此岂出于人意计所及料哉?天心为之也。盖善变者天心也。"《答强弱论》,载王韬:《弢园文录外编》,中州古籍出版社1998年版,第304页。

纷纷涌入中国,使得"西学东渐"与"西力东渐"合并东向之际,作为自19世纪以来世界教育与学术中心场域的德国学术,则自有其非同一般的思想史意义。实际上,这从国际范围的文化交流史历程也可看出,19世纪后期逐渐兴起的三大国——俄、日、美,都是以德为师的。

故此,第一流的中国精英多半都已意识到学习德国的重要性。无论是蔡元培强调"救中国必以学。世界学术德最尊。吾将求学于德,而先赴青岛习德文"[①],还是马君武认为"德国文化为世界冠"[②],都直接表明了此点。至于鲁迅、郭沫若等都有未曾实现的"留德梦",也均可为证。中德文化研究的意义,端在于此,而并非仅仅是众多"中外文化交流史"里的一个而已。如果再考虑到这两种文化是具有代表性的东西方文化之个体(民族—国家文化),那么其意义就更显突出了。

三、在"东学西渐"与"西学东渐"的关联背景下理解中德文化关系的意义

即便如此,我们也不能"画地为牢",因为只有将视域拓展到全球化的整体联动视域中,才能真正揭示规律性的所在。所以,我们不仅要谈中国文化的西传,更要考察波斯—阿拉伯、印度、日本文化如何进入欧洲。这样的东学,才是一个完整意义上的东学。当东学西渐的轨迹,经由这样的文化交流史梳理而逐渐显出清晰

---

① 黄炎培:《吾师蔡孑民先生哀悼辞》,载梁柱:《蔡元培与北京大学》,北京大学出版社1996年版,第12页。
② 《〈德华字典〉序》,选自《马君武集》,华中师范大学出版社2011年版,第273页。

的脉络时,中国文化也正是在这样一种比较格局中,才会更清晰地彰显其思想史意义。这样的工作,需要学界各领域研究者的通力合作。

而当西学东渐在中国语境里具体落实到 20 世纪前期这辈人时,他们的学术意识和文化敏感让人感动。其中尤其可圈可点的,则为 20 世纪 30 年代中德学会的沉潜工作,其标志则为"中德文化丛书"的推出,至今检点前贤的来时路,翻阅他们留下的薄薄册页,似乎就能感受到他们逝去而永不寂寞的心灵。

昔贤筚路蓝缕之努力,必将为后人开启接续盛业的来路。光阴荏苒,竟然轮到了我们这代人。虽然学养有限,但对前贤的效慕景仰之心,却丝毫未减。如何以一种更加平稳踏实的心态,继承前人未竟之业,开辟后世纯正学统,或许就是历史交给我们这代人的使命。

不过我仍要说我们很幸运:当年冯至、陈铨那代人不得不因民族战争的背景而颠沛流离于战火中,一代人的事业不得不无可奈何地"宣告中断",今天,我们这代人却还有可能静坐于书斋之中。虽然市场经济的大潮喧嚣似也要推倒校园里"平静的书桌",但毕竟书生还有可以选择的权利。在清苦中快乐、在寂寞中读书、在孤独中思考,这或许,已是时代赠予我们的最大财富。

所幸,在这样的市场大潮下,能有出版人的鼎力支持,使这套"中德文化丛书"得以推出。我们不追求一时轰轰烈烈吸引眼球的效应,而希望能持之以恒、默默行路,对中国学术与文化的长期积淀略有贡献。在体例上,丛书将不拘一格,既要推出中国学者自己的研究著述,也要译介国外优秀的学术著作;就范围而言,文学、历史、哲学固是题中应有之义,学术、教育、思想也是重要背景因素,至于社会学、政治学、经济学等鲜活的社会科学内容,也都在"兼容并包"之列;就文体而言,论著固所必备,随笔亦受欢迎;至于编撰旧文献、译介外文书、搜集新资料,更是我们当今学习德国学者,努力推进的方向。总之,希望能"水滴石穿""积跬步以至千里",经由长期不懈的努力,将此丛书建成一个略具规模、裨益各界的双边文化之库藏。

叶 隽

陆续作于巴黎—布达佩斯—北京

作为国际学域的"中德文学关系研究"
——"中德文化丛书"之"中德文学关系系列"小引

"中德文化丛书"的理念是既承继民国时代中德学会学人出版"中德文化丛书"的思路,也希望能有所拓展,在一个更为开阔的范围内来思考作为一个学术命题的"中德文化",所以提出作为东西方文明核心子文明的中德文化的理念,强调"中德文化关系史的意义,是具有两种基点文明代表性意义的文化交流与互动。中德文化交流是东西方文化内部的两种核心子文化的互动,即作为欧洲北方文化的条顿文明与亚洲北方的华夏文明之间的交流。中德文化互动是主导性文化间的双向交流,具有重要的范式意义"[1]。应该说,这个思路提出后还颇受学界关注,尤其是"中德二元"的观念可能确实还是能提供一些不同于以往的观察中德关系史的角度,推出的丛书各辑也还受到欢迎,有的还获了奖项(这当然也不足以说明什么,最后还是要看其是否能立定于学术史上)。当然,也要感谢出版界朋友的支持,在如今以资本和权力合力驱动的时代里,在没有任何官方资助的情况下,靠着出版社的接力,陆续走到了今天,也算是不易。到了这个"中德文学关系系列",觉得有必要略作说明。

---

[1] 叶隽:《中德文化关系评论集》,上海外语教育出版社2008年版,封底。

中德文学关系这个学术领域是20世纪前期被开辟出来的,虽然更早可以追溯到彼得曼(Biedermann, Woldemar Freiherr von, 1817—1903)的工作,作为首创歌德与中国文化关系研究的学者,其学术史意义值得关注[①];但一般而言,我们还是会将利奇温(Reichwein, Adolf)的《中国与欧洲——18世纪的精神和艺术关系》视为此领域的开山之作,因其首先清理了18世纪欧洲对中国文化的接受史,其中相当部分涉及德国精英对中国的接受。[②]陈铨1930—1933年留学德国基尔大学,完成了博士论文《德国文学中的中国纯文学》,这是中国学者开辟性的著作,其德文本绪论中的第一句话是中文本里所没有的:"中国拥有一种极为壮观、博大的文学,其涉猎范围涵盖了所有重大的知识领域及人生问题。"(China besitzt eine außerordentlich umfangreiche Literatur über alle großen Wissensgebiete und Lebensprobleme.)[③]作者对自己研究的目的性有很明确的设定:"说明中国纯文学对德国文学影响的程序""就中国文学史的立场来判断德国翻译和仿效作品的价值。"[④]其中展现的中国态度、品位和立场,都是独立的,所以我们可以说,在"中德文化关系"这一学域,从最初的发端时代开始,

---

① 他曾详细列出《赵氏孤儿》与《埃尔佩诺》相同的13个母题,参见 Biedermann, Woldemar Freiherr von: *Goethe Forschung*(歌德研究). Frankfurt am Main, 1879. S.110 - 111。
② Reichwein, Adolf: *China und Europa – Geistige und künstlerische Beziehungen im 18 Jahrhundert*. Berlin: Österheld, 1923. [德]利奇温:《十八世纪中国与欧洲文化的接触》,朱杰勤译,商务印书馆1991年版。
③ Chen Chuan: *Die chinesische schöne Literatur im deutschen Schrifttum*(德国文学中的中国纯文学). Inaugural-Dissertation zur Erlangung der Doktorwürde der Hohen Philosophischen Fakultät der Christian-Albrecht-Universität zu Kiel. vorgelegt von Chuan Chen aus Fu Schün in China. 1933. S.1. 基尔大学哲学系博士论文。
④ 陈铨:《中德文学研究》,辽宁教育出版社1997年版,第4页。

就是在中、德两个方向上同时并行的。当然,我们要承认陈铨是留学德国,在基尔大学接受了严格的学术训练并完成的博士论文,这个德国学术传统是我们要梳理清楚的。也就是说,就学域的开辟而言是德国人拔得头筹。这也是我们应当具备的世界学术的气象,陈寅恪当年出国留学,他所从事的梵学,那也首先是德国的学问。世界现代学术的基本源头,是德国学术。这也同样表现在德语文学研究(Germanistik,也被译为"日耳曼学")这个学科。但这并不影响我们独立风骨,甚至是后来居上,所谓"弟子不必不如师,师不必贤于弟子,闻道有先后,术业有专攻"(唐韩愈《师说》),这才是求知问学的本意。

当然,这只是从普遍的求知原理上而言之。中国现代学术是在世界学术的整体框架中形成的,既要有这个宏大的谱系意识,同时其系统建构也需要有自身的特色。从这个意义上来说,当陈铨归国以后,用中文出版《中德文学研究》,这就不但意味着中国日耳曼学有了足够分量的学术专著的出现,更标志着在本领域之内的发凡起例,是一个新学统的萌生。它具有多重意义,一方面它属于德文学科的成绩,另一方面它也归于比较文学(虽然在当时还没有比较文学的学科建制),当然更属于中国现代学术之实绩。遗憾的是,虽然在20世纪30年代前期即已有很高的起点,但出于种种原因,这一学域的发展长期中断,直到改革开放之后才出现薪火相传的迹象。冯至撰《歌德与杜甫》,大概只能说是友情出演;但他和德国汉学家德博(Debon, Günther, 1921—2005)、长居德国的加拿大华裔学者夏瑞春(Hsia, Adrian, 1940—2010)一起推动了中德文学关系领域国际合作的展开,倒是事实。1982年在海德堡大学召开了"歌德与中国"国际学术研讨会,以冯至为代表的 6 名中国学者出席并提交了 7 篇论文。[1] 90 年代以后,杨武能、卫茂平、方维规教授等皆有相关专著问世,有所贡献。[2]

进入 21 世纪,随着中国学术的发展,中德文学关系领域也受到更多关注,参与者甚多,且有不乏精彩之作。具有代表性的是谭渊的《德国文学中的中国女性形象》[3],此书发掘第一手材料,且具有良好的学术史意识,在前人基础上将这一论题有所推进,是值得充分肯定的一部著作。反向的研究,即德语文学在中国语境里的翻译、传播、接受问题,则相对被忽视。范劲提出了德语文学符码与现代中国作家的自我问题,并且将研究范围延伸到当代文学。[4] 笔者的《德国精神的向度变型》则选择尼采、歌德、席勒这三位德国文学大师及其代表作在中国的接受史进行深入分析,以影响研究为基础,既展现冲突、对抗的一面,也注意呈现其融合、化生的成分。[5] 卢文婷讨论了中国现代文学中所接受的德国浪漫主义影响。[6] 此

---

[1] 论文集 Debon, Günther & Hsia, Adrian (Hg.): *Goethe und China - China und Goethe*(歌德与中国—中国与歌德). Bern: Peter Lang Verlag, 1985.关于此会的概述,参见杨武能:《"歌德与中国"国际学术讨论会》,载杨周翰、乐黛云主编:《中国比较文学年鉴 1986》,北京大学出版社 1987 年版,第 351—352 页。亦可参见《一见倾心海德堡》,载杨武能:《感受德意志》,四川人民出版社 2001 年版,第 7—28 页。
[2] 此处只是略为列举若干我认为在各方面有代表意义的著作,关于中德文学关系的学术史梳理,参见谭渊:《德国文学中的中国女性形象》,武汉大学出版社 2017 年版,第 7—15 页;叶隽:《六十年来中国的德语文学研究》,重庆出版社 2016 年版,第 211—219 页。
[3] 谭渊:《德国文学中的中国女性形象》,武汉大学出版社 2017 年版。
[4] 范劲:《德语文学符码与现代中国作家的自我问题》,华东师范大学出版社 2008 年版。
[5] 叶隽:《德国精神的向度变型——以尼采、歌德、席勒的现代中国接受为中心》,中央编译出版社 2015 年版。
[6] 卢文婷:《反抗与追忆:中国文学中的德国浪漫主义影响(1898—1927)》,中国社会科学出版社 2014 年版。

外,中国文学的德译史研究也已经展开,如宋健飞的《德译中国文学名著研究》探讨中国文学名著在德语世界的状况①,谢淼的《德国汉学视野下中国当代文学的译介与研究》考察中国当代文学在德国的译介和研究情况②,这就给我们展示了一个德语世界里的中国文学分布图。当然,这种研究尚处于初步阶段,现在做的还主要是初步材料梳理的工作,但毕竟是开辟了新的领域。具体到中国现代文学的文本层面,探讨诸如中国文学里的德国形象之类的著作则尚未见,这是需要改变的情况。至于将之融会贯通,在一个更高层次上来通论中德文学关系者,甚至纳入世界文学的融通视域下来整合这种"中德二元"与"文学空间"的关系,则更是具有挑战性的难题。

值得提及的还有基础文献编目的工作。这方面旅德学者顾正祥颇有贡献,他先编有《中国诗德语翻译总目》③,后又编纂了《歌德汉译与研究总目(1878—2008)》《歌德汉译与研究总目(续编)》④,但此书也有些问题,诚如有批评者指出的,认为其认定我国台湾地区在1967年之前有《少年维特之烦恼》10种译本是未加考订

---

① 宋健飞:《德译中国文学名著研究》,外语教学与研究出版社2016年版。
② 谢淼:《德国汉学视野下中国当代文学的译介与研究》,南京大学出版社2017年版。
③ *Übersetzte Literatur in deutschsprachigen Anthologien*:eine Bibliographie;[diese Arbeit ist im Sonderforschungsbereich 309 "Die literarische Übersetzung" der Universität Göttingen entstanden]/hrsg. von Helga Eßmann und Fritz Paul. - Stuttgart:Hiersemann. - 28 cm. - (Hiersemanns bibliographische Handbücher;13). - ISBN 3 - 7772 - 9719 - 4 [4391] Teilbd. 6. Anthologien mit chinesischen Dichtungen/wissenschaftlich ermittelt und herausgegeben von Gu Zhengxiang hrsg. von Helga Eßmann. Stuttgart:Anton Hiersemann Verlag,2002.
④ 顾正祥编:《歌德汉译与研究总目(1878—2008)》,中央编译出版社2009年版。顾正祥编:《歌德汉译与研究总目(续编)》,中央编译出版社2016年版。

的,事实上均为改换译者或经过编辑的大陆重印本。① 这种只编书目而不进行辨析的编纂方法确实是有问题的。他还编纂有荷尔德林编目《百年来荷尔德林的汉语翻译与研究:分析与书目》②。

当然,也出现了一些让人觉得并不符合学术规律的现象,比如此前已发表论文的汇集,其中也有拼凑之作、不相关之作,从实质而言并无什么学术推进意义,不能视为严格意义上的学术专著。更为严重的是,这样的现象现在似乎并非鲜见。我以为这一方面反映了这个时代学术的可悲和背后权力与资本的恶性驱动力,另一方面研究者自身的急功近利与学界共同体的自律消逝也是须引起重视的。至少,在中德文学关系这一学域,我们应努力维护自己作为学者的底线和基本尊严。

但如何才能在前人基础上"百尺竿头,更进一步",创造出真正属于这个时代的"光荣学术",却并非一件易与之事。所以,我们希望在不同方向上能有所推动、循序渐进。

首先,丛书主要译介西方学界的中德文学关系研究成果,其中不仅包括学科史上公认的一些作品,譬如常安尔(Tscharner, Eduard Horst von, 1901—1962)的《至古典主义德国文学中的中国》③。常安尔是钱锺书的老师,在此领域颇有贡献,杨武能回忆

---

① 主要依据赖慈芸:《台湾文学翻译作品中的伪译本问题初探》,《图书馆学与信息科学》2012 年第 38 卷第 2 期,第 4—23 页;邹振环:《20 世纪中国翻译史学史》,中西书局 2017 年版,第 92—93 页。
② Gu, Zhengxiang: *Hölderlin in chinesischer Übersetzung und Forschung seit hundert Jahren: Analysen und Bibliographien.* Berlin & Heidelberg: Metzler-Verlag & Springer Verlag, 2020.
③ Tscharner, Eduard Horst von: *China in der deutschen Dichtung bis zur Klassik.* München: Reinhardt, 1939.

说他去拜访钱锺书时,钱先生对他谆谆叮嘱不可遗忘了他老师的这部大作,可见其是有学术史意义的,①以及舒斯特(Schuster, Ingrid)先后完成的《德国文学中的中国和日本(1890—1925)》《德国文学中的中国与日本(1773—1890)》;②还涵盖德国汉学家的成果,譬如德博的《魏玛的中国客人》③。在当代,我们也挑选了一部,即戴特宁的《布莱希特与老子》。戴特宁是德国日耳曼研究者,但他对这一个案的处理却十分精彩,值得细加品味。④ 其实还应当提及的是斯洛伐克汉学家高利克的《从歌德、尼采到里尔克——中德跨文化交流研究》。⑤ 高利克是东欧国家较早关涉中德文学关系研究的学者,一些专题论文颇见功力。

比较遗憾的是,还有一些遗漏,譬如奥里希(Aurich, Ursula)的《中国在18世纪德国文学中的反映》⑥,还有如夏瑞春教授的著作也暂未能列入。夏氏是国际学界很有代表性的中德文学关系研究的开拓性人物,他早年在德国,后到加拿大麦吉尔大学任教,可谓毕生从事此一领域的学术工作,其编辑的《德国思想家论中国》《黑塞与中国》《卡夫卡与中国》在国际学界深有影响。我自己和他交往虽然不算太多,但也颇受其惠,可惜他得寿不遐,竟然在古

---

① 《师恩难忘——缅怀钱锺书先生》,载杨武能:《译海逐梦录》,四川文艺出版社2018年版,第95页。
② Schuster, Ingrid: *China und Japan in der deutschen Literatur: 1890 – 1925*, Bern & München: Francke, 1977. Schuster, Ingrid: *Vorbilder und Zerrbilder: China und Japan im Spiegel der deutschen Literatur 1773 – 1890*. Bern & Frankfurt a.M.: Peter Lang, 1988.
③ Debon, Günther: *China zu Gast in Weimar*. Heidelberg: Guderjahn, 1994.
④ Detering, Heinrich: *Bertolt Brecht und Laotse*. Göttingen: Wallstein, 2008.
⑤ [斯洛伐克]马立安·高利克:《从歌德、尼采到里尔克——中德跨文化交流研究》,刘燕等译,福建教育出版社2017年版。
⑥ Aurich, Ursula: *China im Spiegel der deutschen Literatur des 18. Jahrhunderts*. Berlin: Ebering, 1935.

稀之年即驾鹤西去。希望以后也能将他的一些著作引进，譬如《中国化：17、18世纪欧洲在文学中对中国的建构》等。①

其次，有些国人用德语撰写的著作也值得翻译，譬如方维规教授的《德国文学中的中国形象（1871—1933）》。② 这些我们都列入了计划，希望在日后的进程中能逐步推出，形成汉语学界较为完备的"中德文学关系研究"的经典著作库。另外则是在更为多元的比较文学维度里展示德语文学的丰富向度，如德国学者宫多尔夫的《莎士比亚与德国精神》（*Shakespeare und der deutsche Geist*，1911）、俄国学者日尔蒙斯基的《俄国文学中的歌德》（*Гёте в русской литературе*，1937）、法国学者卡雷的《法国作家与德国幻象（1800—1940）》（*Les écrivains français et le mirage allemande 1800—1940*，1947）等都是经典名著，也提示我们理解"德国精神"的多重"二元向度"，即不仅有中德，还有英德、法德、俄德等关系。而新近有了汉译本的巴特勒的《希腊对德意志的暴政——论希腊艺术与诗歌对德意志伟大作家的影响》则提示我们更为开阔的此类二元关系的可能性，譬如希德文学。③ 总体而言，史腊斐的判断是有道理的："德意志文学的本质不是由'德意志本质'决定的，不同民族文化的交错融合对它的形成产生了

---

① Hsia, Adrian: *Chinesia: The European Construction of China in the Literature of the 17th and 18th Centuries*. Tübingen, Niemeyer Verlag, 1998.
② Fang, Weigui: *Das Chinabild in der deutschen Literatur 1871 - 1933: ein Beitrag zur komparatistischen Imagologie*. Frankfurt a.M.: Suhrkamp, 1992.
③ ［英］伊莉莎·玛丽安·巴特勒（Eliza Marian Butler）：《希腊对德意志的暴政——论希腊艺术与诗歌对德意志伟大作家的影响》（*The Tyranny of Greece over Germany: A Study of the Influence Exercised by Greek Art and Poetry over the Great German Writers of the Eighteenth, Nineteenth and Twentieth Centuries*），林国荣译，社会科学文献出版社2017年版。

深远的影响……"①而要深刻理解这种多元关系与交错性质,则必须对具体的双边关系进行细致清理,同时不忘其共享的大背景。

最后,对中国学界来说,更为重要的是如何推出我们自己的具有突破性的中德文学关系研究的代表性著作。时至今日,这一学域已经走过了近百年的历程,几乎可以说是与中国现代学术的诞生、中国日耳曼学与比较文学的萌生是同步的,只要看看留德博士们留下的学术踪迹就可知道,尤其是那些用德语撰写的博士论文。②当然在有贡献的同时,也难免产生问题。夏瑞春教授曾毫不留情地批评道:"在过去的25年间,虽然有很多中国的日耳曼学者在德国学习和获得博士学位,但遗憾的是,他们中的绝大部分人或多或少都研究了类似的题目,诸如布莱希特、德布林、歌德、克拉邦德、黑塞(或许是最引人注目的)及其与中国的关系,尤其是像席勒、海涅和茨威格,总是不断地被重复研究。其结果就是,封面各自不同,但其知识水平却始终如一。"③夏氏为国际著名学者,因其出入中、德、英等多语种学术世界,娴熟多门语言,所以其学术视域通达,能言人之所未能言,亦敢言人之所未敢言,这种提醒或批评是非常发人深省的。他批评针对的是德语世界里的中国学人著述,那么,我以为在汉语学界里也同样适用,相较于德国学界的相

---

① [德]海因茨·史腊斐(Schlaffer, Heinz):《德意志文学简史》(*Die kurze Geschichte der deutschen Literatur*),胡蔚译,北京大学出版社2013年版,第103页。
② 参见《近百年来中国德语语言文学学者海外博士论文知见录》,载吴晓樵:《中德文学因缘》,上海外语教育出版社2008年版,第178—198页。
③ [加]夏瑞春:《双重转型视域里的"德国精神在中国"》,《文汇读书周报》2016年4月25日。

对有规矩可循,我们的情况似更不容乐观。所以,这样一个系列的推出,一方面是彰显目标,另一方面则是体现实绩,希望我们能在一个更为开阔与严肃的学术平台上,与外人同台较技,积跬步以至千里,构建起中国学术走向世界的桥梁。

叶 隽

2020年8月29日沪上同济

目录

001　黑塞与中国古代文化

018　唐诗在德国

036　《庄子休鼓盆成大道》故事的西传和影响

048　德国作品中的中国形象

049　"中国皇帝使臣"的信札

053　署名"李鸿章"的诗

059　秦娜墓旁的武帝

063　图兰朵公主的谜语

066　海涅笔下的中国皇帝和公主

075　中德文学作品中的老聃
　　　——主题学研究的一个尝试

094　库恩与中国古典小说

110　歌德与《百美新咏》
　　　——跨文化阐释的一个尝试

130　歌德与木鱼书《花笺记》

146　梁宗岱与歌德
　　　——记念梁宗岱诞辰100周年

161　从愚人到疯癫的嬗变

177　从多瑙河到珠江畔
　　　——朱白兰的传奇人生

246　家园·战歌·中国情
　　　——朱白兰诗歌述评

264　后现代主义幻象和比较文学

黑塞与中国古代文化

在所有获诺贝尔文学奖的德语作家中,受东方文化影响最深的,恐怕要数赫尔曼·黑塞了。他没有到过中国,也不懂汉语,但通过翻译作品,阅读过大量中国书籍,写过许多文章和书评介绍中国文化,并且从中国古代文化中,吸取精神生活和艺术创作的养料。研究他的生平和著作,我们不难发现,他称中国古代文化为"第二故乡",并说,没有了中国古代圣贤的智慧,"简直不知道怎样继续生活下去",[1]是不无道理的。

一

黑塞接触过的中国书籍,范围相当广,从古代的《诗经》《易经》,儒、道的典籍《论语》《道德经》《南华真经》,到明清的《三国》《水浒》《红楼梦》,乃至《聊斋志异》《今古奇观》,他都怀着极大的兴趣去阅读。从他的藏书和写的书评中可以看出,黑塞对中国的诗歌、戏剧、民间故事、章回小说,以至音乐、美术、历史、哲学,均有研究。

黑塞的藏书中,最老的德文版中国书是1838年出版的《诗

---

[1] [德]黑塞:《最喜爱的读物》(1945),载《赫尔曼·黑塞全集》第11卷,苏尔坎普出版社1982年版,第281页。

逃向纯净的东方

经》。他读过1905年出版的《中国诗歌》,并且在1907年为汉斯·贝特格(Hans Bethge)编的诗集《中国之笛》写过书评。当然,中国历代诗歌之多,浩瀚如海,黑塞读到的只是沧海一粟。但是,他却尝鼎一脔,了解了中国诗歌的真谛。黑塞曾恰如其分地以中国画为比喻,说明中国诗歌的艺术特点。他指出:"笔墨不多,却表现出千差万别""诗中运用比喻、象征、暗示,技艺高超,含蓄而耐人寻味""在欣赏这种神话般的艺术时,必须训练耳朵、眼睛和触觉,要学会区别极细微的差别。"①他很赞同中国诗歌创作中关于"尽意而止"、力求精练的主张。唐代诗人祖咏在考试中只写了一首五绝,试官问其缘故,祖咏答曰,"意尽"。这则文学创作的佳话常被引以为例,告诉人们不要为文造情、废话连篇。黑塞通过在日本生活的表兄弟知道了这则故事,特地写信介绍给友人。② 在中国古代诗人中,黑塞最倾心的便是李白了。他在为《中国之笛》写的书评中正确地指出,李白的诗是中国古代诗歌的顶峰。在他心目中,李白是个诗才横溢,借酒消愁的诗人。③ 对此,后面我们还要探讨。

关于中国的戏剧,黑塞在1911年写的游记《亚洲之夜》中,曾描写过他在新加坡看到的中国戏:"在宽大的舞台上,坐着一班乐师,他们的伴奏富有艺术性和节奏感""演员穿着古老的服饰,熟练准确地按照规定的程式表演,每一动作,都有其特定的含义,每

---

① [德]黑塞:《中国的抒情诗》(1922),载《赫尔曼·黑塞全集》第12卷,苏尔坎普出版社1982年版,第32页。
② [德]黑塞:《各色各样的邮件》(1952),载《赫尔曼·黑塞全集》第10卷,苏尔坎普出版社1982年版,第287页。
③ [德]黑塞:《评汉斯·贝特格的〈中国之笛〉》,《柱廊》1907年第9期。

迈一步,乐队就敲响一声木鱼""一切都按照古代的神圣的法则安排。舞台的动作与音乐如此完美、准确、协调地互相配合,这在欧洲的任何一间歌剧院里都是不曾有的。"①虽然,锣鼓声未免使这位欧洲观众感到有些刺耳,但是,中国舞台艺术给他留下深刻而美好的印象,是显而易见的。1924年,汉斯·鲁德尔斯贝格翻译的《中国古代爱情喜剧》由维也纳艺术出版社出版了。这部装潢精致、附有插图的选集包括了五部元代杂剧。黑塞为这本集子写的书评中,同样充满了赞誉之词:"这是些戏剧化的爱情故事,有部分是关于妓女的。作品中有许多出色的情景描写,欢乐气氛的渲染,有的还带有讽刺。卓越的戏剧技巧,使这些诱人的场面成为一些虽然思想并不深刻、但却十分灿烂的舞台艺术珍品,同时,也成为元朝中国民间生活的一面有趣镜子。如果谁能像我那样,有幸在一次亚洲旅行中亲眼观看过布景简单、节奏严格的中国戏的演出,那么,就会感到,这些艺术风格纯真的戏剧在太平盛世的舞台上一定充满生机和吸引力。"②

黑塞很珍视富有民族特色的民间故事。1911年底,黑塞刚从亚洲旅行回国,他怀着对东方的美好的回忆,读了马丁·布贝尔根据英译本翻译的《中国的鬼怪和爱情故事》,即写了书评,发表在1912年3月25日的《新苏黎世报》上。这篇书评,远远超出了对一本书的评价,可以说,是一篇中德文学比较的文章。他将中国的鬼怪故事与欧洲的同类作品比较,指出:"这是些鬼怪故事,叙述了

---

① [德]黑塞:《亚洲之夜》(1911),载《赫尔曼·黑塞全集》第6卷,苏尔坎普出版社1982年版,第227—230页。
② [德]黑塞:《评〈中国古代爱情喜剧〉》,《新苏黎世报》1924年2月17日,第4版。

幽灵、死人、鬼怪、梦幻，就像欧洲故事一样。所不同的是，白天和人类的世界与夜晚和妖魔的世界并不是截然对立的。就像霍夫曼的童话那样，幽灵在白天出现，阻挡人们的去路，与人们有着密切的关系，他们不是那么可怕，而是令人感到可亲可爱。正如美丽的少女死而复生，重新获得灵魂和爱情，各种图画、动物、物品、梦、诗都变成了精灵，出现在人们的日常生活中。""在幽灵的帮助下愚蠢的书生变得很有才智；花园里的花变作美女，使独居者的生活变得充满欢乐；天上的星宿爱上了凡间的男子，来到尘世与之同甘共苦；人变成鸟，可爱的鬼怪把泥土变成食物，把树叶变成衣裳。""荒诞不经，有时显得离奇古怪，但总体来看，并不使人觉得荒谬。事物之间有其内在联系，而情况变化，又如同梦幻。""鬼怪正直、善良，并不像我们的故事中那样凶恶残暴。"在所有的故事中，他感到最动人的便是《梦》了。这则《梦》的故事，很可能是经改编的《南柯太守传》。黑塞还特别介绍了一则关于狐仙的故事，这便是《聊斋志异》中的《婴宁》。黑塞显然是被这绝妙的故事所打动，他在书评中引述了书生见到婴宁遗花地上的那段描写，感叹地说："这竟是个狐狸精！"黑塞把这些故事称为"世界上最美的童话之一"，对故事的艺术特色、创作技巧作了高度评价，认为这些故事"就像中国古老的织锦一样，花草树木，人物山水，互相交织，汇成一个宁静欢乐的世界"。需要指出的是，他对中国民间流传的故事的爱好，并没有局限于美学这一角度。继布贝尔的译本之后，他又读了《中国之夜》（1913年）、《中国中短篇小说选》（1914年）、《中国民间故事》（1914年）等。对于这些故事，除了欣赏其细腻的写作技巧外，黑塞更多是从作品的内容上探索东方民族的社会风尚和思想情操。正如他在为《中国民间故事》写的书评中说的:"从东方人的思想和本质出发了解东方民族,除了通过他们的艺术和文学之外,别无它路;在这方面,民间故事具有重要意义,因为除了戏剧之外,它是人民的精神养料的真正源泉。"从中国的民间故事中,黑塞感受到的是:"质朴、纯洁、讲礼义、重道德、信鬼神和建立在家庭上的社会权威的神圣不可侵犯。"[1]

随着与中国文化接触的增多,黑塞愈加深刻地从思想内容上、从文学对社会生活的反映上理解我国的作品。

1931年,《金瓶梅》被翻译成德文。黑塞在评介文章中指出:"小说反映了中国的日常生活的情景,描写淫猥之处甚多,并不比其他国家小说的有关描写更诙谐有趣,但它是一幅风俗画。"[2]

1932年,弗朗茨·库恩(Franz Kuhn,1884—1961)翻译了我国古代优秀的长篇小说《红楼梦》,这不仅是德国的第一个译本,而且是当时欧洲最为完整的译本。黑塞对这部作品的评价是颇有见地的,他指出:"阅读这巨著不仅是一大乐趣,而且很有裨益。作品展示的不是古代圣贤的光辉灿烂的思想,而是一个具有悠久文化传统但已受到西方影响的中国。这个发生在1700年前后中国末代皇朝的故事表明,古代文化丰富的中国,在精神道德上疲惫不堪、趋向没落,佛道教义除了残留的几句谚语和迷信,已经所剩无几,和尚和道士几乎只是以滑稽的、受轻视的形象出现。人们掌握

---

[1] [德]黑塞:《中国的鬼怪故事》(1912),载《赫尔曼·黑塞全集》第12卷,苏尔坎普出版社1982年版,第37—40页。
[2] [德]黑塞:《评〈金瓶梅〉》(1931),载《赫尔曼·黑塞全集》第12卷,苏尔坎普出版社1982年版,第37页。

不了自己的命运,乞求祖宗的庇佑,神灵在必要的时候来到尘世间奖善惩恶,拨乱反正。这一些,增添了故事的魅力,可是却带有迷信的色彩,好在书中对此描绘不多。如果说在这部人物众多的巨著中,古代圣人的思想只是闪着微弱的光芒,那么,对于风俗的描写却是非常完美的。对于西方读者来说,尤其引人注目的是,小说通过对大观园中社交关系、道德规范、奢侈生活、打情骂俏、讲究排场以及受到礼教约束的心灵的描写,充分展现了十八世纪中国的面貌。"[1]

3年后,《水浒传》的德译本《梁山泊的强盗》出版了。黑塞在《新书摘要》中,从艺术和内容的结合上评介了这本书。他认为:"中国小说《梁山泊的强盗》便是一个极好的例子,这是一本人物众多的章回小说,叙述了发生在十三世纪的一群铤而走险的强盗的故事。读这本小说,就像观赏一幅哥白林织锦或者古代东方的图画。对于我来说,历史内容尽管也很有趣,但并不重要,重要的是让人们像跨进了一座布局巧妙、充满奇观和惊险的超现实的花园中浏览。与我们那些可爱的自然主义相反,小说中描写的现实是映在镜子里的形象。故事情节在一扇神秘的屏幕后、在一个魔镜后逐步地展开,一切都遵循古典的人生哲理和宗教礼仪进行,孔子和菩萨庄严地坐在事件的云端上。"[2]黑塞这段评论的意思是什么呢?按我们的话来说,就是:这本小说不是原原本本地照搬生活,而是运用浪漫主义的手法,生动地描写了许多铤而走险、落草为寇的人物。故事情节变化多端,引人入胜。贯穿全书的是封建

---

[1] [德]黑塞:《评〈红楼梦〉》,《新苏黎世报》1932年12月14日。
[2] [德]黑塞:《新书摘要》,《新周刊》1935年1月,第46期,第331页。

阶级大力宣扬的"忠义"思想。

综上,笔者大段大段地引用了黑塞写的书评,因为这些书评是研究黑塞与中国文化联系的重要资料。它足以表明,黑塞对中国文学接触范围之广、理解程度之深,在德语作家中几乎是独一无二的,在欧美作家中也是极为罕见的。

二

黑塞不仅阅读、介绍了大量中国作品,而且从资产阶级人道主义的世界观出发,吸取中国古代文化的思想和艺术养料,创作出了许多东、西方文化结合的艺术之花。他笔下的不少人物,往往正如他本人那样,与中国文化结下不解之缘。下面,不妨举几个突出的例子。

其一,1913年,黑塞创作了童话故事《诗人》。作品描写了一个家住黄河边的中国诗人韩福。当韩福20岁时,父母为他订下了婚。他一心想当诗人,在灯节之夜,独立河边,看着欢度节日的人们,恨不得用诗歌反映这良辰美景。一位身穿紫袍的老翁来到他身旁,即景吟诗,令韩福十分敬佩。这位老翁名叫"美言"大师。

几天后,韩福辞别父亲,找到隐居在大河源头深山里的美言大师。大师收留了韩福,开始教他弹琴。一次,韩福得意地吟诵一首自作的小诗,大师听见了,轻轻地拨动琴弦。当时正是盛夏,但随着琴声,却刮起了萧瑟的凉风,两只白鹭在苍天上疾飞。这场景,比韩福诗中描写的情景完美得多。

两年过去了,韩福归家心切,大师没有阻拦他。韩福回到家乡,感到自己思乡时想象的景象,在现实中是寻找不到的。于是,他回到山上。此后,又发生过两次思乡。一次,他夜里偷偷走,当赶到山谷时,微风吹动挂在门边的琴,发出音响,把他召唤回来了。另一次,他梦见种了一棵树,妻子站在一旁,孩子用酒和奶汁浇树。当他醒来时,觉得大师破坏了他的生活和前途。他看见大师正在打瞌睡,真想扑过去杀死他。这时,老人睁开眼睛,慈祥地说:"韩福,记住,你可以想干什么就干什么,可以回家里种树,可以恨我、打死我,这我不在乎。"韩福听了万分震惊,从此一心学艺。又过了许多年,他学会了弹琴写诗,技艺达到了感天动地的程度。他已经不知道自己在山上度过了多少个年头。一天早上,当他睡醒时,发现大师已消失得无影无踪。一夜之间,仿佛秋天已经来临,大群的候鸟飞越山巅。韩福带着琴下山,回到家乡,亲人早已死去。晚上,人们又在欢度灯节。诗人站在河边,凝视河面。他已分辨不清陆上的景物和水中的倒影,分不清今日与往昔。

这则娓娓动听的故事,包含着作者对在新加坡度过的中秋之夜的美好回忆,同时注入了他从中国古典文学中获得的素材。正如加拿大研究黑塞的专家夏瑞春先生指出的,它使我们想起《列子》汤问篇中几则脍炙人口的学艺故事。一则是:薛谭学讴于秦青,未穷青之技,自谓尽之,遂辞归。秦青弗止,饯于郊衢,抚节悲歌,声振林木,响遏行云。薛谭乃谢求反,终身不敢言归。另一则是:纪昌学射于飞卫,纪昌既尽卫之术,乃谋杀飞卫,最后又结为父子。再一则:匏巴鼓琴而鸟舞鱼跃,郑师文闻之,弃家从师襄游。柱指钩弦,三年不成章,最后练就一手好琴。"于是当春而叩商弦以召南吕,凉风忽至,草木成实。及秋而叩角弦以激夹钟,温风徐回,草木发荣。"列子的《冲虚真经》于 1911 年由著名汉学家卫礼贤(Richard Wilhelm, 1873—1930)译成德文,黑塞曾经读过。

显然,他受了书中这些故事的启迪,从而塑造了诗人韩福这一形象。

其二,画家克林索尔是黑塞塑造的另一个人物。1920年,黑塞发表了小说《克林索尔最后的夏天》。小说由10个章节组成,开始写画家的死讯,接着追述他的往事,最后写他死前创作自画像。从情节上看,各章之间没有必然的联系;在体裁上,小说包括了叙述体的散文、戏剧般的对话、书信和诗歌。间间断断的结构,各种体裁的交杂,反映了画家放荡不羁的生活和完全破碎了的心。作品的某些段落,虽然也流露出作者因战争结束、恢复和平生活而引起的欢快心情,但小说的基调是愤懑和痛苦的。作者通过主人公的口悲叹道:"到处都是如此:大规模的战争,艺术上的巨大异变,西方国家的崩毁。在我们古老的欧洲,一切美妙合理的东西都消亡了。美好的理性变成了精神错乱,金钱成了废纸,机器用于射击和爆炸,艺术在自我毁灭。我们正在衰亡。朋友,这对于我们来说是注定了的,清徵之音已经奏响了。"

这里的所谓"清徵之音",源于《东周列国志》中关于师旷的故事。据说晋平公酷嗜新声,在听完师涓弹奏清商之后,一定要师旷弹奏比清商更悲的清徵和清角。师旷无法推诿,只好弹琴。在弹琴时,狂风骤发,大雨如注。当晚,晋平公得心悸之病,不久就死了。清徵之音,是亡国的征兆。黑塞曾读过这则故事,并且据此改写成寓言《亡音》,介绍给德国读者。在《克林索尔最后的夏天》中,黑塞引用这一典故,以清徵之音预示西方世界的衰亡。更有趣的是,我们的诗仙李白,竟是克林索尔最喜爱的人物。他嗜好饮酒,自称"李白",把知己朋友称为"杜甫"。在朋友聚会时,"杜甫"吟诵李白《将进酒》中的名句:"君不见高堂明镜悲白发,朝如青丝暮成雪。人生得意须尽欢,莫使金樽空对月。"一个西洋画家自称"李白",这不是有点奇怪吗?其实,考究一下,也就不奇怪了。李白是伟大的浪漫主义诗人,他热爱祖国,向往功名,怀着拯物济世的愿望,但却屡遭打击,在矛盾和冲突中,产生了愤懑、狂放、沉迷酒杯、昏饮遁世的思想与行为。黑塞读过介绍李白的文章和《今古奇观》中李谪仙不畏权贵,迫使杨太师和高太尉为他磨墨脱靴的故事,熟悉李白的饮酒诗。李白的气质、性格,深受黑塞喜爱,李白的愤世思想,更是引起他内心的强烈共鸣。于是,李白的名字,成了画家克林索尔的绰号,这原是容易理解的。在外国文学中,这样的描写可以说得上独具匠心、别开生面。

其三,继《克林索尔最后的夏天》之后,黑塞创作了《悉达多》。小说以印度为背景,叙述悉达多寻道的一生。悉达多本是释迦牟尼的俗名。在小说中,他是一婆罗门教徒之子,为寻求真理,与朋友戈维达一齐弃世出家。他们在林中当苦行僧,练瑜伽术,希望通过冥想获得解脱。结果,冥想得到的解脱,只是暂时的,并不能使人永离生死轮回的苦难。于是,他们去拜世尊释迦牟尼为师。聆听佛祖讲授四圣谛八正道后,戈维达入了佛门。但在悉达多看来,佛教一方面认为生死世界循环不已,凡事皆有因果关系,另一方面又宣扬寻求解脱,两者显然是矛盾的。而且,凭借教义是不能获得解脱的,佛祖本人也并非通过自己的教义大彻大悟、达到涅槃境界。他辞别佛祖和朋友,决定重新入世生活。他向美貌的卡玛拉学求爱,随富商卡马斯瓦米学经商,过起吃喝嫖赌、挥金如土的生活。但是,这种纸醉金迷的生活毕竟是毫无价值和意义的。他毅然再度弃家出走。他来到河畔,想到了自杀,但面对河水,心灵深处对至善至美的追求使他醒悟到自己的蠢行。最后,在睿智寡言的摆渡船夫的启迪下,他领悟到"上善若水",摆脱了与亲人生离死别的痛苦,找到了最后的归宿:与舟子为伴,受教于河水。在这部作品中,写的是悉达多寻道,反映的却是黑塞本人对东方古代智慧的探求。虽然他称这部作品为"印度之诗篇",但正如他在给朋友们的信中所指出的,书中人物的经历,"始自婆罗门和菩萨,而终于道""我的圣人穿着印度外衣,但他的智慧却更接近于老子"。[①]黑塞把这部作品的前半部献给罗曼·罗兰,把后半部献给侨居日本的表兄弟,他用小说的形式,表达了对老子"上善若水""道法自然"思想的推崇。

其四,我们再来看看黑塞花了 10 年时间才完成的巨著《珠乐演奏》[②]。小说的主人公卡斯塔里恩的"珠乐"大师克列希特,更是黑塞精心塑造的一个融合了东西方文化的理想人物。故事发生在 22 世纪。卡斯塔里恩是脱离世俗生活的"教育省",是由出类拔萃的知识分子组成的精神王国。在这里,每年要举行盛大的"珠乐演奏"。据说,这种"珠乐"的最初发明者是位音乐理论家,他仿照算

[①] 参见[加]夏瑞春:《赫尔曼·黑塞与中国》,苏尔坎普袖珍出版社 1974 年版,第 237—248 页。作者阐释黑塞的《悉达多》,提及 1922 年黑塞分别致信弗里克斯·布劳恩和施特凡·茨威格,谈自己的读后感。
[②] 笔者写作本文时,国内尚未见有黑塞的长篇小说 Glasperlenspiel 中译本,书名也没有统一译法,例如,黎奇在《赫尔曼·黑塞》一文中将书名译为"玻璃珠乐"。笔者根据自己对作品的理解,将书名译为《珠乐演奏》。1998 年,上海译文出版社出版张佩芬的中译本《玻璃珠游戏》后,该译名得到了普遍认可。为了如实反映笔者当时的认知,本文仍沿用原来译名不变。

盘设计了一种"琴",这是一个系着很多线的框子,线上串着各种大小、形状和颜色的玻璃珠子。琴线相当于乐谱上的线,珠子表示各种谱值,演奏者可用此谱奏各种乐句和主题。这一发明首先被数学家,然后被其他学科的专家们接受并发展了,他们分别编制出各种符号和公式,将本学科的知识进行各种组合。虽然这已经与玻璃珠子毫无关系了,但"珠乐演奏"的名称仍沿用了下来。半个世纪后,一位研究汉语的巴黎学者以《中国人的告诫》为题发表文章,提出制定一套像中国古代文字那样的国际通用的符号,以便打破各门学科的界限。瑞士的音乐家果然发明了一套新的符号体系,于是,"珠乐演奏"迅速完善起来。人们用这套符号,可以把人类历史上所有精神文化财富进行任意组合,并且从独奏、重奏发展成公众的、隆重的演奏活动。经过演奏和冥想的训练,演奏者和听众在公演时就进入了一种犹如珠体围绕其中心点那样无比匀称和谐的精神境界中。为了组织这一活动,各国设有以"卢帝硕士"为首的委员会。小说的主人公克列希特便是一位杰出的卢帝硕士。他小时候才华出众,被选送到尖子学校,毕业后开始了不受地点、时间限制的研究学习。为了学习文化史,他到东亚学堂学习汉语和中国经典著作,学背《诗经》,并对《易经》产生了浓厚兴趣,接着又拜一位居住在竹林小屋的中国隐士"老兄"为师。小说有声有色地描绘了这位老兄如何以求签问卦的方式决定收留克列希特,请他品茶、观花、赏鱼,教他占卦,给他讲庄子。此外,克列希特还学种花草、洗笔磨墨、烧茶煮粥、观察气象、掌握农历以及古代乐理。经过这段学习后,他被吸收进教团里,并被派往玛丽亚神学院教奏珠乐。临行前,他占卜问卦。去到那儿,除了教"珠乐",还应院长要求讲授《易经》。后来,克列希特当了卢帝硕士。在任职头一年举行的"珠乐演奏"中,他以中国房屋建造的传统法则为基础,出色地谱奏了"珠乐"。这一成功表明,任命他担任最高职务是正确的。但是,过了一段时间后,这位"珠乐"大师终于醒悟,毅然辞去卢帝硕士的职务。正如他在辞职书中指出的:在混乱和罪恶的时代里,人们缺乏相互理解。经过长时期的流血、迷惘后,人们渴望通过思索,发现共同语言,开拓讲究礼仪的新秩序。一些不屈不挠的知识分子,出于对真理、权利和理智的追求,用禁欲主义的方法约束自己,以摆脱混乱的危机。于是,卡斯塔里恩和"珠乐演奏"被创造出来了。但是,一切事物都是历史的,"珠乐演奏"在达到顶峰后就要走下坡路。克列希特已经感到卡斯塔里恩面临的内外危险:在内部,卡斯塔里恩培养的是精神贵族,人们自我陶醉、孤芳自赏,却不知道自己的存在有赖于外部世俗世界提供的物质条件;在外部,随时都可能发生战争和灾难,世俗世界一旦无法提供物质条件,或者人民把这些精神贵族看作寄生虫和敌人,那么,"珠乐演奏"和卡斯塔里恩就要灭亡。鉴于这种认识,克列希特决定离开卡斯塔里恩,回到世俗世界,以教育为己任。他当了一名普通的家庭教师,在跟学生去游泳时,淹死在激流中。

  在这部小说中,黑塞通过回顾卡斯塔里恩产生的历史,对现实社会作了批判,同时也通过克列希特的醒悟,对自己一生的思想进行了总结。由于这是黑塞最重要的一部作品,并且包含着大量中国文化的因素,因此,许多学者从不同的角度对小说进行研究。在我国,有人认为"卡斯塔里恩"是黑塞的理想王国,并把它跟陶渊明的"桃花源"比较。① 这确实是个大胆的尝试。但是要说"它们十分相像",笔者却不敢苟同。且不说文章作者已提出了许多具体的不同之处,单就所谓"理想王国"而言,两者的差别又何止十万八千里。陶渊明塑造"桃花源",描绘了他所憧憬的理想社会;而"卡斯塔里恩"呢?黑塞并不是把它作为理想的社会,而是作为与物质世界对立的"精神王国"描写的。可以说,它反映了一部分知识分子面对现实危机寻求精神解脱的倾向,也可以说通过虚构一个超然世界,表示对物质"过剩"、精神崩毁的现实社会的不满,但要说这是黑塞的"理想王国",那是难以令人信服的。否则,该如何解释克列希特的辞职呢?克列希特,倒可以说是黑塞心目中的理想人物。他是人道主义精神王国的杰出分子,超尘拔俗、大智若愚,对于人类的精神财富采取兼收并蓄的态度,具有东方古代圣人的智慧。在一篇纪念德国著名汉学家卫礼贤的文章中,黑塞曾描绘过未来的欧洲人:他们"逾越了这一鸿沟(按:指东西方的鸿沟),不仅思想、而且行为和生活都实现了亚洲和西方本质上的完全融合"。他认为,像卫礼贤这样精通中国文化的人才是理想的人、"和谐的人"。看看克列希特的思想和行为,不正是这样的一个人物吗?

三

可能有人会问,为什么黑塞会对中国文化如此感兴趣,并塑造出像韩福、克林索尔、悉达多、克列希特这样的人物?这里,只能作

---

① 参见黎奇:《赫尔曼·黑塞》,《外国文学研究》1983年第2期。

一简单探讨。

黑塞受中国文化影响的原因是多方面的。比如家庭的影响：黑塞的外祖父在印度当了 20 多年传教士，是个"印度通"，对中国也有了解。他回国后，继续研究印度学，家里珍藏着各种有关东方文化的书籍。黑塞的父亲同样是到过印度的传教士。在这样的家庭中生活，黑塞从小就受到东方文化的熏陶。

1911 年夏，黑塞与一位朋友到锡兰、苏门答腊、马来亚等地旅行。古老的森林、原始的村落、雅致的庙宇，给他留下了深刻的印象。但是，对于黑塞来说，最大的收获并不是观赏到异国的风光，而是接触到东方的民众和文化。在回忆亚洲之行的几篇文章中，他都一再地谈及："给人留下的第一个最深印象的便是中国人""在中国人那儿，我第一次看见，民族的统一性占了绝对的统治地位，以致所有的个别现象都完全被掩盖了""这是一个在长期历史中形成的、有自己文化的民族。"同时，他还指出，"所有亚洲人中存在着亲缘关系和统一性"，不仅亚洲人之间有共同的东西，欧洲人之间有共同的东西，而且"东方与西方，亚洲与欧洲，它们是统一体，有着共同的东西，这就是人性"。[①] 基于这种超民族、超地域、普遍抽象的人性论，他反对种族仇恨，主张向东方学习。早在 1913 年，他已经指出："中国文化之渊源与我们现实的文化理想是如此的对立，以至我们应当为在地球的另一边有完全对立的一极而感到高兴。希望全世界都欧洲化或中国化，那是愚蠢的，可是，

[①] ［德］黑塞：《回忆印度》(1916)，载《赫尔曼·黑塞全集》第 6 卷，苏尔坎普出版社 1982 年版，第 288—294 页。

我们应当学习他们的精神,把远东作为我们的老师。"①

当时,正值中国的古代文化被大量地介绍到欧洲,黑塞有机会读到许多介绍中国的文章、中国古代的文学作品和哲学论著。中国的古代文化,在他眼前展现出一个新的世界。1925年,黑塞谈及:"中国这个辽阔富饶的国家,在政治上陷入衰弱分裂,被西方列强仅仅看作剥削的对象,充其量在对待它时小心谨慎些就行了,这时,中国古代的智慧、艺术不仅仅进入了西方的博物馆和图书馆,而且进入了有思想的青年的心中。在过去的十年里,除了陀思妥耶夫斯基,再没有其他人的思想像老子对于遭受战乱的德国青年的影响那么大了,虽然这只是极少数人,但是,他们是有文化的青年中极有才华、最有觉悟、最有责任感的一部分。"②

黑塞本人,便是这部分人中的一个。面对资本主义社会日益严重的异化现象和不断加深的各种危机,他痛苦、失望、探索。他读了孔子的《论语》,从孔子身上看到了"西方历史上伟大人物所具有的特性"。③ 读了老子的《道德经》,认为:"在远东的著名的思想家中,伦理道德的理想与西方人最接近的莫过于老子了。"④"老子不应当取代我们的新福音书,可是它应当向我们表明,类似的东西在地球的另一边早已存在,这将加强我们关于文化

---

① [德]黑塞:《中国人》(1913),载《小小的愉快·散文遗补》,苏尔坎普袖珍本出版社1977年版。
② [德]黑塞:《中国拾零》(1926),载《赫尔曼·黑塞全集》第12卷,苏尔坎普出版社1982年版,第27页。
③ [德]黑塞:《孔夫子》(1905),载《赫尔曼·黑塞全集》第12卷,苏尔坎普出版社1982年版,第30页。
④ [德]黑塞:《老子:〈道德〉》(1910),载《赫尔曼·黑塞全集》第12卷,苏尔坎普出版社1982年版,第29—30页。

国际性的信念。"①读了《吕氏春秋》,觉得自己"回到了古老的汲之不尽的智慧中""在动荡不安的年代里,人变成了金钱,昨天还很时髦的舞蹈和汽车,今天已变得陈旧和破烂,而中国古代的文化却像阳光一样""时间流逝了,智慧却长存"。②

当然,黑塞的这些认识不是以历史唯物主义,而是以抽象的人性论为基础的,因此有着很大的局限性;但是,其中毕竟包含着许多真知灼见,与那种歧视和菲薄东方的种族主义谬论相比,不知要高明多少倍!

1932年,黑塞在《小议神学》一文中说道:"人们应当认识到,种族、肤色、语言和文化之分,是以统一为基础的,没有不同的人和精神,只有一个人类,只有一种精神。"③

"只有一个人类,只有一种精神"——这,便是黑塞在研究东方文化中得出的结论,也是他从事文学创作几十年一刻也没有松懈过的追求。

(原载《外国语文教学》1986年第4期)

---

① [德]黑塞:《中国人》(1913),载《小小的愉快·散文遗作》,苏尔坎普袖珍本出版社1977年版,第101—105页。
② [德]黑塞:《评〈吕氏春秋〉》(1929),载《赫尔曼·黑塞全集》第12卷,苏尔坎普出版社1982年版,第32—33页。
③ [德]黑塞:《小议神学》(1932),载《赫尔曼·黑塞全集》第10卷,苏尔坎普出版社1982年版,第76页。

唐诗在德国

唐代,被誉为我国古代诗歌创作的黄金时代。在不到300年的时间里,创作的各类诗歌,无论在数量上,还是在艺术风格和技巧上,都达到了前所未有的高度。伟大诗人李白、杜甫、白居易的辉煌诗篇,更为我国文学宝库增添了绚烂的色彩。研究唐代诗歌在国外的传播和影响,无疑将有助于我们认识唐诗的价值及其在世界文学中的地位。

一

德国对于唐诗的了解,最初是在19世纪末,通过法国的翻译。在此之前,翻译到德国的中国古代诗歌,主要还是《诗经》。早在18世纪初,《诗经》已通过来华耶稣教士介绍到欧洲。《诗经》之所以被最早介绍到欧洲,并不完全因为它是中国最古老的诗歌,而是因为早期耶稣教士关于中国精神文化的介绍中,孔子占有突出的地位,而《诗经》是作为孔子收集整理民歌的一大贡献被重视的。18世纪中叶,在经历"礼义争端"之后,虽然耶稣教士对中国的介绍逐渐衰微,但汉学研究却首先在法国形成专业。中国文学开始被大量翻译介绍,唐诗也开始有了法译本。其中影响较大的有两本:一是汉学家埃尔韦·圣-德尼(Hervey Saint-Denys)的《唐代诗歌》(*Poésie de l'époque des Thang*, 1862),另一本是朱迪特·戈蒂埃(Judith Gautier)在中国教师帮助下发表的《玉书》(*Le livre de jade*, 1867)。在这两本诗集中,李白都占有显著位置。1873年,德国人戈特弗里德·伯姆(Gottfried Bohm)据戈蒂埃的译本,选译中国诗歌。这大概是唐诗的最早德译尝试。李白的《静夜思》是首五绝,经过伯姆的转译,成了一首21行的长诗,共7节,每节3行,描写在异乡漫游的"我",在酒店里酒后醒来,抬头望月,思念再也不能见到的故乡和友人。全诗按aab押韵,前6节诗均以"酒店"结尾,诗的标题是《酒店》(*Die Schenke*)。[①] 伯姆的译作影响不大。到了19世纪90年代,曾在柏林学习汉学的奥托·尤利乌斯·比尔鲍姆(Otto Julius Bierbaum)开始在杂志上发表唐诗译作。他自称按李白原著翻译,但据国外学者研究,他很可能是参考了德尼的法译本。1905年,汉斯·海尔曼(Hans Heilmann)据德尼的译本,翻译发表了《中国抒情诗》(*Chinesische Lyrik*),诗集收入88首作品,其中李白诗26首,杜甫诗13首。比尔鲍姆和海尔曼的译作,不如后来德译本流传那么广,但在当时却产生了很大影响。

德国诗人阿尔诺·霍尔茨(Arno Holz,1863—1929)在1888年写了一首诗:

> 镀金的花船上,
> 屹立着木桅紫帆,
> 我们漂向开阔的湖上。

---

① 参见 Ingrid Schuster:*China und Japan in der deutschen Literatur 1890–1925*, Francke Verlag, Bern und München 1977, S.90–92, S.93, S.96–104, S.105。

身后莲间月光荡漾,
丝绳上闪耀着彩灯千盏。
美酒杯中香,
琴声远飘扬。
我们的心间,
响起李白的不朽篇章。①

诗中的中国成分是显而易见的,对李白的推崇,更是溢于言表。作为自然主义诗人,霍尔茨十分喜爱李白,并曾改译李白的诗。如李白的《春日醉起言志》头6句:

处世若大梦,
胡为劳其生。
所以终日醉,
颓然卧前楹。
觉来盼庭前,
一鸟花间鸣。

经霍尔茨自由改译变成这样:

如果人生不外乎是场大梦,又何必苦恼悲叹?
我

---

① 译自 Ingrid Schuster: *China und Japan in der deutschen Literatur 1890–1925*, Francke Verlag, Bern und München 1977, S.94. S.100。

我饮酒!

终日饮酒,饮得一醉方休!

当我饮得醉醺醺,开始摇晃、疲乏、步履艰难,

我就躺倒在一幢被遗弃的、破烂的、孤独的房屋的

头两根最好的、白色的柱子之间……昏睡。

一觉醒来,天空灿烂,初升的朝阳放出温暖,

露珠在我宽大的袖子上、在野草上、在所有树丛中,

仍闪耀光芒,我一动不动、长时间地、慢慢环视四周,

一只极娇小的、四处窥察、嗓音美妙、欢乐地拍打尾巴的鸟儿

在盛开鲜花的树枝上歌唱![①]

与霍尔茨同时期的另一诗人里夏德·德默尔(Richard Dehmel, 1868—1920),也在刊物上发表改译的李白诗。德默尔属于世纪转折时期最有影响的德国诗人。在给朋友的信中,他写道:"我所译的李白诗,可以在汉斯·海尔曼的《中国抒情诗》中读到。当然,我是非常自由地把它们转述出来的,因为中国诗的结构,根本无法用欧洲语言再现出来。例如'远处的琴声''春日醉酒',便是根据李白不同的几首诗的题材,合而为一写成的,在这过程中,思想内容和感情也有相当大的改变。"当时发表德默尔译作的文学刊物《晨》的出版者之一、奥地利著名戏剧家胡戈·冯·霍夫曼斯塔尔(Hugo von Hofmannsthal, 1874—1929)对中国诗极感兴趣。他写信给德默尔,满腔热忱地说:"类似这些从汉语翻译过来的优美诗

---

① 译自 Ingrid Schuster: *China und Japan in der deutschen Literatur 1890-1925*, Francke Verlag, Bern und München 1977, S.94. S.100。

逃向纯净的东方

歌,我们无比欢迎,并且多多益善!"①

由于诗人们纷纷改译唐诗,特别是李白的诗,德国诗坛上出现越来越多的中国诗译本。

二

在众多的中国诗译本中,影响最大的有:

奥托·豪塞尔(Otto Hauser):《中国的文学创作》(*Die chinesische Dichtung*,1908),《李太白》(1906),《唐宋诗歌》(1917);

汉斯·贝特格:《中国之笛》(1908),《中国桃花》(1920);

克拉邦德(Klabund,原名 Alfred Henschke,1890—1928):《闷鼓响锣》(1915),《李太白》(1916),《花船》(1921)。②

豪塞尔是位颇有成就的学者,他曾出版过一套丛书,共 100 册,名为《来自异国花园》(*Aus fremden Gärten*),介绍世界各国文学。鉴于当时许多德国人只知中国有"四书五经",而对中国文学缺乏了解,他撰写了《中国的文学创作》。这是一部文学史著作,从《诗经》《离骚》,到明清的小说、戏剧,以至康熙、乾隆、曾国藩、李鸿章、洪秀全这些人物,都作了扼要介绍,其中从第 31—48 页叙述唐诗。豪塞尔不懂汉语,主要参考了英国人翟理思的《中国诗歌》和《中国文学史》。豪塞尔在该书中谈及,欧洲学者常把李白比作"中国的阿那克瑞翁",因为李白和这位希腊古代抒情诗人一样在诗中歌颂醇酒。在豪塞尔看来,把李白比作"中国的哈

---

① 参见 Ingrid Schuster:*China und Japan in der deutschen Literatur 1890–1925*,Francke Verlag,Bern und München 1977,S.90–92,S.93,S.96–104,S.105。
② Ibid.

菲斯"更为恰当,因为李白像 14 世纪波斯诗人哈菲斯一样,至今活在人民当中,是真正的民间诗人。他认为,李白不是一般的酒徒,而是具有哲学思想的饮酒者,或者说是借酒描绘世界神秘魅力的神秘主义者。豪塞尔说的神秘主义,指的是道教。当时,道教在西方广泛传播,老子的《道德经》一再翻译出版,成为欧洲畅销的东方哲学著作。豪塞尔介绍了李白的生平和沉江遇仙童、乘鲸腾空而去的传说,并选择了 6 首李诗。他力求再现原著,但由于所依据的译本并非完全忠于原著,因此与原著仍有出入。除李诗外,他还翻译了杜甫的《羌村三首》,介绍了白居易、孟浩然、王维等唐代诗人。①

贝特格同样是位不懂汉语的译者。他读了上面提到的两个法译本和海尔曼的译本,即进行改译。他的《中国之笛》收入从古代到清末的诗歌 82 首,其中李白诗 15 首,杜甫诗 9 首,在诗集的"附言"中,他感叹地写道:"当我第一次读到译自汉语的抒情诗时,我被完全吸引住了,这是一种多么迷人的诗歌艺术啊!"他称颂李白为"中国诗歌艺术最灿烂的花朵",并指出:唐代是中国诗歌的经典时期,李白和杜甫的诗,抒发了对自然、故乡和自由的热爱。②

奥地利作曲家古斯塔夫·马勒读了《中国之笛》,燃起了创作激情。他选了《悲歌行》等 6 首,配上乐曲,谱成著名的交响乐《大

---

① 参见 Otto Hauser: *Die chinesische Dichtung*, Brandus Verlagsbuchhandlung, Berlin 1906; Li-Tai-Po, Gedichte aus dem Chinesischen, aufgenommen in die Sammlung "Aus fremden Gärten"。
② 参见 Hans Bethge: *Die Chinesische Flöte*, Leipzig 1910。

地之歌》。由此可见贝特格译作的感染力之大。这本诗集,从1908年发表,到1928年,20年间重版了86次。

同是自由改译,克拉邦德却另有风格。克拉邦德原名是阿尔弗雷特·亨施克,是位受表现主义影响的诗人。他对东方文化有特殊爱好,曾改编中国戏剧《灰阑记》于1925年首次上演,演出了上百场。从他的改译本中,贝托尔特·布莱希特(Bertolt Brecht, 1898—1956)受到启迪,后来创作了《高加索灰阑记》。克拉邦德还曾改译老子的《道德经》。在政治上,他曾一度赞同民族主义,经历第一次世界大战(简称一战)后,完全转向了和平主义。发表于1915年和1916年的诗集《闷鼓响锣》和《李太白》,表明他在政治上的转变,这与中国文化的影响,有着密切关系。《闷鼓响锣》收入80首诗,绝大部分为唐诗,其中李白诗12首。书名《闷鼓响锣》,出自李白诗《军行》中的一句"城头铁鼓声犹震"。克拉邦德把这一诗句译为"被占领的城堡上阵阵闷鼓响锣"。诗集的副标题是"中国的战争抒情诗",所选诗歌全以战争为题材。李白的《战城南》是反对征战的佳作。克拉邦德把这首乐府译成12行诗,以《战争的灾难》为题。译作中,克拉邦德干脆直接诅咒战争:"该死的战争!该死的兵器的业绩!"(So sei verflucht der Krieg! Verflucht das Werk der Waffen!)李白的另一首乐府《春日行》,颂扬玄宗时代"百姓聚舞歌太平,我无为,人自宁",表达了诗人"无为而治"的政治理想。克拉邦德把它译为4节16行诗。译作的标题是《和平的庆典》(Das Friedensfest)。

除了李白的诗外,克拉邦德还选译了杜甫8首诗,其中包括《兵车行》《石壕吏》《新婚别》等名篇。在诗集的"跋"中克拉朋德谈及,战争对于中国人来说,意味着离乡别井,身死异地。其他民族以战争为题材的诗歌,往往以颂歌或史诗形式出现,而中国的战争诗歌则不同,它是"现实主义、理性主义与佛道思想的混合""既写实,又具有浪漫主义"。克拉邦德的另一诗集《李太白》,收入40首诗,除了已发表在《闷鼓响锣》中的16首战争诗外,在增译的诗中,主要是饮酒诗,如《春日醉起言志》《悲歌行》《将进酒》《月下独酌》《山中与幽人对酌》《口号吴王美人半醉》等。如果说,前一部诗集着眼于谴责战争祸害,那么,后一部诗集则表达了译者由于战乱产生的悲观、失望、彷徨和孤独感。在翻译的手法上,用译者自己的话来说,是"从精神出发,凭直觉,重新构成(这座小庙宇的某些支柱不得不移位或调置)"。在重新构成时,克拉邦德基本采用了德国诗歌传统的格式、韵律,有些运用了表现主义的某些手法,适合德国读者的审美情趣。由于这两本诗集,从思想感情上在当时特别易于引起共鸣,在艺术上又有欣赏价值,因此深受读者欢迎。[①]

德国无产阶级作家维利·布莱德尔在1934年秋创作的自传性长篇小说《考验》中,描绘了一位正直的社会民主党人、美学家柯特威兹博士在法西斯集中营里,收到妻子的信。信中引用柯特威兹十分喜爱的两首诗,一首是李白的《乌夜啼》,另一首是杜甫的《新婚别》(在引用时略有删节)。这两首均出自克拉邦德的《闷鼓响锣》。由此可见,李白、杜甫的诗,当时不仅成为德

---

① 参见 Klabund: *Trommel und berauschtes Gong. Nachdichtung chinesischer Kriegslyrik.* Leipzig 1915; *Li-Tai-Pe*, Leipzig 1916; *Das Blumenschiff, Nachdichtungen chinesischer Lyrik*, Berlin 1921。

国诗人进行再创作的原料,而且已成为许多进步作家和受压迫者的精神食粮。德国另一位著名作家赫尔曼·黑塞在一战后发表的中篇小说《克林索尔最后的夏天》描写了几位艺术家面对西方大规模的战争以及政治、文化上的崩溃,在精神上陷入极度的痛苦中。小说的主人公、画家克林索尔自称"李白",并把挚友称为"杜甫",请他吟诵李白诗句。小说中引用了海尔曼、贝特格和克拉邦德的译作,同样反映了当时李白在德国,特别是在德国知识分子中的影响。

事实上,在 20 世纪初,除了上面提到的重要译作外,在各种杂志上还常常刊登"李白之死""李白颂"之类的诗,还有人创作歌剧《李太白,皇帝的诗人》,1920 年在汉堡上演。可以毫不夸张地说,在德国以及欧洲出现"老子热"的同时,出现了股"李白风"。他的《静夜思》,在当时,至少已有 6 种不同的德译本(译者:Heilmann,Dehmel,Hauser,Bethege,Holz,Klabund)。《春日醉起言志》《将进酒》《月下独酌》《玉阶怨》等,也常被仿作。

三

李白,无疑是唐代的杰出诗人。但他的诗,毕竟还不能代表唐诗的全部。同样,被介绍到德国的李白诗歌,反映了当时一部分知识分子精神上的需要,但唐代诗歌在德国的影响,也绝不仅仅限于李白。

产生于公元前 1200 年至公元前 600 年期间的中国民歌集《诗经》中,已有许多表达对暴力统治的不满和愤慨,特别是对兵役和战争强烈厌恶的诗歌。到了公元 800 年,出现了这么一位人物,他控诉讽刺了官僚贵族的骄奢淫逸,发出了受苦受难群众的呐喊,他便是:白居易。①

这是 1924 年阿尔贝尔特·埃伦斯泰恩(Albert Ehrenstein,1886—1950)仿作的诗集《中国控诉》(China Klagt)前言中的一段话。与前几本诗集比较,这本诗集无论在选题还是翻译风格上,都有明显区别。诗集的副标题是"三千年中国革命抒情诗之仿作"。收入的 24 首诗中,13 首出自《诗经》,2 首出自杜甫(《兵车行》《石壕吏》),9 首出自白居易。

20 世纪初,白居易的诗已通过汉学家奥古斯特·普菲茨迈厄(August Pfizmaier)和 L.沃伊志(L. Woitsoh)等直译成德语。普菲茨迈厄的直译,为埃伦斯泰恩的仿作(Nachdichtung)提供了蓝本。

埃伦斯泰恩是位出身低微的犹太作家。1919 年,德国革命失败,他开始翻译中国诗歌。最早发表的译作是《诗经》(Schi-King, Das Liederbuch Chinas, Gesammelt von Kung-Fu-Tse),根据弗里德里希·吕克特(Friedrich Rückert)的译本转译。1923 年,埃伦斯泰恩在仿作完《诗经》后,接着仿作白居易的诗,参照的是普菲茨迈厄的直译本。在《中国控诉》的出版预告中称:"中国诗人的桃花,在德文中,大多数都带上了香水味,而由恩斯特·罗沃尔(Ernst Rowohlt)出版、装潢精致的阿尔贝尔特·埃伦斯泰恩的诗集《白乐天》则没有这股甜滋滋的气味。这是些充满真正痛苦

---

① Albert Ehrenstein: *China klagt: Nachdichtungen revolutionärer chinesischer Lyrik aus drei Jahrtausenden*, Der Malik-Verlag 1924; Pe-Lo-Thien, Ernst Rowohlt, Berlin.

的诗歌,其受难者和创作大师不仅仅是白乐天,而且也是德国的阿尔贝尔特·埃伦斯泰恩本人。"①1924年出版的《中国控诉》,则更鲜明地反映了埃伦斯泰恩的思想倾向。他在前言中提及:"受传统压迫的中国人民,需要时间鼓起勇气清除寄生虫,这是理所当然的,但这在他们的文字和行动中早就在已经强劲地发生,早在《诗经》中就出现了不满暴力统治和战争的诗歌。公元800年前后更有白居易发出受苦挨饿民众的呐喊。"诗集前言的后面,诗人附上了两首自己写的诗,第一首诗《中国人的战歌》(*Kampflied der Chinesen*):

> 我们没有成熟?
> 这是他们唱的歌,
> 几百年来他们以此
> 抚慰我们可怜的孤儿,
>
> 消灭民众的希望,
> 迷惑美好的心灵,
> 摧毁我们的未来。
> 我们没有成熟?
>
> 我们不断成熟,向着人间幸福。
> 我们要变得更幸福、更美好。
> 我们成熟,控诉我们的苦难,

---

① 参见 Ingrid Schuster：*China und Japan in der deutschen Literatur 1890－1925*, Francke Verlag, Bern und München 1977, S.90－92, S.93, S.96－104, S.105。

我们成熟,不再忍受你们,
我们成熟,为了自由无所畏惧。①

另一首题为《致自由》(An die Freiheit)。在这本集子中,选译了9首白居易的诗,分别是《过昭君村》《凶宅》《歌舞》《轻肥》《观刈麦》《杜陵叟》《伤宅》《重赋》《村居苦寒》,这些诗,说得上是白诗的精华。白居易在诗歌中对劳动人民寄予深厚的同情,对统治者无情揭露:"回观村间间,十室八九贫。北风利如剑,布絮不蔽身。"(《村居苦寒》)"浚我以求宠,敛索无冬春。"(《重赋》)"厨有臭败肉,库有贯朽钱。"(《伤宅》)"虐人害物即豺狼,何必钩爪锯牙食人肉。"(《杜陵叟》)这些字字血、行行泪的诗句,引起了埃伦斯泰恩的强烈共鸣,他的翻译,除了极个别诗句在意思上与原著稍有出入外,总的看,忠于原著,语言通俗易懂、简洁有力、充满激情,具有政治讽刺诗的战斗风格,它是被压迫者的控诉和呐喊,是投向统治者的匕首。到了纳粹时期,埃伦斯泰恩的译作被焚,出版社出版他翻译的中国诗集的计划也不得不取消。

在德国,认识白居易诗歌价值并进行改译的,还有著名戏剧家布莱希特。布莱希特吸收中国戏剧成分,创作《高加索灰阑记》《四川好人》。这是众所周知的。实际上,布莱希特接受中国文化影响,是多方面的。在诗歌方面,他写过一首有趣的诗《访被放逐的诗人》(1938),诗中描写"他"梦入被放逐诗人们的茅屋,屋内有但丁、伏尔泰、海涅、莎士比亚、欧里庇德斯等人,还有两位中国诗

---

① Albert Ehrenstein: *China klagt: Nachdichtungen revolutionärer chinesischer Lyrik aus drei Jahrtausenden*, Der Malik-Verlag 1924; Pe-Lo-Thien, Ernst Rowohlt, Berlin.

人：白居易和杜甫。他改译阿尔弗雷德·布鲁什的《题李白墓》，反映了对李白的钦佩。在中国诗人中，布莱希特似乎对白居易更为偏爱。他读了阿瑟·韦利(Arthur Waley)的英译中国诗，从中改译了6首，以"中国诗歌"为题，发表于莫斯科出版的文学杂志《官论》1938年第8期上。这6首诗中，有4首白诗：《大被》、《新制绫袄成感而有咏》节译、《政客》(即《寄隐者》)和《黑潭龙》。后来，又陆续改译《买花》、《有感三首》("往事勿追思")、《感旧纱帽》和《官牛》4首白诗。从所选的诗看，布莱希特与埃伦斯泰恩一样，喜爱白居易的讽喻诗，而尤其喜爱含蓄、幽默、寓意深刻的诗。1951年，布莱希特的"中国诗"在文学杂志《试验》第10期上再次发表时，布莱希特写了注解。他介绍了白居易的生平和创作，指出：白居易"出身于贫穷的农民家庭"(按：实际上出身于小官僚家庭)，"自己当过官，如同孔子，把艺术看作教育的一种手段"，"他指责大诗人李白和杜甫缺乏'风'(批评统治者)和'雅'(在道德上引导群众)"，"两次被放逐"，"向一位老农妇念诗，以证实这些诗是否浅显易懂"，"他的诗在农民和马夫的口头中传诵，写在船舱、庙宇和乡村学堂的墙上"。从这些介绍中，不难看出，白居易思想上接近人民，政治上屡遭迫害，创作上强调诗歌的社会功能和教育作用，语言上力求大众化，与布莱希特的政治态度和艺术主张有某些共同之处，这正是布莱希特喜爱白居易的重要原因。①

四

上述各种唐诗德译，大都出自不懂汉语的诗人之手。他们中，

---

① 参见 Tatlow Antony：*Brechts chinesische Gedicht*, Frankfurt am Main 1973。

有的出于对东方文学的兴趣,凭着对中国诗的间接了解和对中国诗特点的想象,把唐诗介绍给德国读者;有的读唐诗有感而改译,志在抒发个人情感,有的两者兼而有之。他们依据的或是法译本,或是英译本,或是其他的德译本,改译时,往往带有相当大的主观性。他们对唐诗的传播,固然做出重大贡献,但他们的译作,是德国化的唐诗。

除了这些诗人外,在德国从事唐诗翻译的,还有少数汉学家。他们懂汉语,对中国诗有直接的了解,但诗才却往往不如上一类译者,译作的影响,也往往不如上一类大。他们中,有从事外交工作的,如:阿尔弗雷德·佛尔克(Alfred Forke),曾发表《汉六朝诗选》(1884),《唐宋诗选》(1929);有传教士,如卫礼贤,曾发表《中德季日即景》(1922);此外,马丁·贝内迪克特(Martin Benedikter)、安娜·伯恩哈迪(Anna Bernhardi)、恩斯特·柏施曼(Ernst Boerschmann)、洪涛生(Vincenz Hundhausen)等也零星地翻译过一些唐诗。在汉学家中,翻译唐诗最突出的,要数埃尔文·冯·查赫(Erwin von Zach)。查赫生于1872年,在20世纪初,作为奥地利使馆的官员,在远东服务了19年,于1919年到巴塔维亚,主要从事唐诗翻译和修改别人的翻译,直至1942年去世。李白的诗,有九百多首,除了100多首因为已有欧洲译本,他没有再译,其余的诗,他都译了。杜甫的诗1 400多首,他翻译了,韩愈的诗,译了400多首,白居易的诗,译了50余首。翻译唐诗数量之多,不仅在德语国家,而且在整个欧美,都是少有的。这位多产的唐诗翻译家,在一般的读者群中却默默无闻。因为这些诗是逐字逐句、并加诠释地翻译,只求意思准确,既不考虑中国诗的格律,也不按照德国诗歌的格律,为的是让汉学专业的学生能正确理解原著的意思。他的译作,算得上是科学文献,但无审美价值。查赫的译作,大量发表在 20 世纪 30 年代的各种汉学杂志上,也曾出版过专集。1952 年,哈佛燕京学社出版了他的《杜诗全集》和《韩愈诗集》。①

既懂汉语,又有诗才的译者是京特·艾希(Günter Eich)。艾希出生于 1907 年,青年时代学过汉语,后来走上文学创作道路,成为战后著名诗人。他喜爱中国文化,但并不像 20 世纪 20 年代一些欧洲人那样盲目地把中国古代文化看作拯救西方的灵丹妙药。他研究中国的语言文字,很有独特见解。第二次世界大战(简称二战)后,他是"47 社"成员,以广播剧和抒情诗著称。他的广播剧《笑娘》,就是按照《聊斋》中的《婴宁》故事改编的。在 1949—1951 年期间,他翻译了中国诗歌 95 首,包括 14 位诗人,其中唐宋诗词占绝大部分,最多的是李白(22 首),其次是苏轼(21 首),再次是白居易(16 首)、杜甫(9 首)、王维(7 首)。也许是因为经历了战乱,诗人已经快要迈入晚年,回忆往事,思绪万千,因此,除了选译以战争和怀古为题材的诗,如李白的《军行》《北上行》《夜泊牛渚怀古》《登金陵凤凰台》及杜甫的《登岳阳楼》,选译得特别多的是思念友人的诗篇,如王维的《九月九日忆山东兄弟》,李白的《金陵酒肆留别》《送友人入蜀》《黄鹤楼送孟浩然之广陵》《送友人》和杜甫的《月夜忆舍弟》等,他翻译的诗,不仅意思忠于原著,

---

① 参见 Erwin von Zach:„Li Taipo's Archaistische Allegorien", in: *Asia Major*, Leipzig 1924; „Li Taipo's Gedichte", in: *Asia Major*, Leipzig 1926 – 1930; „Li Taipo's Poetische Werke", in: *Chinesische Revue*, Batavia 1930 und Deutsche Wacht; Batavia 1930 – 1932; *Tu Fu's Gedichte*, Harvard Universit Press Cambridge 1952; Han Yü's poetische Werke Harvard Universit Press Cambridge 1952。

而且保留了中国诗歌的意境和风格,语言精练优美,诗句富有节奏感,读起来朗朗上口,诗味浓厚。①

20世纪50年代末以来,联邦德国出版了两本引人注目的唐诗译本,一本是《李太白》(1958),另一本是《唐代的中国诗人》(1964)。诗集的编译者是汉学教授京特·德博。德博有很深的中国古典文学修养,曾重译老子的《道德经》(1961)。在编译这两本诗集前,于1953年和1957年出版过两本中国诗集。《李太白》这本诗集,共收入60首作品,其中精选前人翻译佳作30首,另增译30首。在前言中,编者详细叙述了李白生活的时代和经历,讨论了李白的诗在中国文学上的地位,并着重介绍了唐代的律诗和绝句。诗集后面附有注释和李白简历。这是一本到目前为止最好的李白诗德译本。《唐代的中国诗人》是根据联合国教科文组织一项关于翻译出版一批有代表性的亚洲文学作品,以增进东西方了解的计划编译的。编者主要是依据明代李攀龙选辑的《唐诗选》,并参考我国和日本的其他唐诗版本,共选了25位诗人44首作品,其中有意突出介绍了在德国鲜为人知的诗人李贺(选译8首)和寒山(选译6首)。诗集除了在前言中对唐诗作了总的介绍,每个诗人的作品前还附有作者简介,集中还有诗歌注释。②

---

① 参见 Günter Eich: *Lyrik des Ostens*, Hanse Verlag, München 1952。
② 参见 Günther Debon: *Li Tai-bo*, *Rausch und Unsterblichkeit, ausgewählt aus den Werken des Dichters und mit einer Einleitung versehen von Günther Debon*, Kurt Desch GmbH. Verlag, München · Wien · Basel, 1958; *Chinesische Dichter der Tang-Zeit*, *Übersetzung, Einleitung und Anmerkungen von Günther Debon*, Philipp Reclam Jun. Stuttgart, 1964。

在介绍了过去100年中唐诗在德国各个时期的主要译者和重要译本后，我们可以简单地作一小结：

19世纪后半叶，我国唐诗开始翻译介绍到德国。伯姆、比尔鲍姆、海尔曼等人根据法译本进行改译，开创了唐诗德译的先河。他们的翻译，引起了德国各种流派诗人对唐诗的兴趣，从而出现了改译唐诗的盛况，并对当时诗歌、戏剧、小说的创作产生了一定影响。重要的译者有霍尔茨、德默尔、豪塞尔、贝特格、克拉邦德等。正是这些不懂汉语，但对东方文学有浓厚兴趣的诗人，对唐诗的传播做出了重大贡献。在唐代诗人中，李白才气横溢、淡漠功名、藐视习俗、不满世道，追求个人自由以及从逸乐纵酒中企求精神解脱，恰好迎合了20世纪初欧洲出现的社会思潮和许多知识分子的心理，是他在德国深受欢迎的重要原因。随着阶级矛盾的激化和战争的爆发，白居易的讽喻诗，在一些进步诗人中引起共鸣并产生影响，突出的有埃伦斯泰恩和布莱希特。在此期间，德国汉学家也直接从汉语翻译唐诗。查赫逐字逐句直译了大量唐诗，在汉学界享有盛名，有很高科研价值，但审美价值不高。20世纪50年代以来，德国出现了一批质量很高的唐诗德译，特别值得一提的是诗人艾希和汉学教授德博。但是，到目前为止，既忠实原著又有艺术价值的唐代诗人的德译专集，除李白诗集外，尚未问世。进入70年代后，德国汉学界的兴趣明显转向中国当代文学。在中国古典诗歌的翻译方面，我们见到的只有《中国的妇女抒情诗》（*Chinesische Frauen lyrik*, 1985），译者是奥地利汉学家、翻译家恩斯特·施瓦茨（Ernst Schwarz），译者出身于犹太商人家庭，纳粹时期曾流亡我国上海，新中国成立后曾在北京外文出版社当翻译，1960年离开中国。这本诗集翻译的已不是唐诗,而是宋代女词人李清照和朱淑真,这跟当前欧洲妇女文学的兴起有关。而在唐诗的传播方面,似乎没有新的进展。

(原载《广东社会科学》1987年第3期)

《庄子休鼓盆成大道》故事的西传和影响

《外国文学研究》1986年第2期登载方平谈比较文学的文章，提到《警世通言》中的《庄子休鼓盆成大道》与伏尔泰的哲理小说《查第格》第二章《鼻子》存在渊源关系，并指出："我国十七世纪的俗文学怎么会渗透到法国启蒙主义的哲理小说中去，这倒是影响研究的很有意思的一个专题。"[①]

方平的观点无疑是正确的。我国纯文学作品在西方产生较大影响、曾被多次仿作的，除《赵氏孤儿》和《灰阑记》外，恐怕要数《庄子休鼓盆成大道》（简称《庄子》故事）。关于前两者的影响，已有不少介绍和研究文章，而《庄子》故事的影响，则未引起国内学术界的注意。笔者根据手头上不完全的资料，对《庄子》故事的西传和影响作一探讨，希望达到抛砖引玉的目的。

一

庄子是我国先秦时期伟大的哲人，欧洲人对其生平和著述的真正了解，始于19世纪末《庄子》英译本的出版（译者：Giles，Legge，Carus）。在德国，直至1910年，马丁·布伯（Martin Buber）

[①] 方平：《可喜的新的眼光》，《外国文学研究》1986年第2期，第94—102、118页。

才根据英译本翻译出版《庄子的言论和比喻》(*Die Reden und Gleichnisse des Tschuang-tse*)。1912年，卫礼贤直接从中文翻译《南华真经》，为德国读者提供了理解庄子思想的机会。在此之前，德国人接触的只是传奇故事《庄子休鼓盆成大道》。

《庄子》故事，最早翻译介绍到欧洲的是1737年在巴黎出版、由杜赫德(Du Halde)汇集耶稣教士的报导编纂的《中华帝国全志》第三卷，同时发表的文学作品还有《赵氏孤儿》《今古奇观》中另三则故事和几首《诗经》中的诗。该书在1738—1741年即有英译，1747—1749年有德译。我们知道，这部4卷本的著作是18世纪来华耶稣教士文献中最重要、最有影响的一部。当时，来华教士向西方介绍的，主要是中国的宗教、哲学、礼仪。文学作品仅仅作为介绍伦理道德的附属材料。欧洲认识中国纯文学的艺术价值，还是在文学作品比较多翻译后开始的。了解这一点很重要。因为无论是《赵氏孤儿》还是《庄子》故事，在我国文学宝库中都不能算是一流作品，但却首先被介绍到西方，一个重要原因便是这些作品突出反映了中国封建礼仪和传统道德观念，而这正是耶稣教士特别感兴趣的。其中，《庄子》故事不仅反映了封建社会"忠臣不事二君，烈女不更二夫"的道德观念，而且通过文学形象和戏剧性的情节，表现了"圣贤"清心寡欲、超然物外的处世哲学，因此受到传教士的赏识，这是不难理解的。

在杜赫德首次发表《庄子》故事后，英国人奥利弗·哥德史密斯(Oliver Goldsmith)在他的《世界公民》(1760—1761)一书中，再次叙述了这则故事。1822年，英国外交官、汉学家约翰·弗朗西斯·戴维斯(John Francis Davis)翻译了《今古奇观》的几则故事，其中包括《庄子》故事。1827年,法国人阿伯尔·雷米萨特(Abel Rémusat)根据英译本翻译出版《中国短篇小说》(contes chinois),其中《庄子》故事题为《宋国的妇人》。1873年,德国人爱德华·格里塞巴赫(Eduard Grisebach)根据英译本翻译《庄子》故事,并写了题为《不忠的寡妇——一则中国小说及其在世界文学中的流传》的著述。1877年该书第三版(修订版)发行,1880年在斯图加特出版由格里塞巴赫选译的《今古奇观》,收入《庄子》故事。到了20世纪,德国传教士、汉学家卫礼贤不仅翻译了《南华真经》,而且在1926年把戏剧《蝴蝶梦》和《劈棺》译成德语,并在1927年搬上法兰克福的剧院演出。[①] 1946年,德国汉学家、翻译家库恩又根据《今古奇观》重译《庄子》故事,题为《庄师作法变身二人》(Meister Tschuang übt hohe Magie und spaltet sein Ich)。

在此期间,一些欧洲作家运用《庄子》故事的题材进行创作。比较著名的有1783年卡尔·西格蒙德·冯·塞肯多夫(Karl Siegmund von Seckendorff)的《命运之轮或庄子的故事》(Das Rad des Schicksals, eine chinesische Geschichte)。塞肯多夫是魏玛宫廷的侍从官,在宫廷中除歌德之外最重要的思想家,对东方文化有浓厚兴趣,曾为刊物撰写《中国的伦理大师》(Der chinesische Sittenlehrer)和《命运之轮》,并把第二篇文章扩写成小说。据瑞士汉学家常安尔研究,塞肯多夫从《庄子》故事的译本中知道了庄子梦蝶的故事,从中获取一种人生观的原则,并以此为主题,按照德

[①] 参见 Ed.Horst von Tscharner: *China in der deutschen Dichtung bis zur Klassik*, Verlag von Ernst Reinhardt in München 1939, S.92 – 94; und einige Kapitel aus K. S. Von Seckendorffs *Rad des Schicksals oder die Geschichte Tchoan-gsees* in Anhang, S.106 – 113。

国教育小说(Bildungsroman)这种体裁的模式,叙述"庄子"的成长过程。书中描写庄子师从老子,梦见自己变成蝴蝶,困惑不解,老子让他到生活中去,告诉他:"当你像飞蝶那样从这丛花扑向另一丛花,直至感到兴奋不已,你将会经历人生各种表演,将会发现什么东西对你有益。但此时,你还没有成熟到获得很高的智慧。只有在一系列的经历后,你才会发现,人生的一切享乐都是空无……当人世间的欢乐对于你如同微风吹拂的花香……然后,你再回来,登上为你保留的台阶。"庄子上路前,老子的忠告是:"对你自己保持忠诚!"——内心的倾向和良知将会给庄子正确的指引。[①] 塞肯多夫的小说没有写完,只有24章,常安尔从小说中也只选取了第1、2、3、4、5、15、23章作为其著作的附录。这几章的内容更多涉及老子进行说教,描绘老了俨然一副西方哲学家的架势,给学生们大谈哲学研究的根本问题:我是什么?我在哪里?我为什么?关于庄子的成长过程和结果,有否关于寡妇扇坟、庄子试妻等情节,笔者不得而知。塞肯多夫没能完成他的小说,无疑是因为碰到了无可逾越的困难——庄子生平资料的匮乏。实际上,在中国古籍中有关庄子的生平资料就不多。如果塞肯多夫要写下去,只能靠杜撰。在塞肯多夫的笔下,庄子离开老师后,意外拾到钱而救了一群沉船的落难者,接着受到诗人杜甫的友好接待。将庄子跟杜甫牵扯在一起,这种跨越时空的虚构,对于中国人来说是匪夷所思的。这部作品的影响不大,但是,以中国古代圣人为主人公,试图以小

[①] 参见 Ursula Aurich：*China im Spiegel der deutschen Literatur des 18. Jahrhunderts*, Ebering Verlag Berlin 1935. S.90－93。该书于1967年由 Kraus Verlag 重版,作为"日耳曼研究"(Germanische Studien)系列丛书第169本。

说的形式解读道教的基本思想,这在18世纪德国魏玛古典主义时期以至整个德语文学中都是罕见的,因此在中德文学影响研究中颇受重视。

在塞肯多夫之前,则有伏尔泰的仿作《鼻子》。

二

《鼻子》是伏尔泰哲理小说《查第格》的第二章,写于1747年。伏尔泰模仿《庄子》故事而作《鼻子》,这在比较文学研究中是一个有趣的话题。

《庄子》故事,产生于17世纪初。一方面,它着力表现庄周"把世情荣枯得丧,看做行云流水,一丝不挂",通过他的梦蝶、试妻和成道,颂扬了"清心寡欲脱风尘"的人生观;另一方面,以辛辣的笔调讽刺不顾"礼义廉耻"的田氏,通过写她的劈棺和自缢,从反面肯定"烈女不更二夫"的封建礼教。可以说,小说处处体现了中国封建文化的精髓。

伏尔泰是18世纪资产阶级作家。尽管他十分推崇中国古代文化,但是,从根本上说,他在《查第格》这部小说中,通过巴比伦青年查第格的遭遇,要宣扬的是资产阶级启蒙思想。他运用《庄子》故事的题材,描写了查第格装死试妻。如果以为伏尔泰也主张妇女"从一而终",那就错了。在小说的第八章《殉夫》中,作者描写查第格到阿拉伯,那儿有一种惨无人道的风俗:丈夫死后,妻子想成为圣女,就得投火殉夫。查第格认为这是违反理性的。在他的极力劝说下,这个部落终于取消了节妇殉夫的陋习。这充分表现了作者在妇女问题上的人道主义思想。在《鼻子》一章中,伏尔泰要嘲弄的是放荡轻佻的女人,他要鞭挞的是言行不一的虚伪品质。即使是像阿曹这样为了情人不惜割亡夫鼻子的女人,作者也并没有一下把她置于死地,而是通过退婚给她留了出路。

同一题材,两个故事,有着截然不同的主题思想。产生这种变异的原因是多方面的,最根本的,当然要追溯到作家的世界观、所处的社会,以及不同文化、不同时代精神的影响。但是,翻译作为文化交流的媒介,在影响关系中起的作用,也是不可忽视的。可以肯定的是,如果当时是按照今天的翻译标准,忠实地把原作译成法文,伏尔泰的接受情况将有别于《鼻子》所反映出来的那样。从欧洲的翻译传统和历史来看,译作的好坏以及是否受到社会的承认,并不是以其是否忠实于原著为标准,而是看其是否符合出版者的口味和读者的欣赏习惯。中国和欧洲,不仅在地理上相距很远,而且在文化和语言上也存在很大差别。一部中国小说,到了欧洲,往往只留下主要情节,许多细节描写、穿插在故事中的诗句、各种成语典故以及作者评论性的文字,凡是译者认为西方读者不易接受或难以翻译表述的,一概删去。除了少数汉学家会拿原著比较,考察译作质量外,一般读者不会去追究译者责任。《庄子》故事的法译本,恐怕也不会例外。试想,如果《庄子》故事只保留故事梗概,而去掉宣扬礼教的词句,那么,原著具有的封建文化色彩就会被大大冲淡,变成一则富有哲理的寓言或笑话。这里,笔者只是根据中国文学早期欧洲译本的一般情况,作大胆推断。倘若懂法语的同志能提供科学考察的结果,无疑会有助于研究《庄子》故事对伏尔泰的影响。

三

1897年,奥地利著名戏剧家胡戈·冯·霍夫曼斯塔尔创作了独幕剧《白扇》(*Der weisse Fächer*)。剧本发表于1898年,没有在舞台上演出过,但1909年曾在慕尼黑作为影子戏上演。剧情梗概如下:

在西印度的一个小岛上。年轻守寡的贵妇米兰达(Miranda),梦见自己在丈夫坟前,看见撒在墓上的鲜花中现出了丈夫的脸。突然,鲜花枯萎了,丈夫的脸也失去了光彩。她手持素扇,把枯萎的花朵扇开,花没了,丈夫的脸不见了,坟上的泥土也干了,她感到坟是被自己扇干的,心中非常不安,第二天,来到墓地,遇见丧了妻的表兄弟弗尔吐尼欧(Fortunio)。他们谈起往事和人生的变幻。米兰达诉说了丈夫临终前的情景:她的丈夫预感到自己很快要离开人世,对死后妻子能否守节充满忧虑。面对丈夫询问的目光,她喃喃不知所言。丈夫看透了她的心事,在弥留之际说道:"算了,算了……不过,在我坟墓的泥土没有干之前,你是不会去想其他男人的,对吗?"弗尔吐尼欧听了米兰达的叙述,劝她改变痛苦的独居生活。米兰达最后感叹地说:"你谈论人,就像在谈论树木或者狗。你说我高傲,可是,在这世界上,没有比你更高傲的人了。"说完,含泪而去。[①]

这对年轻丧偶的男女,最后结局如何,剧作者没有明确交代,而是留给观众去猜想。在欧洲文学中,这类以年轻寡妇为题材的

[①] Hugo von Hofmannsthal: *Gesammelte Werke*, *Gedichte*, *Dramma 1*(1891–1898), Fischer Taschenbuch Verlag 1979, S.455–476.

作品，最早可追溯到罗马作家加尤斯·佩特罗尼乌斯（Gaius Petronius）流传下来的讽刺小说《爱非苏斯的贵妇人》（*Matrone von Ephesos*，也译为《以弗所的女人》）。佩特罗尼乌斯曾在小亚细亚担任外交官，他将印度的故事改编成罗马的士兵小说，描写一个年轻寡妇，为了替与她相好的罗马士兵解脱失职罪过，提议用丈夫遗体顶替被窃走的强盗尸首，钉到十字架上。小说发表后，许多18世纪的法国作家在作品中运用了这一题材，顶峰是胡达尔·德·拉·摩特（Houdar de la Motte）根据小说改编的同名戏剧（1702年）。关于这个故事的改编，莱辛曾有过评论。他在《汉堡剧评》第36篇（1767年9月1日）中指出：

> 例如《爱非苏斯的贵妇人》。大家都知道这则童话，毫无疑问，它是历来针对女人的轻佻所作的最辛辣的讽刺。人们把这则童话给佩特罗尼乌斯讲述了千百遍，即使最不像样子的摹仿也能引人入胜。因此，人们便以为它对于戏剧来说同样是一个成功的题材。胡达尔·德·拉·摩特和其他人，都作过尝试。[①]

但是，在莱辛看来，拉·摩特的尝试是失败的。莱辛本人曾试图改编这个戏，可惜只写了片段，没有完成。

霍夫曼斯塔尔的短剧《白扇》也写年轻寡妇，这个母题有何来源？德国学者舒斯特考察19世纪和20世纪转折时期德国文学中

---

① 参见［德］莱辛：《汉堡剧评》，张黎译，上海译文出版社1998年版，第188页。

的中国和日本,讨论了《白扇》与《庄子》故事的关系。作者谈到,关于《白扇》母题的来源,有人认为,它来自杜赫德的《中华帝国全志》,有人认为是依据格里塞巴赫的德译本,也有人认为既不是来自杜赫德,也不是来自格里塞巴赫,而是读了 1891 年法朗士(Analtole France)写的《文学生活》(*La vie littéraire*),法朗士谈到了阿伯尔·雷米萨特 1827 年出版的《中国短篇小说》,文中特别强调《宋国的夫人》与《爱非苏斯的贵妇人》非常相似。[1] 德国另一位学者埃伦·里特尔(Ellen Ritter)也认为,虽然没能找到直接证据,但作品写于 1897 年,发表于 1898 年。在此之前,格里塞巴赫的著作《不忠的寡妇——一则中国小说及其在世界文学中的流传》于 1873 年在维也纳出版,至 19 世纪 80 年代末一再重版,广泛流传。霍夫曼斯塔尔对亚洲文学很感兴趣。可以推测,他对这个故事是知道的,而且从标题中扇的颜色、情节的动机,特别是扇坟的情节,等等,更可以推断,《白扇》的题材源于中国小说。[2]

接受影响,有不同形式。它可以是仿作,如伏尔泰的小说《鼻子》;也可以创造性地运用某些成分,如霍夫曼斯塔尔的剧作《白扇》。后一种接受方式,往往更能反映产生变异的不同的文化背景。

在《庄子》故事中,庄周出游,路过荒冢,见少妇浑身缟素,向冢连扇不已。庄生问她为何扇土,妇人道:"冢中乃妾之拙夫,不幸

---

[1] Ingrid Schuster: *China und Japan in der deutschen Literatur 1890 – 1925*, Francke Verlag Bern und München, 1977.
[2] Ellen Ritter: „Die chinesische Quelle von Hofmannsthals Dramamolett Der weisse Fächer", in: *Arcadia*, *Zeitschrift für vergleichende Literaturwissenschaft*, herausgegeben von Horst Büdiger, Band 3, 1968, S.299 – 305.

身亡,埋骨于此,生时与妾相爱,死不能舍。遗言教妾如要改适他人,直待葬事毕后,坟土干了,方才可嫁。妾思新筑之土,如何得就干,因此举扇之。"少妇扇坟,本来已带漫画色彩,幽默的对话描写,使人倍感寡妇的荒唐可笑。

在《白扇》一剧中,扇坟不再作为现实中发生的事情,而是一场梦,一场令女主人公不安的噩梦。通过梦的描写,婉转地表达寡妇改嫁的愿望,以及由于这种愿望与现实生活之间的矛盾引起的苦闷和复杂的心理。

《庄子》故事是非现实的,《白扇》故事却是生活中可能发生的:前者对所谓"不贞洁"的寡妇挖苦嘲笑,后者则表示理解和同情;前者是对封建礼教的肯定,后者则是对传统观念的怀疑和否定。对待相同的事件,两种不同的态度。

但是,他没有一味地讽刺妇女的轻佻,也没有局限在对道德的讨论,而是通过不同人物、不同思想的冲突,探讨人生的价值。正如他在一篇杂文中谈及的:"谁想生活,就必须超越自我,改变自我,忘却过去。但是,人类的一切尊严都与保持不变、不忘过去、永远忠诚联系在一起……对这一矛盾的永恒秘密,我终身感到惊讶。"

四

关于《庄子》故事在西方的传播和影响,欧洲学者们进行过广泛研究。1935 年,德国学者乌尔苏拉·奥里希的著作《18 世纪德国文学镜子中的中国》第 4 部分论述中国文学的影响,涉及小说的影响时谈到了《庄子》故事,提出"不忠贞的寡妇"这一题材源于印度,很早便传到中国,然而还有另一个途径传播,那就是罗马人佩特罗尼乌斯的《爱非苏斯的贵妇人》。由此,"不忠贞的寡妇"的母题大量出现在法国的版本中,包括伏尔泰将这个母题写入小说《查第格》,将故事改编成戏剧的除了拉·摩特,还有克里斯蒂安·费利克斯·魏瑟(Christian Felix Weisse)的《以弗所的寡妇》。[①] 关于这个母题来源于印度,奥里希只提出了观点,没有提供任何证据,但却值得注意。

据我国学者对中印文化交流关系的研究成果,印度的佛经文学和寓言童话,曾对中国的俗小说产生很大影响。而且,印度古老的文学中,也确有不少歧视妇女的"试妻"故事。但《庄子》故事是否受印度故事影响,有待研究中印文学关系的学者给予解释。

在我国古籍中,关于庄子的故事,见《庄子》的"齐物"和"至乐"两篇所记,一是庄周梦为蝴蝶,二是庄子丧妻鼓盆。两则记载都很简单。庄周妻子的死因,我们不得而知。至于鼓盆的原因,据"至乐"篇,那是因为在庄子看来人如万物,"察其始而本无生",不仅"无生",而且"无形""无气""今又变而之死,是相与为春夏秋冬四时行也"。显然,有别于《警世通言》中的《庄子》故事。

《警世通言》中的《庄子》故事,以梦蝶和鼓盆为本,插入扇坟、试妻、劈棺等情节衍生而成。查谭正璧先生编的《三言两拍资料》,前人虽曾考证小说源流,但未指出新添情节源于何处。据胡

[①] 参见 Ursula Aurich: *China im Spiegel der deutschen Literatur des 18. Jahrhunderts*, Ebering Verlag Berlin 1935. S.90–93。该书于 1967 年由 Kraus Verlag 重版,作为"日耳曼研究"(Germanische Studien)系列丛书第 169 本。

士莹同志考察,"田氏扇坟及楚王孙来吊事,当采自民间传说"。①是何民间传说,未指明。《庄子休鼓盆成大道》究竟是土生土长的中国故事,还是以中为本、融合外来成分的故事?看来,还是悬案,有待考证。

随着比较文学的深入开展,关于《庄子》故事的起源及在世界文学中的流传和影响,一定会有新的见解。笔者将拭目以待。

(后记:本文写于1986年7月,原载《外国文坛》第2集,广州外国语学院教务处编《第三届科学报告会外国文学论文集》,1987年5月。这次重刊,略作修改,补上注释。又及,《中国比较文学》2016年第3期发表邹雅艳论文,题为《"中国式的以弗所妇女"——〈庄子休鼓盆成大道〉源流与在启蒙时代欧洲的影响》。文中提到《庄子》故事与印度流传的民间故事《妻子怎么爱丈夫》有某种相似;同样指出,《庄子》故事与印度鹦鹉故事存在影响关系,至今未见令人信服的实证)

---

① 胡士莹:《话本小说概论》,中华书局1980年版。

德国作品中的中国形象

比较文学中有一门分支叫形象学。所谓形象学,研究的对象是一国文学中的"异国"形象。传统的形象研究包括三个层面内容:一是发现和描述,研究者在浩瀚如海的作品中发现对异国及异国人的描写和叙述,选择有意义的"他者"形象进行描述;二是分析和比较,即将形象与现实中存在的异国作对比,所谓找差异辨真伪;三是考察和探讨形象产生的社会原因、文化语境、作者动机,以及形象所产生的审美效果和社会影响,等等。如果将各时期的个案研究按照时间顺序排列在一起,也就遇到异国形象的"变异"问题,考察这种变异的原因需要更广泛、更深层次的研究,这已大大超出了文学探析的范围,而涉及所谓跨学科的研究。

在这三个层面的研究中,第一层面的发现和描述是比较文学研究最初始的工作,相当于民歌研究中的采风,是后续研究的基础。

20世纪80年代初,笔者对中外文化交流史产生兴趣,正好有机会参加德国歌德学院举办的中国教师培训班,便以利奇温著、朱杰勤译的《十八世纪中国与欧洲文化的接触》和陈铨的《中德文学研究》为向导,踏上中德文学关系研究之旅,在慕尼黑的图书馆查阅各种有关资料,当时没有互联网,用的是查卡片、做笔记的方法。

为了尽可能多地收集资料,根据索引应查尽查、能印就印,唯恐遗漏。回国时,带回了一大沓卡片和一大包复印资料。这些卡片成为日后进一步搜集资料的线索,而复印件则成为经常翻阅的文本,研读中偶有心得体会,便记录下来,假以时日,竟然也陆续写下一些文字。由于缺乏科学和系统的研究,这些文字汇集在一起,终究显得零散。

这一组文章,早年发表在香港地区《大公报》文艺副刊上。当初的动机,一是为了理解和消化自己所阅读的文献资料,二是为了引起普罗大众对中德文学关系的兴趣。因为是随笔性的短文,在写作的过程中注重趣味性和知识性,没有深入展开理论上的探讨,也没有完全按照论文写作的规范。如今回过头看,这些文章的内容大体上停留在形象学研究的初级层面上。选择几篇,略加修改,予以重刊,旨在回顾自己走过的足迹;或许,也可供有兴趣者一读。

这些文章是:《"中国皇帝使臣"的信札》《署名"李鸿章"的诗》《秦娜墓旁的武帝》《图兰朵公主的谜语》《中国皇帝的形象》《海涅笔下的褒姒》,其中第五和第六篇,合二为一,题目改为《海涅笔下的中国皇帝和公主》。

"中国皇帝使臣"的信札

18世纪初,伴随着中西文化交流的扩大,游记、报道和书信体作品应运而生。1703—1776年,巴黎陆续出版《耶稣会士的书简》,其中16卷到26卷为来华教士的书信,所述内容,乃中国之现状与历史。几乎是同一时期,欧洲的一些国家还出版所谓"中国人"考察欧洲写的信札和报道。法国出版了《玛克威斯·德·阿格诺先生的中国信札》(*Des Herrn Marquis d'Argenos chinesische Briefe*),内容是一个赴巴黎的"中国人"与中国、莫斯科、波斯、日本等地亲友的来往书信。1768年,这些书信被译成德文,在柏林出版,每周两期,每期约8页,以小册子的形式出版,共出了150期。法国汉学家亨利·柯蒂埃(Henri Cordier)曾误认为普鲁士国王弗里德里希大帝是书信的真正作者。英人奥利弗·哥德史密斯著《世界公民》,书中虚构了一个姓梁的中国人游历欧洲,给友人冯某写信。此后,有霍勒斯·沃波尔(Horace Walpole)著《在伦敦的中国哲人苏何给北京友人梁奇的信》(1757),安格·德·古达尔(Ange de Goudar)和德·皮尔格利姆(De Pilgrim)合著《中国间谍或北京朝廷的赴欧考察的密使》,等等。① 这些报道和书信体作品构成了当时中西文化交流的一道风景线。

在德国,这类报道和书信也不罕见,例如,莱布尼茨1697年用拉丁文编辑出版的《中国近事》(*Novissima Sinica*),书中收录他与来华教士闵明我(Claudio Filippo Grimaldi)的真实通信。② 但也有托名的,或曰虚构的作品。在孟德斯鸠发表《波斯人的信札》(1721)的同一年,普鲁士国王弗里德里希·威廉一世的宫廷文

---

① 参见 Adolf Reichwein:*China und Europa, geistige und künslerische Beziehungen im 18. Jahrhundert*, Oesterheld & Co. Verlag/ Berlin 1923, S.79;中译本为[德]利奇温:《十八世纪中国与欧洲文化的接触》,朱杰勤译,商务印书馆1991年版,第69—70页;Ursula Aurich:*China im Spiegel der deutschen Literatur des 18. Jahrhunderts*, Ebering Verlag Berlin 1935, Germanische Studien, Heft 169, Kraus Verlag, 1967, S.104 - 109。
② 关于莱布尼茨的信件,参见[德]利奇温:《十八世纪中国与欧洲文化的接触》,朱杰勤译,商务印书馆1991年版,第70—72页;Ed. Horst von Tscharner:*China in der deutschen Dichtung bis zur Klassik*, Verlag von Ernst Reinhardt in München 1939, S.49;Adrian Hsia(Hg.):*Deutsche Denker über China*, Insel Verlag, 1985;中译本为[加]夏瑞春编:《德国思想家论中国》,陈爱政等译,江苏人民出版社1995年版。

人、曾撰写《冥府会话》的大卫·法斯曼(David Faßmann)开始匿名出版类似期刊的小册子,名为《受皇帝派遣和资助赴欧的中国人》(*Der auf Ordre und Kosten Seines Käysers, reisende Chineser*),法斯曼善于编撰,文笔诙谐,他用一种新闻写作的风格,虚构一个"真正的中国人",名叫赫洛非勒(Herophile),从年轻时就学习多种欧洲国语言,受中国皇帝宠爱,被选派赴欧,然后向皇上汇报世界各地,特别是欧洲国家的情况,他经莫斯科、匈牙利到达莱比锡,在咖啡馆遇见15年前认识的法国人瓦·杜·普雷茨(Va du Prez),向他出示自己向皇上报道旅欧见闻的信件,并向法国朋友报道中国情况。作者试图借"中国人"的口,评述欧洲的习俗、政治和宗教状况。赫洛非勒叙述了中国的城市,家乡的住宅,人口众多,国家早在基督出生前已经很繁华,中国人由于葡萄牙人的挑拨而仇恨荷兰人,他还讲述各地的风情、习俗、趣闻、怪事,内容无非是根据耶稣会士的材料拼凑而成。①

引人注目的是,1760年普鲁士国王弗里德里希·威廉二世,即弗里德里希大帝(Friedrich der Große,1712—1786,旧译:腓特烈大帝)写的《中国皇帝的使臣菲希胡发自欧洲的报道》(*Relation de Phihihu, émissaire de l'empereur de la Chineen Europe*)。作品发表时没有署名。在寄书给萨克森-戈塔公爵夫人时,威廉二世称:"我不揣冒昧,给您寄上有关当代事件的一些信件,它是一只猎犬的吠声,轰鸣的雷声使人们听不见它;然而有必要时不时将读者从昏睡中唤醒,迫使他们去思考。这些种子起初还没有发芽;但有

---

① 参见 Ed.Horst von Tscharner: *China in der deutschen Dichtung bis zur Klassik*, Verlag von Ernst Reinhardt in München 1939, S.53-54。

时会在时间的流逝中结出果实。"①全书篇幅不长,总共包括6封信,内容是"中国皇帝使臣"菲希胡跟随贝特奥神父初到欧洲遇见的种种怪事。头一件怪事,发生在君士坦丁堡。在那里,人们蓄长须,据说,胡须越长越有智慧和威望。菲希胡看见一只山羊,好奇地问,山羊是否也有很高威望,结果差点儿被人用石头砸死。在乘船前往意大利途中,他看见许多大炮。人们告诉他,对于外国人,朝他开炮,便是最高的荣誉。到了罗马,奇闻就更多了。据一位僧侣讲述,罗马教皇对于欧洲人来说,就像西藏的"大喇嘛"对于"鞑靼人"那样拥有至尊地位,凌驾于世俗权力之上,任何与教会不同的意见,都被视为异端,动辄被扣上铁枷,屁股上被钉上铁钉。一个葡萄牙人警告他不要乱说话,因为到处都有"大喇嘛"的密探,说话不慎,就会被告密,并交宗教法庭判决烧死。在教堂里,他目睹了"大喇嘛"将圣水洒在军帽和利剑上,为即将出征讨伐异端的将军祈祷祝福。更加严重的是,一位僧人见他是中国人,劝他洗礼皈依教会,遭到拒绝,便嘲笑中国人陷入巨大的谬误中,缺乏真正的宗教,并诅咒他。"使臣菲希胡"将此一一记下,写信禀告中国皇帝。②

查阅史料,可以知道,自耶稣会士东渐传教以来,即有华人随教士赴欧的。李明神父(Louis le Comte)大约在1685年曾带两个

---

① 参见 Ursula Aurich: *China im Spiegel der deutschen Literatur des 18. Jahrhunderts*, Germananische Studien, Heft 169, Kraus Verlag 1967, S. 108 – 113; Ed. Horst von Tscharner: *China in der deutschen Dichtung bis zur Klassik*, Verlag von Ernst Reinhardt in München 1939, S.54 – 55。
② 中译本《中国皇帝的使臣菲希胡发自欧洲的报道》见[加]夏瑞春编:《德国思想家论中国》,陈爱政等译,江苏人民出版社1995年版,第46—60页。

中国信徒到法国,其中一个早死,另一个名叫沈福宗(音译 Shin Fo Cung)的南京人,于 1687 年到过牛津,甚至见过詹姆斯二世。康熙四十六年(1707),山西平阳人樊守义随艾若瑟(Antonio Provana)前往欧洲,在国外 14 年,回国后,圣上钦召入觐,详询一切,乃著《身见录》,报道旅欧情况。

至于弗里德里希大帝笔下的中国皇帝使臣菲希胡,却查无此人。他之所以虚构中国皇帝使臣的信札,为的是宣泄对罗马教皇的愤懑。历史上,教皇克雷门斯十三世曾将圣帽和圣剑授予出征的道恩元帅,并且包庇收容阴谋刺杀国王约瑟夫一世而被逐出葡萄牙的耶稣会。当时,罗马教会拥有至高无上的权力。弗里德里希大帝受法国启蒙思想的影响,主张建立哲学家和君主的联盟,实行开明君主制,力图摆脱罗马教皇的控制,于是,就像法国思想家孟德斯鸠针砭时政而著《波斯人的信札》那样,运用了曲笔。

(原载《大公报》1991 年 5 月 11 日)

署名"李鸿章"的诗

李鸿章(1823—1901),号少荃,安徽合肥人,道光二十七年(1847)进士,历任江苏巡抚、湖广总督、直隶总督兼北洋通商事务大臣、总理衙门大臣等要职。李鸿章在清廷担任重臣期间,中国在西方的"形象"(image)早已从正面变成负面。自鸦片战争之后,以英国为首的欧洲列强打开了中国的门户,被视为"倭寇"的东洋人也肆意欺负上门。1894 年甲午战争爆发,李鸿章经营的北洋舰队在"威海卫之战"中全军覆没,被迫签订丧权辱国的《马关条约》。1896 年,沙皇尼古拉二世加冕,他作为钦差大臣,身穿黄马褂,奉命使俄,随后,游历德、荷、比、法、英、美等国。归来后,西太后降旨令其"在总理各国事务衙门行走"。此时,李鸿章年过七旬,已垂垂老矣,但仍掌管外交事务。面对西方列强的军事威胁和外交讹诈,李鸿章接二连三在各种"租约"上画押。

据德国学者舒斯特研究,1898 年,德国一份名为《青春》(*Jugend*)的杂志上发表了一首讽刺诗,不仅显示了清廷的无助,而且揭露了西方列强的侵略性。[①] 这首诗署名"李鸿章"(Li-Hung-Tsang),全诗 3 段,每段 10 行,试译如下:

> 好可怜呀我李鸿章,
> 心中早就忐忑不安,
> 眼见西方步步紧逼——
> 吾国即将狭小不堪!
> 文化是件美妙的东西,
> 但别忽视谁将它带来:
> 我沿着海岸去到哪儿,
> 都可听见英语的歌声,
> 德语和俄语也足够,
> 还有法语在增多!
>
> 我识欧洲已很久,
> 作为政要曾游历,

[①] Ingrid Schuster: *China und Japan in der deutschen Literatur 1890 – 1925*, Francke Verlag Bern und München 1977.

那里有众多滑头,
我只举出张伯伦!
此人蓄谋将我们抓住,
划去租地,范围不小,
北至天津南至香港,
还自以为理当如此!
我章李鸿已经年迈,①
请大家相信我的预言!

我用歌声告诫你们:
西方的潮水正在涌来,
倘若你们不严阵以待,
只要可能,他们即将
将利爪伸入北京。
到时你将痛苦不堪,
到时中国将不成模样!
为此我要敲响铜锣,
呼吁你们奋起保卫,
从牛庄②直至广东。③

---

① 诗中为了押韵,将李鸿章的名字拼写成章李鸿(Tsang-Li-Hung)。
② "牛庄之役",是中日甲午战争中的重大战役之一。光绪二十一年(1895)二月,日军由海城分路进攻牛庄,清军敢于以弱碰强,且能重创数倍于己的日军,虽败犹荣。
③ 诗歌由笔者译自 Ingrid Schuster：*China und Japan in der deutschen Literatur 1890 - 1925*, Francke Verlag Bern und München 1977, S.62。

诗的标题为《威——海——卫!》，副标题"告诫吾民"（*Wai-hei-wai! Ein Warnungsruf an mein Volk*），诗末署名：李鸿章，时重披黄马褂。

关于这首诗的具体来源以及作者，舒斯特在论著中没有说明，我们也无从考证。从诗中提到的人与事来看，这首诗是否真的发表于1898年，仍存疑点。但是，这首诗产生于1900年后，大体上可以肯定。而且，不必作更多考证便可断定，此诗绝非出自李鸿章之手。因为，中国人的名字将姓放在前面，李是姓，鸿章是名，即使按照欧洲人的习惯，也只能拼写成鸿章李，而不会像诗中那样拼写成章李鸿。

显然，这首讽刺诗的作者只是假托李鸿章的名字而已。诗的第一节，通过"李鸿章"的口，描绘了西方列强在中国瓜分和扩大势力范围。由于他们的"步步紧逼"，中国越来越丧失领土主权。值得注意的是"文化"这个词，原诗中的 Cultur，更多是在其本意上使用，即相对于"荒芜"和"原始"的"耕作""开垦"。西方文化的植入，或者说"西学东渐"，是伴随着武力入侵发生的。"李鸿章"说，这东西的确"美妙"（schön），但不能忽略是谁带来的。远海地区，到处能听见英语歌声，这表明英殖民主义者的势力分布最广，德语、俄语、法语的增多，显示出其他国家在扩张势力上也不甘落后。全诗开头的两句，突显了"李鸿章"的无奈和不安。

诗的第二节揭露了西方列强，特别是英殖民主义者侵吞中国的企图。诗中将他们斥为滑头、狡诈之徒（Filous），并且点了张伯伦的名字。原文写的是 Cham-ber-leng，指的不可能是其他人，而只能是英国政治家张伯伦（Arthur Neville Chamberlain, 1869—

1940）。张伯伦于 1937—1940 年任英国首相,在二战前夕对希特勒纳粹德国实行绥靖政策而备受谴责。如果这首诗真的发表于 1898 年,张伯伦不满 30 岁,尚未登上政坛,不可能受"李鸿章"点名谴责。因此,笔者认为,唯一合理的解释是,这首诗乃后人在 20 世纪初创作,故意将发表时间提前到 1898 年。19 世纪末,德国强租胶州湾,划山东为势力范围,英国更是得寸进尺,派公使与清廷交涉。只是英国强租的地方并非诗中说的天津,而是山东的威海卫和广东的九龙半岛。1898 年,英国海军控制威海卫,设置了临时性的行政公署,次年改由陆军部管理,1901 年正式由英国殖民部接管,并颁布了《威海卫地方政府组织法》。1898—1930 年,英国强租威海卫长达 32 年。今天,威海卫建有英租威海卫历史博物馆,记录了这段历史。由此或可推断,讽刺诗标题中 3 个字(Wai-hei-wai),应是地名"威海卫"的音译。标题中在"威海卫"后面加了感叹号,应是"李鸿章"发出的呼号。

诗歌虽是后写的,但我们仍可按照这首诗的逻辑去解读。诗的第三节显示,"李鸿章"颇有政治远见。他早在 1898 年已经预见,西方的潮水正在涌向中国,如果中国人不进行有效抵抗,殖民主义者就会将利爪伸入北京。果然,两年后发生了庚子事变,1900 年 6 月 17 日,八国联军突然炮轰大沽炮台,接着攻下天津,挥戈进京,联军统帅瓦德西在西太后住过的中南海仪鸾殿里设立了自己的司令部。

从整首诗的内容看,作者对中国的命运表现出高度的关切,他告诫中国人对外国扩张主义者的野心保持警觉,对西方文化切勿盲目接受。诗人甚至让"李鸿章"敲响告急的铜锣,唤醒民众进行全面防卫。

可惜,诗人借李鸿章的口呼出告诫,未免失之悖谬。

历史上,李鸿章是个众说纷纭、毁誉不一的人物。作为洋务运动的重臣,他提出"中国欲自强,则莫如学习外国利器。欲学习外国利器,则莫如觅制器之器,师其法而不必尽用其人",大力发展中国的制造业。他主管外交事务,据统计,由李鸿章作为清廷代表与列强签订的条约有30多个:中英《烟台条约》(1876年);中法《会议简明条款》(1884年);中日《天津条约》(1885年),同年《中法新约》;中日《马关条约》(1895年),同年11月,《中日辽南条约》;中德《胶澳租借条约》(1896),同年《中俄密约》;中英《展拓香港界址专条》(1898年);八国联军《辛丑条约》(1901年)等。林乐知、蔡尔康在1899年出版的《李傅相历聘欧美记》中称:"中堂在中国,则有补天浴日之伟列,泰西人恒称之曰'东方俾斯麦'。"《清史稿·李鸿章传》赞扬他"名满全球,中外震仰"。他死时,朝廷在"上谕"中褒扬他"匡济时艰,辑和中外,老成谋国,具有深衷","予谥'文忠',追赠太傅,晋封一等侯爵,入祀贤良祠"。但是,如果诗人曾听闻太平天国起义军编的民谣,恐怕就不会贸然用他的名义写这首诗,至少不会将他描绘成忧国忧民、号召人民抗击外侮的朝廷命臣。

太平天国的民谣唱道:

> 私通外国李鸿章,
> 他是乌龟贼强盗,
> 卖去吴淞大炮台,

勾结洋人打进来。①

《威——海——卫!》一诗中的李鸿章形象,与历史上的真实人物大相径庭,可称之为扭曲的形象(Zerbild),但是,描绘的外国势力入侵中国的状况,倒是真实的写照。

(原载《大公报》1991年5月25日)

秦娜墓旁的武帝

歌德曾在《法兰克福学志》上发表文章,评论1773年的《格廷根缪斯年鉴》(*Göttinger Musenalmanach*),其中有这么一段话:"乌恩泽先生的这首诗是镶嵌成的,点缀着杂乱破碎的中国材料,只适用于摆放在茶盘和梳妆盒上。"②这里提到的乌恩泽,在文学史上算不上著名诗人,但在中德文化交流史上却常被提及。他全名路德维希·奥古斯特·乌恩泽(Ludwig August Unzer),是最早论述中国园林艺术的德国人,并且曾因发表一首长篇的"中国诗"而名噪一时。歌德的批评,就是针对这首诗而发的。乌恩泽的诗题为《秦娜墓旁的武帝:一首中国情趣的哀歌》(*Vou-ti bey Tsin-nas Grabe. Eine Elegie im chinesischen Geschmack*),在这个标题后面还加了一句拉丁语 Human inihil alienum(大意:人类之事无不关心),③咏唱的是

---

① 参见太平天国历史博物馆编:《太平天国诗歌选》,上海人民出版社1978年版。
② 关于歌德对乌恩泽的评价以及对中国文化的认识,详见 Adolf Reichwein: *China und Europa, geistige und künslerische Beziehungen im 18. Jahrhundert*, Oesterheld & Co. Verlag/ Berlin 1923, S.137-156;中译本为[德]利奇温:《十八世纪中国与欧洲文化的接触》,朱杰勤译,商务印书馆1991年版,第111—123页。
③ 本文探讨的诗《秦娜墓旁的武帝:一首中国情趣的哀歌》德文原文及注释见[德]乌尔苏拉·奥里希:《18世纪德国文学镜子中的中国》[Ursula Aurich: (转下页)

中国历史上赫赫有名的汉武帝。

汉武帝(公元前156—前87年),名彻,在位54年。他承文景之业,拓展疆土,威震南夷西域,称为雄主,然笃信神仙。据《汉书》记载,乐府令李延年之妹,妙丽善舞,为武帝所宠幸。李夫人早卒,帝以厚礼葬焉,并图画其形于甘泉宫,思念不已。方士李少翁言能致其神,乃夜张灯烛,设帷帐,陈酒肉。帝居他帐,遥望见好女如夫人之貌,愈益相思悲感,为作诗曰:"是邪、非邪?立而望之,偏何姗姗其来迟!"令乐府诸音家弦歌之。帝又自为作赋,大意无非是伤悼夫人貌美早逝,一去不返,所谓"去彼昭昭,就冥冥兮。既下新宫,不复故庭兮。呜呼哀哉,想魂灵兮"(见《汉书·外戚传第六十七上》)。

乌恩泽大概是从来华传教士的著述中得知武帝的故事,乃以武帝的口吻,写成长达152行的哀歌。诗是这样开始的:

> 我的哀歌不用刚的声调。
> 啊,用柔的声音,武帝寻觅失去的安宁。
> 事死如事生,金子般的法则,深切的怀念。
> 在这阴暗的荒野,愿为我的秦娜永远洒泪。
> 秦娜啊,秦娜,黄色的秀发,

(接上页)*China im Spiegel der deutschen Literatur des 18. Jahrhunderts*, Germananische Studien, Heft 169, Kraus Verlag 1967, S. 147-148, S.165-170],本文引用的诗句译自该书附录。诗句标题下的拉丁文 Human inihil alienum 是句格言,源自古罗马戏剧家泰伦提乌斯作品《自我惩罚的人》:homo, sum, human inihil a me alienum puto.(我是人,人类之事我皆关心)此格言在诗中起揭示主题的作用。(在此特别鸣谢李慧和江澜两位老师对拉丁文格言的解读)

天鹅的胸脯,
自从我的思绪被搅动,
再没见过比你更美的女子。

接着,诗中描写武帝如何百般思念死去的夫人"秦娜",写到她柔软的小脚,充满温馨的目光,令人陶醉的亲吻,长生汤药没能保住她的性命,方士的话没有应验,夫人的灵魂像凤凰,飞到阎王那儿,不用花钱买通阎王,便得以升入天堂;武帝日夜渴望与夫人在桑树下相见,但却不能如愿以偿,只好指望死后葬在夫人身旁。诗的结尾写道:

如果我闭上双目,
如果我成熟到该进坟墓,
如果我的朋友们说:
这朵花曾给予我们欢乐,
爱情的手指已将它摘下,
然后,秦娜,在你身旁
将安放下我忧伤的遗骸。
超越我们的长眠
西方振动着伸展。
然后,我的魂魄
再次与秦娜相聚;
此地我悲痛欲绝,
彼处等待我的是欢乐。
在那里,我要用刚的声调

逃向纯净的东方

> 欢唱凯旋之歌,
> 这惆怅的柔声,
> 不再打扰我的安乐!

在乌恩泽的诗里,不断地出现中国的人名和术语,有趣的是,这些概念全都模拟汉字读音译成外文直接引用,如:刚(Kang)、柔(Jeou)、天(Tien)、道(Tao)、阳(Yang)、风水(Fang-choui)、阎王(Yen-ouang)、上帝(Chang-ti)、伏羲(Fohi)、太极(Tai-ki)、凤凰(Fong-koang)等。有些词语还颠倒了词序,如长生药,写成 Seng yo tschang。读起来,既拗口又费解。如果脱离上下文,谁敢肯定,诗中的 Gang 指的是就是"刚"字?汉语中读 Gang 音的,除了"刚",还有"岗""冈"等20余个字。如果没有注释,谁又能想到,诗中的 Se se ju se seng,竟是圣人的教诲"事死如事生"?

乌恩泽对中国文化及这些汉字的含义是否确切了解,是很值得怀疑的。如果真了解,就不会把汉语中的字当成拼音文字中的字母,不会把夫人的灵魂比作凤凰,下到阴间又升上天堂,更不会把长生药写成"生药长"。他之所以把一鳞半爪的中国知识凑起来,串成哀歌,并且不厌其烦地引用音译的汉语"外来词",目的是以此增添诗的异国情调,迎合当时盛行于欧洲的"中国风"(Chinoiserie)。歌德是主张跳出小圈子朝外面看一看的,他对东方的了解和借鉴,得益于"中国风"。但从他对乌恩泽诗歌的评价中可以看出,他并不崇尚"中国风",在他心中,如果需要模范,应该经常回到古希腊人那里寻找。从今天看来,这首以中国皇帝为题材、充满异域色彩的诗,除了表达缠绵的爱情、抒发矫揉造作的伤感外，没有深刻的内容，并且因生硬地引用音译汉字，显得不伦不类。但是，它毕竟是十七八世纪中西文化交流的产物，反映了特定历史条件下文学上的某种审美情趣，还是值得一书的。

（原载《大公报》1990 年 7 月 2 日）

图兰朵公主的谜语

1802 年 1 月 30 日在德国的魏玛宫廷，为庆贺女公爵路易斯的生辰，首演了席勒的悲喜剧《图兰朵，中国的公主》（*Turandot, Prinzessin von China*）。这是席勒根据意大利剧作家卡洛·戈齐（Carlo Gozzi）的童话剧改编的。故事源于《一千零一夜》，说的是：公主图兰朵，生性高傲。凡求婚者，必须猜答三则谜语，答错即杀头，为此已有多人丧生。有一王子，勇敢机智，猜对了谜底。公主不服，要另出谜语，父王不准，公主愧不欲生，拔刀自尽，王子不忍，提议让公主猜他的姓名，如猜对，他甘愿牺牲性命；如猜错，则要公主与他完婚。公主设法通过一女仆，得知王子身世。次日，公主当众说出王子姓名。王子履行诺言，正要自刎，公主已投入他的怀中。两人终于结为夫妇。

在席勒的剧中，图兰朵是中国公主。全剧最精彩的是第二场猜谜语。公主出的第一则谜语，猜的是年和昼夜，第二则猜的是眼睛。当猜第三则谜语时，剧情达到了高潮。只见公主问道：

> 此物叫什么，它不受众人珍爱，
> 伟大的君主，却把它执于手中。
> 制作它是为了创伤东西，
> 和它关系最亲的是利剑。

> 不造成流血却留下痕迹千道。
> 没人抢它,而它却使人致富。
> 它结束了土地战争,
> 使生活变得温馨和谐。
> 它建立了最大的帝国,
> 建造了最古老的城市。
> 它从不点燃战火,
> 它造福于信赖它的人民。
> 外乡人,你若猜不出此物,
> 就离开这繁华的国度。

公主的谜目打的是物件,谜面中描述了物件的三大属性:一是不受众人珍爱,伟大的君主却把它执于手中,二是具有利器的属性,像利剑一样能留下痕迹,但却不造成流血,三是能使人致富,造福于人民,君主利用这个物件建造了最大的帝国。猜谜者如无广博知识,恐难猜中谜底。且听王子回答:

> 此物铁铸成,它不受人珍重,
> 中国的皇帝,却把它执于手中,
> 每年首日使它无比荣耀。
> 这工具比利剑清白,
> 它使大地屈从于勤劳。
> 热衷打猎牧羊的鞑靼人,
> 从荒无人烟的草原,

来到这昌盛的国家,
目睹四周秧田翠绿,
繁华的城镇数以百计。
享受到和平法规的幸福。
怎能不敬仰珍贵的工具,
这为众人造福的铁犁?

王子按照谜目的属性,叙述了中国的"籍礼",猜中谜底是"为众人造福的铁犁"。在这里,席勒将籍礼编成了谜语,使《图兰朵,中国的公主》一剧大大增加了中国味。籍礼,又称耕籍之礼。《礼记》曰:"天子籍田千亩。以事天坠。"籍田是天子亲耕的田。事:奉事。天坠,即天地。史载,每年孟春之际,皇帝举行耕籍之礼。帝躬执耒耜,在籍田上三推三反,然后群臣依次耕犁。典礼完毕后,籍田征用民力耕种,所获粮食用于祭祀宗庙。据《汉书·文帝纪》:"春正月丁亥,诏曰:夫农,天下之本也,其开籍田,朕亲率耕,以给宗庙粢盛。"可见,籍礼作为国家的重要典礼,充分体现了执政者以农为本的思想。这种典礼,在我国历代相传,至清末始废。

身居万人之上的天子也躬耕籍田,这在欧洲人眼中,当然是了不起的事情。所以,当1735年杜赫德编纂的《中华帝国全志》刊登耶稣会士有关籍礼和汉文帝的记述后,这一典礼很快成为欧洲,尤其是法国思想家们津津乐道的话题,崇尚中华文化的伏尔泰在著作中多次提到籍礼。更有甚者,重农学派的魁奈(Quesnay)把以农为本的中国皇帝视为楷模。法兰西国王路易十五获悉魁奈的建议后，在1756年举行春耕揭幕式，仿效中国皇帝，亲手扶犁耕地。①即使对中国专制政体颇有微词的孟德斯鸠，也在其1748年出版的巨著《论法德精神》中，称籍礼为"中国的良好风俗"。正是在这样一种历史背景下，德国戏剧家席勒以独特的方式，借图兰朵公主的谜语，把深受西方启蒙思想家赞扬的中国籍礼搬上了舞台，从而在中德文化交流史上留下了一则美谈。

（原载《大公报》1990年5月4日）

海涅笔下的中国皇帝和公主

17世纪来华的耶稣会士白晋（Joachim Bouvet，1656—1730）曾写《中国皇帝的历史画像》（1697），推崇康熙，称他"有高尚的人格，非凡的智慧""胸怀坦荡""威名显赫"，是个"通晓治国之道"的"英明君主、仁慈国父"。耶稣会士对中国皇帝的百般美化，曾在18世纪初产生广泛影响。也许，是历史的惩罚吧，100多年后，中国皇帝在西方逐渐沦为专制昏君的代名词。有诗为证：

中国皇帝

我的先父是凡夫俗子，

饮酒有度，胆小如鼠，

我却爱喝烧酒，

---

① 参见[德]利奇温：《十八世纪中国与欧洲文化的接触》，朱杰勤译，商务印书馆1991年版，第95页。另见[德]乌尔苏拉·奥里希：《18世纪德国文学镜子中的中国》（Ursula Aurich：*China im Spiegel der deutschen Literatur des 18. Jahrhunderts*, Germananische Studien, Heft 169, Kraus Verlag 1967, S. 138 - 147），本文引用的诗句译自该书第144—145页。

是个伟大的君主。
这是一种神奇的饮料!
我对此有深切的体会:
我一旦喝了烧酒,
中国便特别繁荣。
这世界中央之国,
变得如花似锦,
其几乎成为真正的男子,
老婆也有了身孕。
到处都富足有余,
病人康复,疾患消除,
我的朝廷圣人孔子,
获得最清澈的思绪。
士兵们的粗糙面包,
变成酥饼——令人开心!
衣衫褴褛的穷人,
穿上绸衣散步。
大清帝国的骑士,
伤残不堪的脑袋,
恢复了青春活力,
摇晃起他们的辫子。
高矗的尖塔落成,
它是信仰的象征和宝库,
犹太人在那儿洗礼,

还荣获青龙勋章。
革命的精神消逝,
富贵的满人呼喊:
"我们不要宪法,
我们要木棍和皮鞭!"

医神的弟子门徒,
劝我不要喝酒,
为了国家的昌盛,再饮一杯,再饮一杯!
美味犹如甘露!
百姓有福,饮了美酒,
齐声欢呼:万岁!

　　这首诗出自海涅的手,1844年发表于巴黎出版的德语刊物《前进报》(Vorwärts!)上。在同一年的这份刊物上,还连载发表过海涅最著名的叙事长诗《德国,一个冬天的童话》。同时期在这份刊物上发表文章的还有马克思。马克思于1843年10月底到巴黎,年底与海涅结识,很快建立友谊。海涅几乎天天和马克思夫妇会面,朗读自己的诗,听取他们的批评意见。"他们两人时常不倦地推敲一首不多几行的小诗中的每一词句,直到满意为止。"——梅林在《德国社会民主党史》第一部里如是说。①

　　海涅写这首诗时正流亡资产阶级革命的中心——法国巴黎。

---

① 参见冯至为《德国,一个冬天的童话》写的译者前言,人民文学出版社1990年版,第12页。

当时,海涅普鲁士国王弗里德里希·威廉四世已执政4年。在他刚刚登基时,自由派曾寄予希望,威廉四世表面上拥护资产阶级革命,放宽了书刊检查,对持不同政见者持宽容态度,但经历了一段政治上的摇摆后,便转而反对革命,迟迟不履行关于民主宪政的诺言,并且公然投入罗马教皇的怀抱。面对封建专制的复辟,海涅站在革命民主主义的立场上,以皇帝自白的方式,辛辣地讽刺了以威廉四世为代表的德国浪漫派。诗中的"中国皇帝"是威廉四世的替身,他昏庸无道,把国家弄得民不聊生、千疮百孔,却盲目地陶醉于帝王梦中。朝廷圣人孔子,指的是威廉四世重用、把哲学出卖给天主教的谢林。科隆大教堂——诗中"高矗的尖塔"——的落成,标志着德国浪漫派已遁入天主教的思想堡垒中。贵族们的呼喊,宣告了民主思想的覆灭和专制主义的卷土重来。

在此顺带说一句,继海涅之后,奥地利剧作家胡戈·冯·霍夫曼斯塔尔也写过一首以中国皇帝为题材的诗。剧作家是否受海涅诗作的启迪,那就不得而知了。但就题材和创作手法而言,与海涅的诗却颇为相似,即同样以自白的方式描绘了一幅中国皇帝的漫画。

海涅除了写中国皇帝,还描写过中国公主。海涅在《论浪漫派》第三卷第一章开头写道:"你们可知道中国,那飞龙和瓷壶的国度?全国是座古董店,周围耸立着一道其长无比的城墙,墙上伫立着千万个鞑靼卫士。可是飞鸟和欧洲学者的思想越墙而过,在那里东张西望,饱览一番,然而又飞了回来,把关于这个古怪的国家和奇特的民族的最发噱的事情告诉我们。"[①]接着,海涅叙述了

---

① 参见[德]海涅:《论浪漫派》,张玉书译,人民文学出版社1979年版,第119页。

逃向纯净的东方

一则关于中国公主的故事：

> 在一栋挂满铃铛的屋子里，曾经住着一个公主，她的金莲比其余的中国女人的小脚还纤巧，她的秀丽的凤眼，送来的秋波比天朝帝国别的佳人的美目射出的眼神更加柔媚温存、迷惘恍惚，她那玲珑小巧的芳心吃吃痴笑，里面满是最为乖张怪谲的脾气。这位公主最大的喜悦乃是把珍贵的绸缎撕碎，她听见丝绸破裂的声音便乐得纵情欢呼。于是满朝文武上书谏言，将这不可救药的疯女关进圆形的高塔。

读到这里，中国读者一定会想到褒姒的故事，在我国，《东周列国志》中"千金难买一笑"的典故是家喻户晓的。在欧洲，褒姒的故事也曾流传一时。高中甫先生曾考证过海涅描写的"中国公主"究竟是谁。他提到，中国的一些书籍里记载有两个喜欢以撕裂丝绸取乐的宠妃，一个是夏桀的宠妃末（妹）喜，另一个是周幽王宠妃褒姒，海涅所能接触到的是褒姒。高中甫在文中还进行了比较，指出海涅的描写与《东周列国志》的叙述有多处差异。[①]

杜赫德编纂的《中华帝国全志》第一卷介绍中国历代帝王，就提到周幽王极其宠爱妃子褒姒，每当丝绸撕裂，这位妃子便感到少有的欢乐。1824 年，英人汤姆斯（即彼得·佩林·汤姆斯，Peter Perring Thoms）译《花笺记》，附录《百美新咏》，图 47《漫举烽烟戏》

[①] 参见高中甫：《海涅的中国观和他〈论浪漫派〉中的"中国公主"》，载张玉书编：《海涅研究：1987 年国际海涅学术讨论会》，北京大学出版社 1988 年版，第 295—300 页。

画的便是褒姒,所附传略说的便是褒姒的怪癖,以及周幽王欲媚褒姒而烽火戏诸侯的故事。1876年德国研究东亚自然与民族学协会的通讯第11期中,柏林汉学家卡尔·阿恩德(Carl Arendt)详细叙述了这一故事。接着,曾拜阿恩德为师的奥托·尤利乌斯·比尔鲍姆干脆以此为题材,创作了一部长达200多页的小说,名为《褒国美女》(Das schöne Mädchen von Pao, Ein chinescher Roman),1899年出版,取得很大成功,至1922年已重印21次。[①] 据陈铨先生考证,书中的褒姒被描写得不伦不类,甚至裸露身躯,当众站在高楼上。[②]

进入20世纪后,褒姒的故事仍在流传。1913年,犹太裔奥地利作家、翻译家莱奥·格赖纳(Leo Greiner)和一位名叫周平守(音译Tsou Ping Shou)的中国人合作,翻译出版了德文版中国短篇小说集《中国之夜》,其中7则选译自《东周列国志》,第三则即褒姒的故事,名为《龙涎的女儿》(Die Tochter aus Drachensamen)。故事以周宣王战败归来,路闻小童传唱预示周国灭亡、祸起女主的民谣为开端,叙述褒姒故事的梗概:夏桀王在位期间,褒城神人化为二龙,降于王庭,口流涎沫,太史占卜,取金盘收龙涎,藏于内库椟中,历900年,直至前朝王帝开椟取金盘观之,不慎金盘坠地,龙涎横流,化为元龟,宫女偶践龟迹怀孕,经40年生一女婴,姜后令将女婴弃之金水河中,被卖桑弓箕箭袋的男子拾获,带去褒城,交一个名叫姒大的妇人抚养,取名褒姒。宣王驾崩,幽王即位,褒姒被

---

① 参见 Ingrid Schuster: *China und Japan in der deutschen Literatur 1890—1925*, Francke Verlag, Bern und München 1977, S.58。
② 参见 Chuan Chen: *Die chinesische schöne Literatur im deutschen Schrifttum*, Kieler Diessertation 1933;中文本为陈铨:《中德文学研究》,商务印书馆1936年版;辽宁教育出版社1997年版,第28—30页。

洪德赎得，送入宫中，受宠立为正宫，幽王是个昏君，沉迷于褒姒，以致烽火戏诸侯，身亡国破，褒姒自缢。应了童谣的预言。① 在此译本中，基本保留了褒姒的情节。此后，小说翻译家库恩于1948年重译这个故事，基本保留了格赖纳编译的框架，译文显得更细腻更流畅，结尾是陇西居士咏史诗，小说标题是《不笑的女人》(*Die Frau ohne Lachen*)。② 至此，褒姒故事在德国经过不断地流传，主角的地位由任性的公主重新让位于昏庸的君主，回复到了中国古训"红颜祸水"的寓意上。

在此之前，对东方怀有浓厚兴趣的作家黑塞据烽火戏诸侯的情节写了一则故事《幽王的没落》(*König Yus Untergang*)，发表在1929年的《科隆报》上，文中淡化了原作中的神话色彩，没有将褒姒写成妖女，也没有将周幽王刻画成暴君，相反，称周幽王是个"不坏的国君"(kein schlechter Staatsmann)，善于听取大臣的建议，为巩固边防，劝说诸侯，听取建造师的汇报，修筑烽火台，以击鼓求援的方式联合诸侯，抗击蒙古野蛮人入侵。褒姒就像活泼聪明的小女孩羡慕男孩子玩游戏那样，对边境上的这项工程怀着极大的好奇。一位建筑师用泥土为她做了一整套防御工事的模型，每当褒姒心情不好，宫女们便建议玩"野蛮人来袭"的游戏。真实的烽火台建好后，幽王择吉日举行庆贺，褒姒亦兴奋不已，充满期待。大规模演练开始了，褒姒高兴得忍不住想发号命令，幽王示意她克制

---

① Chinesische Abende, Novellen und Geschichten, in gemeinschaft mit Tsou Ping Shou aus der chinesischen Ursprache übertragen von leo Greiner, Erich Reiß Verlag Berlin 1913, S.15－28.
② 参见 Chinesische Meisternovellen, aus dem chinesischen Urtext übertragen von Franz Kuhn, Insel-Verlag, Leipzig 1948, S.3－29。

自己。幽王发出命令,战鼓雷鸣,鼓声在烽火台上一传二,二传三,传遍各地,人们停止活动,迅速武装,向京城集结。幽王非常满意,褒姒无比开心。庆典结束了。几星期后,褒姒又失去了笑容。幽王经不起褒姒的一再请求,为了满足她的心愿,忘记了自己的责任给边防发出救援信号。诸侯的军队听见鼓声赶来救援,褒姒笑了,幽王不得不谎称是演习,但由此失信于诸侯,最终遭受惩罚,导致国破身亡。黑塞删除了原著中一切怪异的内容,将《东周列国志》的传奇改写成了一则具有寓意的童话故事。①

  黑塞生活于19世纪末至20世纪上半叶,欧洲人经历了两次世界大战,在一部分知识分子心目中,东方文化重新焕发魅力。而海涅则属于19世纪上半叶富有革命倾向的"青年德意志"派作家。此时,理想化的中国形象早已不复存在,取而代之的是赫尔德所描绘的周身涂有防腐香料、画有象形文字,并且裹着丝绸的"木乃伊"。正是在这种语境下,海涅才会用"中国皇帝"作为标题,讽喻普鲁士的君王,并且在文章中称中国是间"古董店",并用"中国公主"来比喻和挖苦德国的浪漫派。他引用褒姒的故事,不吝笔墨地对"中国公主"进行描写后,笔锋一转,说:"这位中国公主是反复无常的娇纵脾气的化身,同时也是一位德国诗人的缪斯的化身。"这位诗人指的是克莱门斯·布伦塔诺(Clemens Brentano),这位浪漫派的干将后来深居简出,与世隔绝,禁锢在天主教义的围墙内。他的喜剧作品《崩斯·德·莱翁》,无论是思想还是语言,都是支离破碎的。他把所有朋友的心都撕碎,也把他自

---

① 参见 Adrian Hsia: *Hermann Hesse und China*, Suhrkamp Verlag Fankfurt am Main 1974, S.187-195。

己和他那文艺天才毁尽。在海涅的观念中,用"中国公主破坏成性的爱娇妩媚和狂荡妖艳的痴态疯劲"比喻布伦塔诺的艺术创作心态,是再恰当不过了。

(原载《大公报》1991年3月16日、1991年4月10日)

中德文学作品中的老聃
——主题学研究的一个尝试

在西方的主题研究中,历史人物经常成为比较研究的对象。如浮士德(约1488—1541),自1587年有关此人生平的作品出版后,这一历史传说人物几乎传遍了欧洲。特别在德国,浮士德成了18世纪以来最重要的文学形象,对于浮士德母题的研究,发展成了专门的学科。类似的情况还可以举出唐·璜、拿破仑等。由于欧洲国家有着相同的文化渊源,历史上各国之间有着密切的联系,一国的历史人物进入其他国家的文学中,是常有的事。中国与西方相隔遥远,文化渊源不相同,能够进入双方文学中的历史人物屈指可数。中国古代的老聃却是罕见的一例。尽管他在中、德两国文学中出现的频率根本无法与浮士德、唐·璜、拿破仑相比,但是,他作为跨文化的文学形象,有着特殊的意义和研究价值。

本文试以老聃为研究对象,考察这一人物形象在中德文学中如何被赋予了截然不同的个性和寓意,探讨产生这些差异的原因。文中作为析例所涉及的,是20世纪上半叶具有代表性的德国和中国的著名诗人、作家。他们是:克拉邦德、布莱希特、鲁迅和郭沫若。

一、纯真爱情的结晶

我们先读一首写于 1919 年的诗《老子》:

> 他在坚实的田野上
> 受到穷村姑的接待,
> 这位杰出的漂泊者,
> 含情紧握她的手,
>
> 村姑眼前变得昏暗,
> 心中却豁然明朗,
> 她手捻花儿陷入沉思,
> 一只飞虫撞在脸上。
>
> 她四处张望猛然惊醒,
> 明月勾起无限悲伤,
> 她穿过金色的夜晚,
> 含泪走进自己的黑房。
>
> 村姑怀胎九年,
> 饱尝了劳苦和辛酸,
> 一朝临盆分娩,
> 生下一白首老翁。

中德文学作品中的老聃——主题学研究的一个尝试

脑袋尖尖骨瘦如柴,
每次抱起她心中惊骇。
孩儿额上如泛云层,
跟她谈笑貌似父辈。

她静听孩儿的话语,
并将自己的悲哀,
尽情向他倾吐。
抚摸老子,她笑逐颜开。①

诗歌作者克拉邦德是20世纪初的德国诗人,在中德文学比较研究中,他常被提及。这是因为:一是他曾改编中国戏剧《灰阑记》,于1925年首演,大戏剧家布莱希特受其启迪而著名剧《高加索灰阑记》;二是他曾从英、法文大量转译中国古诗,1915年和1916年发表的译诗集《闷鼓响锣》和《李太白》,在社会上产生过不小的影响。

除上述两点外还有一点,便是他与中国道家思想的关系。克拉邦德十分推崇老聃,将他列为头号圣人,老聃之后才是印度的释迦牟尼和基督教的耶和华。他研究老子学说,改译《道德经》。在代表作组诗《三和弦》中,处处可见道家思想在他脑中打下的烙印。前面引用的诗道出了诗人对中国古代哲人老聃的深厚情感。

老聃是我国春秋时期的思想家。关于他的生平,学术界历来

---

① 译自 Ingrid Schuster: *China und Japan in der deutschen Litenatur 1890 – 1925*, Francke Verlag, Benn und München 1977, S.155。

多有考证,但始终莫衷一是。在道家的传说中,他的诞生被编造得玄而又玄。《云笈七签·混元皇帝圣纪》曰:"太上老君者,混元皇帝也。乃生于无始,起于无因,为万道之先,元气之祖也。"据说,"三气混沌,凝结变化,五色玄黄,大如弹丸,入玄妙口中,玄妙因吞之。八十一年乃从左肋而生。生而白首,故号为老子"。[1] 道家以元气为天地万物之根本,因而把自己的开山祖师说成是元气的产物。

神学家把历史人物神话化,捧到九霄云外,文学家则乐于将宗教人物世俗化,请回人间。在克拉邦德的诗中,老聃的降生,虽然带有荒诞色彩,但却充满人情味和生活气息。

诗的前三节,是对爱情的描写。老聃的母亲是一个纯朴贫穷的村姑。她在田野上遇见漂泊者,纯真的爱在村姑心中燃起了光明。这对青年男女相爱的场面,就像生活中所常见的,显得那么真切,真实只是幻景。当飞虫撞在村姑脸上时,她惊醒了,皎洁的明月,把她从梦幻带回到现实中。面对金色的夜晚,怀着惆怅、迷惘、悲伤,她感怀身世,流下眼泪,充满失落感地回到自己的黑房。但是,爱已在她心中萌芽,也就必定会开花、结果。在这一夜之后,村姑怀孕了,并且一孕九年。这使我们想起《列子·天瑞篇》所说的"思女不夫而孕",以及童贞女玛利亚被圣灵感孕的故事。老聃既是圣人,他的孕育就应当与众不同。接着诗人描写了老聃的降生,性爱的主题在诗的后三节中延伸为对母性的崇拜。"谷神不死,是谓玄牝。玄牝之门,是谓天地根。"九年孕育的艰辛,意味着母性的

---

[1] 参见马书田:《中国道教诸神》,团结出版社1996年版,第22页。

刻苦耐劳、坚韧不拔和自我牺牲的崇高精神。母亲得到了回报，"生而白首"的老聃以长者的风度和智慧，给她带来了欢乐和慰藉，使她的痛苦得到精神上的解脱。

这首以老聃降生为题材的诗，采用了田园诗的形式与风格，节奏徐缓，旋律悠扬，带着几分不堪现实重负的幽怨，流露出对人类自强不息的生命力的颂扬。在写这首诗的时候，一战的枪声刚刚停息。诗人惊魂未定，又遭遇婚姻的不幸，他的爱妻因为难产而去世。心灵的创伤，爱的潜意识，对矛盾重重、冲突四起的西方社会的失望，以及对中国道家以清静无为、返璞归真为重要特征的理想化王国的向往，汇合在一起互相撞击，产生了诗的火花。

二、智慧与友善的化身

克拉邦德用浪漫的笔触描绘了老聃的降生，布莱希特则以其特有的含蓄和幽默，叙述了老聃的出关。下面是他的一首叙事诗，题为《老子流亡途中著〈道德经〉的传说》：①

> 当他七十岁时，衰弱年迈
> 使这位教书先生渴望安宁。
> 只因国内再度丧失友善，
> 邪恶力量又一次增强，
> 他于是系紧了鞋带。

---

① 译自 B. Brecht: *Gesammelte Werke 9*, Suhrkamp Verlag, Fankfurt am Main 1967, S.660。

逃向纯净的东方

他包好需用的物品:
东西不多,然而杂七杂八。
每天晚上必抽的烟斗,
经常翻阅的那本小书,
还有适量的干粮。

他高兴地穿过峡谷,
踏上进山的道路。
青牛驮着老子,
乐悠悠地嚼着鲜草,
这行速已经够快。

第四天来到关隘,
一位税吏拦住去路。
"有无纳税货物?"——"没有。"
牵牛的童子说:"他是教书先生。"
此话已将一切表明。

税吏惊喜地问:
"先生有过什么教诲?"
童子说:"柔弱的流水
可穿透坚硬的石块。
柔之胜刚,你可明白。"

乘着天色未晚,
童子把青牛驱赶。
他们已绕过黑松。
税吏突然心中一动
大声喊道:"且慢!

请问柔水怎么回事?"
老子停下问:"你对此感兴趣?"
那人说:"我虽是税吏,
也想知道谁胜谁败,
你既晓得,请说出来!

先生所述,请童子为我写下!
岂可隐没无闻悄然离去。
我有纸张笔墨,
还有晚饭招待:寒舍就在那儿。
一句话,意下如何?"

老子斜眼打量税吏:
补丁短褂,没有穿鞋,
额上还有条皱纹。
噢,这人看来并不走运。
老子喃喃地说:"你?"

上了年纪的老人,
不忍心拒绝客气的请求。
只听他说:"问应有答。"
童子说:"天也变冷了。"
"好吧,停下歇息。"

哲人从青牛背上爬下。
整整七天,两人埋头著书。
税吏端来食品(这段时间
他骂走私贩子都压低嗓门)。
直至大作完成。

一天清晨,童子交给税吏
八十一章格言,并多谢他
赠送少许旅途用品,
然后他们绕过黑松进入山坳。
试问世间可有比这更客气友好?

我们别只赞誉哲人,
他的名字在书上放着异彩!
哲人的智慧留传于世,
还得感激这位税吏:
是他恳求老子写下格言。

老子以自隐无名为务,见周之衰,遂去。至关,为关尹喜著书上下篇,言道德之意五千余言而去。莫知其所终。这是《史记·老子韩非列传》中所记载的。在后人的绘画中,我们通常见到的是:白须的老聃骑着青牛,带着童子出关,身穿官服的关尹喜在路旁作揖迎送。

布莱希特早在 1920 年已接触过德译《道德经》。他对老子出关的传说和画面,无疑十分熟悉。前面引用的诗,便是明证。正如他的戏剧创作一样,布莱希特在该诗创作中的艺术追求并不在于以情动人,而在于产生"陌生化效果"。他采用外国题材,以简朴的语言叙述事件,启发读者思考,得出新的认识。概括起来说,其主题有二:一是智慧的主题。"弱之胜强、柔之胜刚"的观点,集中体现了老子的智慧。诗人通过童子与税吏的对话,表达了自己的信念:黑暗也许可以猖獗一时,但最终要被光明取代。真正强大的,不是暂时处于优势的邪恶势力,而是代表进步的新生力量。二是友善的主题。老子的出走是由于国内丧失友善。流亡途中,他受到税吏的友好接待。作为报答,他用了 7 天时间,为税吏著述《道德经》。临走时,税吏赠送了旅途用品。礼物虽少,但老子不忘表示谢意。诗人在叙述了这一切后,直接向读者发问:"世间可有比这更客气友好?"并且在诗的最后一节,通过赞扬税吏向人们揭示:圣哲的智慧能够流传于世,乃友善所致。

这首诗写于 1938 年。由于德国纳粹势力的恶性膨胀,人性遭到摧残,友善不复存在,布莱希特于 1933 年离开家乡流亡国外。侨居丹麦、瑞典期间,布莱希特创作这首诗,并且在标题中有意识地用"流亡"这一具有强烈政治意味的字眼,相信无须笔者饶舌,读者也能体会诗人以古喻今、针砭现实的良苦用心。

三、大而不当的思想家

老聃在德国受到了诗人们的颂扬,而在自己的家乡,却遭到了文学家的讽刺。

1935年12月,鲁迅在文艺刊物《海燕》上发表了《出关》。这是一篇以古代传说为题材的短篇小说,鲁迅称之为"历史的速写"。[①]

《出关》中的主人公也是老聃,此外还有他的学生庚桑楚,向老聃问礼的孔子,关尹喜及其手下的书记、账房先生、签子手、巡警和探子。《出关》分四大段。前两段主要依据《庄子·天运篇》的记载,写孔丘问礼于老子。孔丘第二次拜访老子后,老子感到孔丘已经得道,恐怕对自己不利而仓皇出走。后两段写老子孤身骑牛至函谷关,应邀讲学并著《道德经》,然后被送出关去。

在鲁迅的笔下,老聃呆若木鸡,老得没有牙齿,说起话来,"发音不清,打着陕西腔,夹上湖南音"。他的出关,并非因为"见周之衰",而是为了孔子的几句话。据作者自己的解释,老子是尚柔的,孔子也尚柔。孔子"知其不可为而为之",以柔进取,而老子却"无为而无不为",以柔退走。"孔老相争,孔胜老败"。[②] 败走的老子,到了函谷关,更是丑态百出。他骑着青牛,绕城而走,城墙不高,站

[①] 鲁迅:《〈出关〉的"关"》,载《且介亭杂文末编》,人民文学出版社1973年版,第45—50页。
[②] 同上。

在牛背上将身一耸,是勉强爬得上的,但青牛却无法搬出城外。总之,"他用尽哲学的脑筋只是一个没有法"。当他被关官认出后,不敢明说出关原因,只是含糊其词:"我想出去,换换新鲜空气……"关尹喜要他讲学,他知道这是免不掉的,只好满口答应。可是,听他讲学,实在是受苦。为面子起见,人们只好熬着,直至讲完,恰如遇到大赦。因为急于出关,老子不得不费尽力气,回忆自己讲过的话,想一想,写一句,花了一天半,也只写得五千个大字。不仅如此,老子出关后,还受到了人们的奚落。关尹喜嘲笑说"这家伙真是'心高于天,命薄如纸',想'无不为',就只好'无为'",并挖苦他"压根儿就没有过恋爱",因为"一有所爱,就不能无不爱,那里还能恋爱,敢恋爱?"他的著作也被"放在堆着充公的盐、胡麻、布、大豆、饽饽等类的架子上"。①

老子出走的悲剧性结局,经过作者别具匠心的艺术处理,取得了喜剧性的效果。在这里,鲁迅巧妙地运用了漫画的手法。

历史上的老子,经过鲁迅的漫画化描写,成了具有典型意义的文学形象。他的特征用一个字来概括,便是"呆"。小说开始就写道:"老子毫无动静的坐着好像一段呆木头。"3个月后"老子仍旧毫无动静的坐着,好像段呆木头"与孔子交谈了几句后,"大家都从此没有话,好像两段呆木头"。在函谷关,巡警喝令他"站住","老子连忙勒住青牛,自己是一动也不动,好像段呆木头"。在讲学时,"老子像一段呆木头似的坐在中央。"讲完学后,老子被送到厢房"他喝过几口白开水,就毫无动静的坐着,好像一段呆木头。"

---

① 参见鲁迅:《出关》,载《故事新编》,人民文学出版社1973年版,第92—103页。

"呆木头"的形象在小说中反复出现,使人联想到:呆滞、迟钝、僵化、愚拙、无所作为、没有生命。这种"呆"性,与人类进化相抵牾,与社会进步相违背。对此鲁迅给予了无情的鞭挞。

《出关》发表后,在评论界引起了不小的反响。有人认为作品是在攻击某一个人,也有人认为是作者自况。为此,鲁迅写了一篇反批评文章,题为《〈出关〉的"关"》,并且在1936年2月21日致徐懋庸的信中提到:"那《出关》,其实是我对于老子思想的批评,结末的关尹喜的几句话,是作者的本意,这种大而不当的思想家是不中用的,我对于他并无同情,描写上也加以漫画化,将他送出去。"[①]

四、利己的伪善者

老子至关著书上下篇而去,"莫知其所终"。《魏略·西戎传》称:"老子西出关,过西域之天竺,教胡。浮屠属老子弟子,别号合二十九。"西晋王浮继而编出《老子化胡经》。这是道家对老子"所终"作的解释。

文学家却有自己的见解。

鲁迅断言老子西去流沙,最终还要回到关内。所以,在《出关》中关尹喜说:"看他走得到。外面不但没有盐、面,连水也难得。肚子饿起来,我看是后来还要回到我们这里来的。"

有趣的是,郭沫若曾发挥丰富的想象力描写老子返回关内的情况。故事见《函谷关》,发表于1923年8月19日上海《创造周报》第

[①] 鲁迅:《鲁迅书信集(下卷)》,人民文学出版社1976年版,第953页。

15号,收入小说集《地下的笑声》时,题目改为《柱下史入关》。

郭沫若对历史素有研究,但他在20世纪30年代写的历史小说并不全然以史为据,用他自己的话讲,"多是借着古人的皮毛来说自己的话"。郑振铎在《中国新文学大系·小说三集》的导言中称郭沫若的这类作品为"寄托小说""寄托古人或异域的事情来抒发自己的情感"。① 钱杏邨评论郭沫若的创作,谈及《鹓鶵》和《函谷关》时也指出,这两篇小说"是含了沫若自己的愤激与苦闷""用古旧的尸骸来表演新的生命"。②

考察一下郭沫若的生平,我们可以发现,郭沫若虚构出老子入关的故事,与他当时的际遇有着密切的关系。1923年3月,郭沫若结束了在日本福冈4年多的学习生活,带着妻子和3个年幼的儿子回到上海,无情的生活把他逼到了十字街头,讨饭般的日子使他尝到了人间的苦涩。面对残酷的现实,幻美的追寻、异乡的情趣、怀古的幽思,一切的一切都化为了泡影。诗人终于发出了感叹:"啊,青春哟!我过往的浪漫时期哟!我在这儿和你告别了!……以后是炎炎的夏日当头。"③

告别幻想,面对现实,从追求个性解放上升为追求人民的解放,这是郭沫若创作《函谷关》前后正在经历着的深刻转变。这种思想和人生的急剧转变,用隐喻来陈述便成了老聃西出函谷后的颓然思返。

---

① 参见赵家璧主编:《中国新文学大系》第五集,上海良友图书印刷公司1935年版,第13—14页。
② 钱杏邨:《诗人郭沫若》,载《郭沫若研究资料(中)》,中国社会科学出版社1986年版,第100页。
③ 同上。

"盛夏的太阳照在沉雄的函谷关头,屋脊上的鳌鱼和关门洞口上的朝阳双凤都好像在喘息着一样。"关尹喜如同一个"中暑而死的游方乞丐",仰卧在白杨树下。老聃来了,"他的须眉比关尹(喜)更白,他的气色也比关尹(喜)更憔悴,他眉间竖立的许多皱纹表示他经受过许多苦闷的斗争,他向颚角而下垂的两颊,荡游着时辰与倦怠的波澜",而"最足以惊人的是他右手中拿着的一只牛尾了"。

两个老人互相拥抱后,互叙别后的情况。关尹喜得到《道德经》后,片刻不曾离它,一展开它来读时,这炎热的世界,恶浊的世界,立地从眼前消去,天上地下都充满着香、充满着美、充满着爱情、充满着生命。他把老子给的书看得比性命还要珍贵。老聃却劝关尹喜把书烧掉。他用忏悔的语言说:"啊啊,我完全是一个利己的小人,我这部书完全是一部伪善的经典啦!我因为要表示我是普天之下的唯一的真人,所以我故意枉道而来,想到沙漠里去自标特异。啊啊,我的算盘终竟打错了。不出户,究竟不能知天下。可怜我想象中的沙漠和实际的沙漠完全两样。"

老聃叙述了出关后的经历:在炎风烈日中,他骑在牛背上,昼夜兼程地向西北奔跑。在寥无人迹的沙漠上,草没有一株,水没有一滴,青牛倒睡沙漠中两天两夜,老聃为了保住自己的性命,在动弹不得的牛后腿上割破了一条大脉管。靠吮吸青牛的鲜血,老聃活下来了,而青牛则以身殉教。老聃感叹地说:"青牛它是我的先生呢。它教训我:人间终是离不得的,离去了人间便会没有生命。与其高谈道德跑到沙漠里来,倒不如走向民间去种一茎一穗。伪善者哟,你可以颓然思返了。"老聃在说了一长串的独白后,向关尹喜索回《道德经》,拿着牛尾巴向东南走去。关尹喜感到受了愚弄和欺骗,朝着老聃走去的方向大吼。故事在关尹喜骂声中结束。①

　　郭沫若是位勇于自责的诗人。在一生中,他曾多次自我否定。这种个性在《函谷关》中已充分显露。他与鲁迅同是中国新文学运动的先驱。后者毫不同情地将老聃送出关去,用尖酸辛辣的语言嘲讽老聃,表示了对"无为无不为"思想的唾弃;前者则让老聃在沙漠上吃尽苦头后回到关内,通过老聃的长篇忏悔,对空深至高的道德、万事从利己设想的小资产阶级虚伪性作了揭露,并且对自己脱离民众、逃避现实、自命清高的"洁癖"进行了清算。

五、中西文化交融的产物

　　卢善庆主编的《近代中西美学比较》一书的前言谈及:"肇始于鸦片战争的西学东渐的潮流,激起并加剧了百年间(1840—1949年)中西文化的冲突、对抗和交汇",脱胎于中国古典美学的中国近代美学思想,"深深地受着外来文化思潮和美学思想的剧烈的冲击和影响"。② 同样我们可以说,中学西被,也使西方的近代美学受到了东方文化的冲击和影响。尽管中西方文化的相互影响未必完全等量,但作为文化间的交流,总是双向的。正是在中西文化冲突和融合的交叉点上,德国的作家和中国的作家分别在本土文化的基础上,对外来文化的影响作出积极的反应。

　　德国诗人克拉邦德在一战前是民族主义的追随者,1918年以后转向了和平主义。反战的思想,为接受老子"清静无为"的主张

---

① 参见郭沫若:《柱下史入关》,载《郭沫若全集文学编》第10卷,人民文学出版社1985年版,第152—160页。
② 卢善庆主编:《近代中西美学比较》,湖南出版社1991年版,第1页。

提供了最好的培养基。在美学上,他继承了海涅的浪漫主义传统,同时受弗兰克·韦德金德(Frank Wedekind, 1864—1918)和表现主义的影响。在创作中对异国题材的兴趣以及对诗歌形式的注重,使他采用了田园诗的形式和风格处理老聃这一中国题材。布莱希特与克拉邦德不同,他在早期的创作中已表现出对资产阶级的反叛,一战后,对产生战争与剥削的资本主义制度有了本质的认识,从1926年起,又系统研究辩证唯物主义。对于被压迫者的同情以及对马克思主义关于阶级斗争学说的认同,使他在接触中国文化的过程中倾心于老子的辩证法思想和"柔之胜刚"的主张,"寓教于乐"的美学思想和对民间说唱艺术的偏好,又使他用夹叙夹议的叙事曲形式,转述老子的传说。

鲁迅的作品是刺向中国封建势力和旧文化的投枪匕首。他对老子的唾弃,一方面基于他丰富的生活阅历和对传统文化的深刻认识,另一方面可以追溯到对西方摩罗诗派的推崇。他渴望中国能有摩罗派那样敢于抗争、富于进取的"精神界之战士",也就无法容忍以柔退走、"安弱守雌"的老子思想。郭沫若对老子的描写,则源于他"由内而外的创造",其中有对现实的痛感的宣泄,有对中国传统文化的批判继承,也有对西方近代科学精神的接受。在写《函谷关》前3个月,郭沫若致书宗白华讨论中西文化的异同。当时侨居德国的宗白华曾来信谈到西方战后出现的"老子热"。郭沫若认为,欧洲战后渴慕东方"静观"的思想,是对老子的误解,"老子的思想绝非静观""无为二字并不是寂灭无所事事,是'生而不有,为而不恃'的积极精神"。中国固有的文化(指儒、道思想)由于佛教的传入而"久受蒙蔽",为了振奋民族,"要唤醒我们固有的文化精神,而吸吮欧西的纯科学的甘乳"。郭沫若甚至认为,老子与尼采有相同之处,他们两人同是反抗有神论的,同样反抗藩篱个性的既成道德,同是以个人为本位而力求积极大发展。他们两人的缺点也相同,是为己多而为人少。① 基于这一认识,他编造了老子返回关内的故事,并让老子痛心疾首地说:"我现在要回到中原去了,回到人间去了。""我要回到人间去,认真地过一番人的生活来。""我现刻要想养活我自己,我还当自行改造一下才行。我回到他们那里去便替他们扫地洗衣都可以,我再不敢傲视一切,大着面皮向人讲利己的道德了。"②

值得特别一提的是,1964 年德国出版了一本由汉学家、翻译家安德烈·多纳特(Andreas Donath)选编并写导言的中国小说的译本,名为《中国说故事》(China erzählt),收入了胡适、鲁迅等 8 位中国现代作家共 8 篇短篇小说,第 1 篇就是郭沫若的《函谷关》。在长达 19 页的长篇导言中,编者回顾了自新文化运动以来中国文学创作的发展,特别提到,正当西方知识分子认为能从东方古代智慧中获取精神慰藉的时候,"中国人开始摒弃精神上的海洛因,这个过程中文学上最重要的明证是郭沫若的小说《函谷关》"。③

克拉邦德用诗歌赞美老聃的神奇降生,布莱希特同样用诗歌的形式复述了老子西出函谷关这个在历史上并不可靠的、旨在美化圣人的传奇故事,而鲁迅愤然将老子送出关外,对旧思想弃之如

---

① 参见郭沫若:《论中德文化书》,载《〈文艺论集〉汇校本》,湖南人民出版社 1984 年版,第 9—28 页。
② 同上。
③ 参见 China erzählt, acht Erzählungen, ausgewählt und eingeleitet von Andreas Donath, Fischer Bücherei KG, Frankfurt am Main und Hamburg 1964, S.10‑11。

敝屣,郭沫若则通过续写故事,叙述老子出关后狼狈返回,对老子奚落和挖苦一番。同一个人物,在同一个时期,被西方和东方的作家赋予截然相反的形象,如何理解这种现象?

朱杰勤先生翻译的《十八世纪中国与欧洲文化的接触》,在我国中外文化交流史研究中,是一本重要的参考文献。这本著作发表于1923年,原名是《中国与欧洲:18世纪精神及艺术的关系》(*China und Europa, geistige und künstlerische Beziehung im 18. Jahrhundert*),该书导论的标题是"今日年青一代与东方智慧的关系",重点论述欧洲人通往老子及其学说的三重桥梁(die dreifache Brücke)。所谓三重桥梁,也就是三个层面上的关联:一是生命的内化(Verinnerung des Lebens),指的是"回归潜入到生命最内在的、宁静的区域"(Zurücktauchen in den innersten ruhenden Bezirk des Lebens),朱杰勤译为"精神生活的内向";二是"无为"和不作为(老子和托尔斯泰);三是回归自然(老子、卢梭、托尔斯泰)。按照该书作者阿道夫·赖希魏因(Adolf Reichwein,朱杰勤译为"利奇温")的看法,西方战后一代的年轻人更多地将老子跟欧洲思想家的主张联系起来理解。赖希魏因指出:"《道德经》成为当今一代人通向东方的桥梁。自本世纪以来,在德国已知有不少于8种译本。""这些转述当然常常不是追溯到原文,它们的意义首先不在于作为语文学的杰作(philologische Meisterwerke),而作为这个时代中以'东方老人'名义发表的自白(Selbstbekenntnisse)。"[1]赖希魏因的论述是有道理的。可以说,"老子热",或者说塑造老子

---

[1] Adolf Reichwein: *China und Europa, Geistige und künstlerische Beziehung im 18. Jahrhundert*, Oesterheld & Co. Verlag/Berlin 1923, S.7–17.

形象的热忱,无论在欧洲还是在中国,本质上都是"生命内化"的召唤。

在这里,我们无意讨论应当如何理解和评价老聃,因为老聃的生平及其思想本来就是一个不易弄清的问题;也不打算进一步分析20世纪初老聃为何在西方成了正面人物,关于他在欧洲走红的原因,前辈学者已多有论述。笔者只想指出,4位同时代的德国和中国作家从不同的角度出发,用不同的手法描写老聃,这一事实表明:老聃这个带有神秘色彩的人物,由于其思想的深邃和复杂,在不同的历史时期、不同的社会、不同的文化背景、不同的视域下,人们的解读和阐释是极不相同的。在文学中,他可以具有多种象征意义。随着老子思想在世界上的传播,老聃作为文学形象不仅属于中国,而且属于西方,他属于全人类。

(原载《学术研究》2000年第6期)

库恩与中国古典小说

弗朗茨·库恩是德国著名的文学翻译家。他诞生于德国萨克森的弗朗青贝格,1903年中学毕业,赴莱比锡学习法律,次年冬转柏林学习汉学。两年后返莱比锡继续攻读法律,1908年通过国家考试,获律师营业执照,1909年被派到中国任驻华公使做翻译。1912年,库恩辞去外交部的职务,回到德国,师从于汉学教授约翰·雅可布·玛利亚·德·格洛特。格洛特教授精通中国的宗教、哲学和历史。在他的指导下,库恩完成了第一篇汉学论文《崔实的政论》(1914),其后还写过有关中国君主政体的文章。但是,库恩没有继续追随导师从事汉学研究。他感到,当时西方流行的关于中国的书,是一些戴有色眼镜的人写的。要介绍中国,最好是"让中国的作者说话"。[①] 而与通篇注疏的"四书五经"相比,文学作品对于广大读者具有更大魅力。于是,他独辟蹊径,走上了翻译中国小说的道路。

[①] 参见 Hatto Kuhn: *Dr. Franz Kuhn, Lebensbeschreibung und Bibliographie seiner Werke*, Franz Steiner Verlag, Wiesbaden, 1980。该书作者 Hatto Kuhn 是库恩的侄子,1986年5月应邀来华访问,曾到广州外国语学院访问并作报告,会上将他的著作《弗朗茨·库恩博士生平及著作》赠送给德语专业师生,让笔者首次了解到库恩的翻译成就,可惜后来该书不知所终。

一

纵观库恩的翻译生涯，大体上可分为三个时期。

1919—1926年，是他从事文学翻译的初期，主要翻译短篇的寓言故事。处女作《卖油郎与花皇后》（即《今古奇观》中的故事《卖油郎独占花魁》）发表于1919年，是参考法译本翻译的。1923年，他选译了一本《中国的治国智慧》。[①] 1925年，莱比锡的岛社与库恩签订《好逑传》的翻译合同。库恩选译《好逑传》，显然是因为这部小说曾引起大文豪歌德的兴趣并受到他的称赞，把它翻译出来，容易得到学术界的承认。在翻译中，他根据清代（1806）和民国时期（1925）两种中文版本，用流畅的德文转述全书18回内容，包括诗句。果然，他成功了，译作的书名以小说中的两个主人公的名字水冰心与铁中玉为正标题，并加上副标题：《冰心和中玉，或一个完美选偶的故事》（*Eisherz und Edljaspis oder Die Geschichte einer glückliche Gattenwahl*）。1926年发表后，立即受到了好评，被汉学界的人士称为至今所有翻译中"最可信和最吸引人的"作品。[②] 同年，他又发表了一篇译自《今古奇观》的故事，从而奠定了文学翻译家的地位。

1926年8月，库恩着手翻译《金瓶梅》，迈入了翻译创作的第二时期。1930年，《金瓶梅》德译本出版，获得很大成功，使库恩在欧洲享有声誉。在此期间，他还翻译惜阴堂主人著的《二度梅》（1927），书名翻译用了一个长长的标题《年轻的梅的复仇或二度梅花的奇

---

① Franz Kuhn：*Chinesische Staatsweisheit*, Damstadt, Otto Reichl, 1923.
② 参见 *Ostasiatische Rundschau*, Nr. 17, S.4, 1927。

迹》，这比直译为"Örl tu meh"或"zweimalige Pfaumenblüte"①显然更吸引眼球。接着，节译田汉的剧作《黄花岗》(1928)，并开始了《红楼梦》的翻译。1932年，《红楼梦》译本问世，库恩获得了莱辛文学奖。紧接着，他又陆续翻译《水浒传》(1934)、《玉蜻蜓演义》(1936)、《子夜》(1938)、《隔帘花影》和《十二楼》中的4则故事(1939)，并于1940年完成《三国演义》的节译。至此，库恩的文学翻译达到了鼎盛时期。从选题上看，大部分是我国文学史上具有很高价值的名著。

由于二战爆发，库恩中断了翻译工作，大量书稿毁于战火，他本人也几乎在轰炸中丧生。战后，库恩重提笔杆，进入翻译生涯的第三时期。《今古奇观》和《十二楼》的故事，唐代小说《昆仑奴》《李娃传》《刘无双传》相继翻译出版。1952年，联邦德国为表彰他在文学翻译上的突出贡献，授予他十字勋章。年逾七旬，库恩仍孜孜不倦地工作，先后翻译了《儿女英雄传》(1954)、《肉蒲团》(1959)等长篇小说。库恩后期的译作，文笔显得更加流畅和细腻，但其选题无论思想性或文学价值，都远不如战前的作品。

1961年1月22日，库恩在电影院看电影时与世长辞了。这位翻译家没有结婚，陪伴他终生的是中国古典小说。他以杰出的翻译才华，为中国文学在西方的传播做出了不可磨灭的贡献。

---

① 库恩在该书的跋中介绍这部小说时，用音译和意译的方法如此介绍原著的标题，参见 *Die Rache des jungen Meh oder Das Wunder der zweiten Pfaumenblüte*, Nachwort, Fischer Bücherei KG, Frankfurt am Main und Hamburg 1959, S.204。

二

库恩论翻译方法时谈及，欧洲翻译中国古典散文作品时，无非用两种方法，要么为专业界采用"完全的、严格的语文学翻译"（eine vollständige, streng philologische Übersetzung），要么为普通阅读或购书的读者群，采取"自由构形的转述，一种有活力的新创造"（eine freigestaltete Übertragung, eine lebensfähige Neuschöpfung），他将自己的任务规定为："从原著中为德国读者群造出中国存在的东西：民间话本（Volksbuch）。"所谓 Volksbuch，最初指德国中世纪末民间流行的各类通俗读物，后来逐渐专指这类读物中虚构性的叙述文学作品。这种小说体裁既有消遣价值又有教育功能。为完成任务，他采取了三种翻译方法：一是"逐字逐句的翻译"（wortwörliche Übersetzung），二是"艺术的转述"（kunstlerische Übertragung），三是"自由的加工"（freie Bearbeitung）。① 当然，这三种方法不是截然分开的。所谓"自由的加工"主要是指对内容进行删削、压缩，为保持情节的连贯性作必要的处理。他在小说翻译中，根据需要灵活运用三种方法。其中，大量使用的是"艺术的转述"。下面试举一例，看看他的翻译方法和风格。《红楼梦》第1回，有一段关于甄家丫环看见贾雨村的描写：

> 那甄家丫环掐了花儿，方欲走时，猛抬头见窗内有人：敝巾旧服，虽是贫窭，然生得腰圆背厚，面阔口方。更兼剑眉星

---

① 参见 Franz Kuhn: *Die Räuber vom Liang Schan Moor*, Insel Verlag 1953, S.857–858。

眼,直鼻方腮。这丫环忙转身回避,心下自想:"这人生得这样雄壮,却又这样褴褛:我家并无这样贫窘亲友,想他定是主人常说的什么贾雨村了——"

在中国古典小说中,对人物的相貌往往作脸谱式的夸张描写。腰圆背厚,面阔口方,直鼻方腮,这些字眼对于中国读者是熟悉而亲切的,如果逐字逐句译成德语,在德国读者眼中,贾雨村就会变成凶神恶煞的妖怪。库恩是这样处理的:

> 她摘着花、嘴里轻声地哼着歌儿。她虽无十分姿色,但却娇媚动人。雨村站在窗旁,呆呆地望着她。这时,她偶尔抬头,察觉到了他的目光。"尽管他穿着贫寒,但身材却很雄伟,"她想,并很快转过身,"好一副模样儿,好一双会说话的眼睛!这人一定就是主人常说的朋友雨村了。"①

译者没有拘泥于原著的字词,而是采取自由转述的方式,巧妙地利用内心独白("好一副模样儿,好一双会说话的眼睛!")婉转地点出贾雨村的堂堂相貌,同时揭示多情女子的心理活动。

研究库恩的翻译,我们发现,库恩十分注重接受者的期待水平和作品的娱乐功能,他力求让德国读者像阅读德国的民间话本,例如德国中世纪著名的诙谐故事《欧伦施皮格尔》(*Eulenspiegel*)那样享受阅读中国话本的乐趣。由于中德语言文化存在巨大差异,

---

① 译自 Franz Kuhn: *Der Traum der roten Kammer*, Insel Verlag, 1932。

要一字不漏地翻译,就必须加大量注释,读者才可能理解译文的内容。这样做,也许符合少数专业人士的需要,但却会令广大读者感到扫兴。对于自己的译作,库恩多次声明"不是为少数专业人士,而是为广大受过教育的读者服务的"。1928 年,他曾撰写文章批评奥托·基巴特(Otto Kibat,1880—1956)节译的《金瓶梅》,文中提出:"好的文学翻译的艺术和任务,在于自由表达的同时,保持原著的特点,并做到不删削重要内容,不作违反原意的复述。"① 同时,他还认为,出版社决定出版一部译作必然要考虑它在市场上能否畅销、是否有利可图,因此,出版社"有权要求译本具有读者喜爱的、符合西方口味的特色"。②

为了使中国古典小说能被广大德国读者接受,库恩一方面努力避开因中西文化差异造成的翻译上的障碍,尽量越过西方读者在理解上可能遇到的困难,采用读者熟悉易懂的方式表达。另一方面,在翻译中,库恩按中国章回小说的格式,给每章加上标题,适量地将一些地名,如:十里街、葫芦庙、大观园中各寓所的名称,小说中女性人物的姓名,意译为德语,同时,在不影响理解的前提下,将一些汉语中独有的词话,如:红尘、晚生、洗耳恭听、光阴易逝,按照字面意思直译,以增加译作的"中国情调"。

库恩不是翻译理论家,他对翻译理论没有发表过专论,但是,他的翻译实践却暗合了西方现代翻译理论中的某些主张,如奈达提出的以读者为中心的交际性翻译原则。库恩心目中的读者对象是广大受过教育的、不懂中文的德国读者。其宗旨是使他们通过

---

① 参见 *Asia Major*, Vol 5, Fasc, 1928, S.278。
② 参见 *Asia Major*, Vol 5, Fasc, 1928, S.278-280。

译作了解中国文学和中国社会,并且在阅读中获得娱乐,因而相应地采用他们喜闻乐见的表达方式。这种翻译的原则和策略,正是库恩译作深受广大读者喜爱的法宝。

三

产生于中国文化土壤的作品,经过精心移植,在德国获得了新的生命力,这是库恩取得的成功。但是,译作就内容的完整性而言,却不尽令人满意。

《红楼梦》原著120回,经删节、压缩、撮译,仅得50章。其中,原著前27回的内容,基本保留在译作的前21章中:第6和第7回合为第6章,保留"贾宝玉初试云雨情"和"宴宁府宝玉会秦钟",略去"刘姥姥一进荣国府"和"送宫花贾琏戏熙凤"。第10和第11回合为第9章,保留原第11回标题"庆寿辰宁府排家宴,见熙凤贾瑞起淫心",删去了"张太医论病细究源"的情节。第14和第15回合为第12章,标题为"贾宝玉路谒北静王,秦鲸卿得趣馒头庵",压缩了出殡前的情节。第19和第20回合为第16章,保留"情切切良宵花解语"和"林黛玉俏语谑娇音"的情节,而把"意绵绵静日玉生香"和"王熙凤正言弹妒意"略去。第22和第23回合为第18章,译述宝玉调停湘云和黛玉反遭数落,以及"西厢记妙词通戏语"的情节,删去"制灯谜贾政悲谶语"。第26和第27回合为第21章,标题为"蜂腰桥设言传心事,滴翠亭杨妃戏彩蝶"。

如果说,《红楼梦》前27回译述得还算比较完整的话,那么,从第28回起,库恩对原著则作了大刀阔斧的删削,许多内容只用三言两语带过。如：原著第 35—41 回，在译作中浓缩成一章（第 25 章），主要叙述刘姥姥的故事。第 85—89 回，缩成第 41 章，只述 "坐禅寂走火入邪魔"和"蛇影杯弓颦卿绝粒"的主要内容，至于 "贾存周报升郎中任，薛文起复惹放流刑"等内容只用一小段文字 作简单交代。再如：原著第 90—94 回，缩成第 42 章，叙述黛玉病 重，贾母和王夫人打算娶宝钗为媳，接着便转入宝玉失玉疯癫的故 事。原著第 110—116 回叙述贾家急剧衰落的一系列事变，包括史 太君寿终、贾家遭劫、凤姐去世、宝玉病重，在译作中缩为第 49 章。 由于小说的后半部删削得厉害，因此，译作给人的印象是虎头蛇 尾，各种矛盾冲突刚刚展开，便匆匆忙忙地宣告结束。

《金瓶梅》译本的情况也很相似。原著 100 回，译作只有 49 章。前 30 回译得较完整，从第 31—46 回，经删节只剩 4 章，译述 "潘金莲使陈罚唱，翟管家寄书寻女子"和"西门庆包占王六儿，潘 金莲雪夜弄琵琶"，第 47 回"苗青贪财害主，西门枉法受赃"基本 译出，从第 48—53 回作大篇幅删节，只保留"遇胡僧现身施药"和 "吴月娘拜求子息"。第 54 回到最后第 100 回，内容至少压缩了 一半。

关于《水浒传》的翻译，库恩在德译本的跋中谈到了版本问 题。《水浒传》的中文版本，库恩手头上有 4 种可供利用，其中金圣 叹的 70 回版本有 3 种：一是科隆东亚艺术博物馆收藏的 1734 年 出版的 10 卷本；二是上海广益书局（Kwang I Verlag,"Zum breiten Vorteil"）印行的 16 卷全图版本（这应该是民国大字排印、精校全 图、足本铅印的《五才子书》，王望如评注的《水浒传》）；三是波恩 大学东方学系收藏的上海商务印书馆出版的一卷插图金圣叹本。

第四种是1933年上海商务印书馆出版的120回2卷本,库恩称之为"胡适版本",这应该是胡适作序的《忠义水浒全书》。金圣叹的70回以英雄排座次,卢俊义的隐喻性噩梦(108好汉被俘)为结局,胡适点评的120回则没有噩梦的情节,而在聚义后续写征辽、招安等故事情节。库恩参考这70回和120回两种版本,按照出版社对篇幅的要求,对原著内容进行压缩,围绕鲁达、林冲、晁盖、宋江、李逵、石秀等人的故事以及"'锦毛虎'义释宋江""梁山泊好汉劫法场""宋公明二打祝家庄""三山聚义打青州、众虎同心归'水泊'"等主要情节进行译述,全书分为10篇(Buch)120章(Kapitel),最后以宋江、李连之死作全书的"结局"。关于武松的故事,据库恩说明,因已包含在《金瓶梅》中而全部略去。德译本书名是《梁山泊的强盗》。[1]

《三国演义》的译本,严格地说,只能称为节译本。原著120目,德译本只有20章,内容为前38回从"宴桃园豪杰结义"到"刘玄德三顾草庐"的主要情节。

造成译本内容不完整的重要原因是出版社对译本篇幅的限制。按出版社规定,《红楼梦》译本的篇幅不得超过800页,《金瓶梅》译本的篇幅不得超过1 200页,《水浒传》译本则不得超过600页。如果超过规定篇幅,出版社不付稿酬。此外,出版社对翻译的速度和交稿时间也严格限制。库恩开始翻译《红楼梦》时,出版社要求每月交稿64页,一年内全部脱稿,否则合同作废。为了履行合同,库恩在翻译到后来时,不得不将最后24回压成5章。《红楼

---

[1] 参见 Franz Kuhn: *Die Räuber vom Liang Schan Moor*, Insel Verlag 1953, S.857‑858。

梦》译作脱稿时,库恩在给出版商的信写道:"当然,在没有译出六分之一的内容中,仍有某些有价值的东西,但它并非不可缺少。我相信,目前这个稿件不会有逻辑上的缺陷,如果能再给我一年时间,那当然更好。"①库恩为了使出版商相信译本的完整性,撒了一个不大不小的谎,把最后删节的内容说成 1/6。实际上,全书约删去了 2/5 的篇幅,最后 24 回,至少删去 4/5 的文字。

《金瓶梅》的翻译也一样。库恩在 1929 年 12 月 19 日给出版社的信中谈及《金瓶梅》的翻译时写道:"我的转述并不全然是翻译,其中也包含了许多加工,特别是中间部分。在叙述的过程中,一些无疑会令欧洲读者感到乏味的历史情况和次要事件,会把故事情节打断,我不得不进行删节、大胆地筑路搭桥,使被打断的情节巧妙地联系起来,有时还得补充作简要的提示。当我把这一切都做了,可能要多出约 150 页。由于我必须按合同规定的篇幅,因而不得不把其中一些有价值但对于主要情节并非必要的内容删去。"②

四

如果说,译本在总的篇幅上主要受出版社合同制约的话,那么,在具体内容的取舍上,影响的因素则是多方面的。

正如前文提到的,西方读者的口味,或者说,西方读者的审美

---

① 参见 Adrian Hsia:„Franz Kuhn als Vermittler chinesischer Romane". in: *Die Horen*, 34, Jahrgang. Band 3, 1989。
② 参见 Hatto Kuhn: *Dr. Franz Kuhn (1884–1961): Lebensbeschreibung und Bibliographie seiner Werke*, Franz Steiner Verlag, Wiesbaden, 1980。

情趣,是译者首先要考虑的。中国小说往往从俯瞰的角度叙述,有一种高屋建瓴的磅礴气势。大凡长篇巨著,总以编年史的形式,展现广阔的社会和时代。就像故宫博物院收藏的《康熙六旬万寿庆典图卷》,在80米的长图中,描绘了从畅春园到紫禁城长达30余里的情景,不仅画有庞大的仪仗队护卫下的皇帝和妃嫔、夹道跪迎的王公大臣、耆老庶民,而且将百戏列陈的街道、京城生活的诸多风情尽行绘入。《金瓶梅》写的是西门庆一家的兴衰,但又不局限于西门庆及其妻妾的命运,而是描绘上至封建权贵、下至市井无赖的鬼域世界。中国读者不仅关注西门庆生子加官、枉法受贿、贪欲丧命的主要事件,而且乐于了解琴童藏壶、侍女偷金、趋炎认女、贪富攀亲的细节。西方小说则不然,正如许多研究者指出的,西方小说在结构上突出情节的吸引力,所叙者往往为一二人之生平经历。德语文学中常见的教育小说,从歌德的《威廉·迈斯特》,到凯勒的《绿衣亨利》和黑塞的《玻璃珠游戏》,就是以某一主人公在他的时代里经历各种事件而逐渐成长的过程为内容,即使是托马斯·曼描述祖孙四代兴衰经过的社会小说《布登布洛克一家》,或者是海因里希·曼的历史小说《臣仆》《亨利四世》,都毫无例外地把笔墨倾注于个别人物的身上,而不像中国古典长篇小说那样,主子奴才轮番登场,事无巨细均予铺陈。习惯于西方小说传统的德国读者(包括译者在内),不免会感到中国小说过分繁杂臃肿,次要事件妨碍了主要情节的发展,次要人物频频出场冲淡了对主要人物的描写。为了使德国读者不感到乏味,于是乎,库恩删除次要事件,"大胆地筑路搭桥,使被打断的情节巧妙地连接起来",并且给《金瓶梅》译本加上副标题"西门庆及其六个女人的风流韵事"

(Kin Ping Meh oder die abenteuerische Geschichte von His Men und seinen sechs Frauen)。

此外,译者对原著主题思想和艺术价值的理解,对翻译时内容的取舍,无疑也起了重要作用。我国著名作家茅盾在 1934 年曾对《红楼梦》进行节编,他删削了全书 2/5 的文字,并重订章回,节本也是只有 50 章。将库恩的《红楼梦》译本与茅盾的节本比较一下,是颇有意思的。在茅盾看来,《红楼梦》是一部"自叙传性质的小说",中心思想是写"婚姻不自由的痛苦",小说中的宿命论,又是曹雪芹的遁逃薮,放在"写实精神"颇见浓厚的全书中,很不调和,"论文章亦未见精采",所以"大胆将它全部割去"。库恩则认为,"《红楼梦》的基本倾向是道教思想",他在译本的"附言"中详细论述了道家的"无为"思想如何构成小说的第一主题。他还认为,小说中豁达开朗、维系着整个家庭的贾母,体现了"母系精神",构成小说的第二主题,而以贾政为代表的儒家思想,还不如前两个主题重要。基于这种认识,小说中关于甄士隐梦见仙师的描写,跛足道人的《好了歌》,惜春立意修行及宝玉游历"太虚幻境"悟仙缘等内容,库恩在译述中都尽量保留。相反,原著中最精彩动人的、令无数中国读者心碎的黛玉葬花的情节,却译得十分简略,催人泪下的"葬花词"也略去不译。至于大观园众姐妹结社吟诗、饮酒行令的"风雅故事",以及许多有一定美学价值的诗词,在茅盾的节编本和库恩的德译本中,都因其"乏味"而被删去。

除上述两个重要因素外,社会道德观念以及书刊检查制度对译作内容的取舍也不无影响。这一点,可以从出版社给库恩的信中找到明证。库恩在翻译《金瓶梅》的过程中,出版商就曾写信提请库恩注意："我请您尽可能把色情描写删去，至少译得不会引起反感。《金瓶梅》所受到的种种指责，在我看来不是没有道理的。似乎可以进一步地删节。"①库恩的《金瓶梅》译本，称得上是洁本，但最初在瑞士出版时，仍遭到书检机关的禁止和没收。即使到了20世纪50年代末，西方社会在道德观念方面已发生很大变化，库恩在发表《肉蒲团》时，也仍然遇到了书检的麻烦。译作因保留了原著中的某些色情描写，于1959年6月在瑞士出版后不久，就被当局和德国海关没收。法庭经审理判定该书属色情读物，于1959年11月下令销毁所有存书及纸版。社会道德及书刊检查对翻译的影响，由此可见一斑。②

五

库恩翻译的中国古典小说，受到了读者的高度评价。1932年，《红楼梦》译本出版后，德国著名作家、诺贝尔文学奖获得者赫尔曼·黑塞发表书评，称赞该书"不仅是德国的第一个译本，而且是欧洲的第一个最完整的译本""阅读这部长篇巨著，是莫大的享受，而且受益匪浅"。黑塞认为，"译者以其巨大的劳动立下了功绩。他的转述很优美，语言虽然不能说是充满诗意，但统一而流畅。也许有些小问题可以讨论，但总的来说，阅读它是一大享受。"③1935年，黑塞读了

---

① 参见 Hatto Kuhn：*Dr. Franz Kuhn（1884-1961）: Lebensbeschreibung und Bibliographie seiner Werke*，Franz Steiner Verlag, Wiesbaden, 1980。
② 参见 Adrian Hsia：„Franz Kuhn als Vermittler chinesischer Romane". in：*Die Horen*, 34, Jahrgang. Band 3, 1989。
③ 参见 Hermann Hese：„Rezension über Franz Kuhn(Ü)", in：*Neue Zürcher Zeitung*, Nr.2348.14, 12, 1932。

《水浒传》的译本后,撰文发表感想,认为读这本小说,"就像观赏一幅哥白林织花挂毯,或者一幅古代东方的图画",并对译者表示感谢。①

当然,并不是所有人对库恩的译作都持同一种观点。陈铨先生在《中德文学研究》(1933)一书中探讨中国古典小说在德国的翻译时,对库恩的译作就颇有微词。他认为:"译者的勤勉,颇值得人佩服。但是他的翻译,第一层不完全,第二层仍然不能表达原文的好处,而且他随处只要遇着艰难地方,就任意删节,以致原书本来面目,因此大受损失。"②

笔者认为,为了全面评价库恩,有必要回顾一下中国小说在德国以及欧洲其他国家翻译的历史,作一些纵向和横向的比较。

中国小说在欧洲的介绍,可以追溯到杜·赫尔德编纂的《中华帝国全志》(德文版,1749),该书首次介绍《今古奇观》中的3篇故事。从那时起,到1926年库恩发表《好逑传》译本,经历了170多年,中国小说的德译本,大大小小合起来只有30多种,其中大部分选自《今古奇观》和《聊斋志异》。古典长篇小说《封神演义》《东周列国志》《三国演义》《水浒传》《西游记》《金瓶梅》虽有介绍,但仅译出了若干零星的片段。称得上是中篇的,只有克里斯托夫·戈特利布·冯·穆尔(Christoph Gottlieb von Murr)从英文转译的《好逑传》(1866)。这些作品之所以被选择,是因为要以此介绍中国的宗教和封建伦理道德。1908年,德国研究世界文学史的专家奥托·豪塞尔在《中国文学》一书中对中国诗歌作了较系统的介绍,关于中国小

---

① 参见 Hermann Hesse:„Rezension über Franz Kuhn(U)", in: *Notizen zu neuen Büchern*; in: *Die neue Rundschau* 46, 1935, 1, S.325。
② 参见陈铨:《中德文学研究》,上海商务印书馆1936年版。

说,则只有一小段文字,并仅限于列举出当时欧洲出版的13种译本。[①] 这种对中国小说的翻译和介绍,到了库恩,情况才有了新的突破。库恩的译作,包括长篇小说12部,中短篇小说30多篇,寓言70多则,到目前为止,所出德文版本近90种。[②] 译作选题之广,是前所未有的;译作数量之多,超过了以往所有德译中国小说的总量。在译本的附言或跋中,库恩对中国古典小说,特别是《金瓶梅》《红楼梦》《水浒传》等名著分别作了详尽的评介,其中包含不少独到的、精辟的见解,读者在读完译作后,可以从评介中了解小说的作者、成书、主题思想、艺术手法及其在文学史上的地位。这无疑大大拓展了西方对中国文学以及通过文学作品反映出来的中国历史和社会文化的认识。

就翻译质量而言,前人的译作虽然不乏佳作,如卫礼贤译的《中国民间故事》,克劳德·杜·布瓦-雷蒙德(Claude du Bois-Reymond)译的《钟馗》(即《平鬼传》),但相当多的德译本是从英文或法文转译的,难免与原著有出入。库恩译《金瓶梅》,依据了1695年苏州皋鹤堂刻印的张竹坡版本;译《红楼梦》,依据了萃文书屋和上海商务印书馆先后出版的两种版本;其他译作,也都直接译自中文。由于库恩汉语修养高,对中国文化又有较深的了解,因此,翻译质量能超越前人。再看欧洲早期的中国小说译本:班克罗夫特·乔利(Bancroft Joly)的英译本《红楼梦》(1893),内容为原著前56回,王际真(Wang Chi-Chen)的英译本《红楼梦》

[①] 参见 Otto Hauser: *Die chinesische Dichtung*, Brandus-Verlagsbuchhandlung. Berlin, 1908。
[②] 参见 Hatto Kuhn: *Dr. Franz Kuhn*, *Lebensbeschreibung und Bibliographie seiner Werke*, Franz Steiner Verlag, Wiesbaden, 1980。

(1929),内容为库恩译本的1/4。在《金瓶梅》的欧洲译本中,乔治·苏利耶·德·莫朗(George Soulié de Morant)的法译本(1912)只有294页,1929年纽约出版的英译本仅215页。德国人甲柏连孜兄弟(G. V. Gabelentz, H. C. V. Gabelentz)于1864年根据满文版翻译了《金瓶梅》的片段。奥托·基巴特于1928年也只译出了前23回。① 这就难怪库恩的译本出版后,在德语国家一版再版,并迅速被译成其他欧洲文字。据《弗朗茨·库恩博士生平及著作》(1980)一书提供的资料,至1978年止,《金瓶梅》译本由岛社重版了18次,其他出版社翻印了4次,印数达17万册。《红楼梦》译本,岛社重版10次,其他出版社翻印2次,印数近9万册。《水浒传》重版4次,1953年改编为少年儿童读物,印数近5万册。《肉蒲团》译本于1959年初次出版,重版8次,印数近7万册。在欧洲,库恩的译作被转译成英、法、意、荷、匈等12种欧洲文字。②

翻译的历史,如同人类文化的发展,是从涓涓的泉水开始的,经历了漫长的历程后,才汇成浩浩荡荡的江河,最后流入无际的大海。如果对前人不苛求的话,那么,我们应当肯定地说:弗朗茨·库恩不愧是杰出的、成果丰硕的翻译家,他的译作是中国小说德译史上光辉的里程碑。

(原载《中国比较文学》1999年第2期)

---

① 奥托·基巴特及其兄阿尔吐·基巴特(Artur Kibat, 1878—1961)从20世纪20年代末开始翻译《金瓶梅》,到80年代完成。译文于1967年至1986年在德国陆续发表,全书共6册,前5册为本文,最后1册为注释。译作的完成,是德国译坛的又一盛事。
② 参见 Hatto Kuhn: *Dr. Franz Kuhn, Lebensbeschreibung und Bibliographie seiner Werke*, Franz Steiner Verlag, Wiesbaden, 1980。

歌德与《百美新咏》
——跨文化阐释的一个尝试

一

歌德1827年在《艺术与古代》第6卷第1册上发表了4首"中国诗"。据歌德自己的说明和国内外学者考证,这些诗是歌德读了汤姆斯1824年英译的《花笺记》以及附录的《百美新咏》后,依据《百美新咏》中的4首仿作的。

《百美新咏》,全称《百美新咏图传》,又称《百美图新咏》或《百美图诗》,出版于乾隆三十二年(1767)。目前,乾隆版本已难找到。广州中山图书馆现存版本为嘉庆十年(1805)刻本,封面印有"百美新咏图传,集腋轩藏版,袁简斋先生鉴定"。袁简斋,即清末著名诗论家袁枚。该书曾于光绪甲辰年(1904)由上海书局石印发行。民国十四年(1925),斐章书局印刷、锡记书局发行了该书,书名为《百美新咏》,著者署"袁简斋"。1995年,河北美术出版社依嘉庆旧版,选取原书的木版刻印的画谱,并保留画后的人物传略,影印出版,书名改为《百美图谱》,作者署"清·王钵池"。

查阅嘉庆十年(1805)的版本,《百美新咏》是以历史和传说中的百名女子为题材,合画谱、传略、诗词为一体的集子。该书经当时著名的诗论家袁枚鉴定。编者颜希源,字鉴塘,号问渠,粤东望族,长期在江南做官,生活于康熙嘉庆年间,大约在1700—1800年。编者在"序"中谈到成书经过:丁未年(1727),编者于射雉城得题百美诗五十韵,不知何人何时所作,编者"心窃艳之,若绝代佳人后先媲美,目不暇给,及一再披阅,似无起结,少贯串,且复字叠见,不可胜数",于是"效作一首,列宫闱於前,臣庶於后,列色艺才学於前,淫乱流离者於后,贞淫贤否,之中微寓抑扬褒贬之意,终以神仙作结,为其归于虚无杳渺而已,其所录美人,俱经史诗传所习见者,稗官野史所撰,概不收入",然后,"采其事迹,缀以图传,用备参观"。

嘉庆版本共200页,分为4卷。第1卷为序,跋,文人雅士的题词。第2和第3卷为画谱。画师王翙,字钵池,寿春(今安徽寿县)人,曾供奉内廷。对他的作品,世人有这样的评语:"其于山川草木鸟兽昆虫之类,偶一挥笔,无不酷肖,而於人物为尤著。"画谱共收美女图100幅,其中图3、18、49,每幅分别绘两位美女,因此,实际涉及的人物共103人。每幅画的右上方有美女姓名,左下方页边有咏美女诗一句,背面附有美女的传略。第4卷为诗集。第1首便是颜希源效作的《百美新咏》,这是一首五言长诗,共100句,两句一韵,每句咏一美女。此外,诗集收入当时文人骚客以美女为题材写的诗,共260首。编者和法式善为诗集分别写了序和跋。

在明清时期,以女性为题材的诗歌与侍女画不少,但像《百美新咏》这样,按照一定的宗旨和标准,收集和概述人物的事迹,请名家绘其图像,并汇编有关诗词,结集出版,却是不多见的。袁枚为该书写了一篇序。序中提到:

  天生人最易,生美人最难。自周秦以来三千年中,美人传者落落无几,岂山川灵秀之气,不钟美于巽方耶?抑生长闾阎无甚遭际,遂弊弊然如草亡木卒耶?要知物非美不著,美非文不传,古来和氏之璧、昆吾之剑,皆物之美而仗文士为之表章者也,况人之美者哉?

他称赞"鉴塘主人以润古雕今之笔,写芳芬悱恻之怀,考订史书属词比事,得闺阁若干人,各以韵语括之,真少陵所谓五字抵华星矣"。他引《诗经》为例,反驳所谓"贞淫正变,徽嫌羼杂"的非议,预期《百美新咏》必能传于后世。袁枚并没有想到,这本集子竟然会超越国界,在德国文豪歌德那儿得到反响。

二

歌德接触《百美新咏》,正如上面提到的,是通过汤姆斯的英译。他的 4 首"中国诗",分别出自《百美新咏》图传 57、21、39、91。她们分别是"舞衣曾怯重"的薛瑶英、"斛珠空慰念"的梅妃、"仓猝遊畋异"的冯小怜、"袍寄谐今偶"的开元宫人。歌德的 4 首"中国诗"标题为"薛瑶英小姐""梅妃小姐""冯小怜小姐""开元"。

早在 20 世纪 30 年代,陈铨先生就将歌德的"中国诗"、汤姆斯的英译以及原文进行对照,从影响研究的角度,对歌德的这几首诗进行分析。他在《中德文学研究》中提出了两个观点:一,歌德对中国抒情诗发生兴趣,以至去重译,乃出于他对"共同的人性"的相信,"世界的人类靠它可以互相连结起来",而"人性表现的一种就是诗""诗是人类共同的产业"。二,歌德是位诗人,"他并不想求科学翻译的正确",而是要借此"创造新的东西"。对照歌德的诗和汤姆斯的英译,可以看到,"歌德的诗,虽然不及汤姆斯对原文那样接近,文学的价值比他高上十倍"。① 陈铨先生提出了很有启迪性的见解,可惜没有展开论述,对歌德的诗也未作进一步阐释。

20世纪90年代以来,国内学者从比较文学的角度开展对歌德的研究。杨武能在其专著《歌德与中国》中,考察了歌德与中国文化的关系,提到了歌德的4首"中国诗",但仅仅提及而已,未作评介。

对歌德"中国诗"比较深入的研究,见卫茂平著《中国对德国文学影响史述》。该书是自陈铨以来我国学者对中德文学影响进行综述的又一部力作。著者比较全面地介绍了歌德的"中国诗",把《百美新咏》中的原文同歌德诗文一并列出,对两者的差异作了一些分析,如:在"薛瑶英"诗中,小脚成了歌德精描细述的对象,反映了歌德晚年中国观的一种转变;在"梅妃"诗中舍去了许多细节和外形渲染,更注重对象的心理活动;在"冯小怜"诗中,叙述方式同原作大不一样。著者的着眼点,在于指出:歌德的"中国诗"并非严格意义上的翻译,称之为改编更合适些。"除了第四首'开元宫人'外,他基本上只撷取了中国诗文的某些母题,借题发挥,塑造了一个个怨恨绵绵、情意长长的中国女子形象。"② 此外,著者对歌德"中国诗"的数目以及德国学者在介绍歌德诗时所附图画的失误,作了说明和澄清。

笔者认为,歌德的"中国诗"虽然只有4首,但是,在德国与中国文学的关系中,却是一个很值得研究的课题。今年,是歌德诞生

---

① 陈铨:《中德文学研究》,商务印书馆1936年版。
② 卫茂平:《中国对德国文学影响史述》,上海外语教育出版社1996年版,第114页。

250周年。本文试运用接受美学和阐释学的理论,通过中、英、德三种文本的比较,对歌德4首"中国诗"作一探讨,以求教于方家。

三

首先,看看歌德"中国诗"第1首《薛瑶英小姐》。《百美新咏》图传57引《杜阳杂编》云:元载宠姬薛瑶英,能诗书,善歌舞,仙资玉质,肌香体轻,载以金丝帐却尘褥,处之以红绡衣衣之。贾至与载善,时得见其歌舞,乃赠诗曰:

> 舞怯铢衣重,
> 笑疑桃脸开。
> 方知汉成帝,
> 虚筑避风台。

贾至赠诗于载,诗中"舞"和"笑"的主体是薛瑶英,就人称而言,相对于诗人是"她"。"怯""疑""知",是诗人"我"的感受和认知。诗人从现实中的薛瑶英,联想到历史上汉成帝刘骜为宠姬赵飞燕筑的避风台。相传赵善歌舞,身轻不胜风,成帝恐其飘扬,故为七宝避风台。贾至用了这个典故,并且巧妙地用个"虚"字,贬抑汉成帝筑避风台,旨在称颂薛瑶英体轻善舞,更胜赵飞燕。诗行中,"她"与"我"的省略,造成句法上的空白点;比兴和用典,使文本固有的语义空白有了更大的空间。所谓"语贵含蓄",对于中国读者,无疑是美的享受,而对于不同文化背景下的外国读者,却设置了理解的陷阱。

歌德与《百美新咏》——跨文化阐释的一个尝试

汤姆斯的英译,大意如下:

你舞蹈时显得无法承受饰有珠宝的衣裳,
你的脸容犹如刚刚开放的桃花,
我们这才相信,汉朝的武帝
设置屏障以免风儿吹走美丽的飞伶。

汤姆斯的误译是明显的。首先,译者把原诗中的"她"变成了"你",这就改变了抒情角度,使这首充满士大夫情调的、中国文人与官宦之间的赠诗,类同于西方常见的诗人致舞蹈者的献诗。其次,译作中把成帝错当武帝,这大概由于成帝的声名远不如武帝,以至译者在阅读理解作品时的"前认识"中只有武帝,而无成帝,因此造成误解和误译。另外,"飞燕"译成"飞伶","方知"译成带肯定语气的"相信",而"虚"字却被略去。(We are certain, that the Emperor Woo of Han dynasty,/erected a screen lest the wind should waft the fair Fe-lin.)[1]这样,译作不仅失去了原诗的委婉与含蓄,而且偏离了原作的本意。造成误译的原因,可能是译者不知诗中用典,没有读懂原作中的"虚"字,或者,虽然知道诗中用典,却无法用恰当的方式传译到英语中。

歌德的诗《薛瑶英小姐》大意如下:

你在盛开的桃花旁

---

[1] 汤姆斯的英译转引自陈铨:《中德文学研究》,商务印书馆 1936 年版。下同。

逃向纯净的东方

  随着春风翩翩起舞，
  若非有人撑伞遮挡，
  风儿会把你们吹走。

  踏着水莲，迈着轻步，
  你安然地走进彩池，
  娇小的脚，纤细的鞋，
  就跟那莲花一般大小。

  其他人也纷纷缠脚。
  她们虽能平稳站立，
  甚至优美地向人致意，
  但却无法举步行走。

  诗中，歌德不仅略去汉成帝令筑避风台的典故，而且没有理会舞者的"铢衣重"和"桃脸开"。为了描绘薛瑶英的轻盈舞姿，歌德让她在桃花盛开的池旁，迎着春风起舞，而且迈着小脚，踏着水莲走入彩池。诗人的"自由大胆的精神"[1]可说是发扬到了无以复加的地步！

  其实，歌德的自由大胆，也并非完全凭空而来。查《百美新咏》，图传4便是"金莲步步移"的潘妃，并记载有"金莲"的由来：

---

[1] 歌德认为："一件艺术作品是由自由大胆的精神创造出来的，我们也就应尽可能地用自由大胆的精神去观照和欣赏。"见《歌德谈话录》，朱光潜译，人民文学出版社1982年版，第138页。

南齐东昏侯凿金为莲花贴地,令妃行其上,曰:此步步生莲花也。翻阅《花笺记》,不下10处写到瑶仙的"金莲"。梁生在花园里初遇瑶仙,就有这样的诗句:"春风阵阵罗裳卷,的息金莲二寸长。"接下去,如"花阴摇曳举金莲""金莲轻印绿苔藓",等等。在中国封建时代,"金莲"是女性美的一大体现,往往成为文人的描写对象。这就难怪汤姆斯翻译《花笺记》时,特意把"金莲"直译为golden lilies,并加注说明中国女子缠足的起源。歌德读过汤姆斯翻译的《花笺记》,显然,这一切给歌德留下了深刻的印象。他与爱克曼谈到中国的传奇时,就提及:"例如说有一个姑娘,她的脚是如此纤巧轻盈,能在花上保持平衡,而不损伤花朵。"①而在《薛瑶英小姐》这首诗中,歌德干脆"移花接木",把潘妃的"三寸金莲"嫁植到了薛瑶英身上。

也许有人会感到费解,贾至诗中的薛瑶英,本与"金莲"毫不相干,歌德为什么会把两者扯到一块儿?歌德曾经说过:"一位身体从小就被紧束胸腹的内衣所扭曲和摧残的少妇,都是使鉴赏力很好的人一看到就要作呕的。"②束胸尚且令人作呕,歌德怎么会不惜笔墨,描写起违反自然的缠足,并且在诗后还特地加上一段关于"三寸金莲"的注解呢?这是否意味着歌德晚年对"中国风"的矫饰和非自然的美有所改观?或者说,这反映了歌德有庸俗的一面?笔者认为,仔细读一下歌德介绍这几首"中国诗"的引言,或许有助于找到正确答案。

---

① 参见[德]爱克曼:《歌德谈话录》,朱光潜译,人民文学出版社1982年版,第112页。笔者根据德文原著对译文略作修改。
② 同上。

逃向纯净的东方

在引言中,歌德是这么写的:"下面的摘要和诗,出自名人传记选集《一百美女的诗》,它令我们相信,在这个奇特的国家,尽管存在种种限制,人们仍然在生活、爱恋和创作。"这短短的几句话,既表明了歌德写"中国诗"的意图,也印证了歌德与爱克曼谈话中所发表的中国观:中国是一个有着悠久历史的国家,在各方面保持着严格的节制,使得中国维持到几千年之久,而且还会长存下去;另一方面,中国并不像人们所猜想的那么奇异,中国人在思想、行为和情感方面,几乎和西方人一样,只是在中国,一切都更明朗,更纯洁,也更合乎道德。[①] 这种看法,在《薛瑶英小姐》这首诗中也得到生动的体现。一方面,缠足裹脚(严格节制的意象),另一方面,欢歌燕舞(生活和艺术的意象),这两者本来是极不协调的、互相对立的,现在,被歌德不可思议地糅合在薛瑶英身上,化成了一个奇特的艺术形象——体轻如燕的缠足舞伎。这是歌德心灵的观照,是他利用中国知识进行想象的发明。透过这个独创的意念中的想象,我们看到了歌德对于中国、中国人乃至全人类的思考,看到了真、善、美是任何外部的限制无法扼杀的。

歌德的第二首"中国诗"名为《梅妃小姐》。梅妃,原名江采苹,福建莆田人,善属文,自比谢道韫。开元初选入宫,受玄宗宠幸,因酷爱梅花被称为梅妃。自杨玉环进宫,梅妃迁居上阳东宫,渐受冷落。玄宗曾将进贡的珍珠密封一斛赠梅妃,她不受,赋《谢赠珍珠》一首:

---

① 参见[德]爱克曼:《歌德谈话录》,朱光潜译,人民文学出版社1982年版,第112页。笔者根据德文原著对译文略作修改。

桂叶双眉久不描,
残妆和泪污红绡,
长门尽日无梳洗,
何必珍珠慰寂寥?

这首诗是被冷落的梅妃写给唐玄宗的。诗中的"长门",乃汉宫殿名。相传汉武帝时,陈皇后失宠,别居长门宫,使人奉黄金百斤,请司马相如作《长门赋》,以悟帝,因复得幸。梅妃曾仿效陈皇后,以千金寿高力士,求诗人拟司马相如为《长门赋》。高力士畏惧杨贵妃的权势,诳称无人能赋。梅妃乃自作《楼东赋》。在《谢赠珍珠》这首诗中,她把自己住的上阳东宫比作长门宫,了解典故的人,一看便知道,言下之意,是希望玄宗能像汉武帝那样,把自己召回身旁。但是,她并没有像陈皇后那么走运,最终还是败在情敌杨贵妃的手下,只是死后,玄宗才作《题梅妃写真》,以怀念之。

对于外国读者,这首诗称得上是一首"朦胧诗",其意思上的"朦胧",不仅产生于结构上的空白点,而且由于文本有着复杂的历史背景和独特的社会语境,使用了对西方人极为陌生的话语和修辞手段。汤姆斯在翻译《谢赠珍珠》时,诗中包含的中国文化因素,令他再也无法逐字逐句地传译原诗,而只能改写成这样几句:

The eye of the Kwei flower, have been long unadorned;
Being forsaken my girdle has been wet with tears of regrot.
Since residing in other apartments, I have refused to dress,
How think by a present of pearls, to restore peace to my mind?

> 桂花的眼睛,已经很久没有修饰:
> 由于被冷落,我的腰带湿透了悔恨的泪水,
> 自从住在另一个寓所,我就拒绝打扮,
> 一份珍珠礼物,又怎能恢复我脑海的平静?

尽管汤姆斯的英译并不成功,但是,歌德却善于从故事中发现和挖掘感人的东西。他的改译如下:

> 你何必赠珠给我打扮!
> 我早已没有再照镜子;
> 自从我远离你的目光,
> 就不再知道梳妆打扮。

在中文诗里,用了无人称句,抒情主体"我"被隐藏起来了。不知历史背景的粗心读者,甚至会以为全诗从旁观者的角度述说某个女子的命运,只有知情人才了解,诗人"我"在委婉地倾吐受冷落的幽怨。这种抒情方式,是宫闱诗人特有的,也是失宠妃子的处所决定的。在英译中,汤姆斯正确运用了第一人称"我"。在歌德的诗里,则不仅有"我",而且出现第二人称"你",使诗人与对话者之间的关系明朗化了。在汤姆斯的诗中,"桂叶双眉"被硬译成 The eye of the Kwei flower(桂花的眼睛),这也许是有意凸显异国情调,但由于表达方式的古怪和不自然,有碍于西方读者对内容的理解,也不利于诗人"我"的情感抒发,被歌德剔除了。全诗字句的安排,也有很大变动。英译末尾充满委屈的设问句,被歌德变

成愤愤不平的感叹句,放在了诗的开头,这就大大增强了诗人"我"的愤懑与忌恨,并使之变得公开和直接。当然,长门宫的典故未能译出,因此无法传达梅妃的良苦用心。这不能怪歌德,因为在汤姆斯的英译中,也只是把"长门尽日无梳洗"一句译为:"自从住在另一个寓所,我就拒绝打扮"。歌德改译成"自从远离你的目光",显然比"自从住在另一个寓所"更有诗意。

如果说,《梅妃小姐》仍以中国女子为抒情主体,尚可称为改译或仿作的话,那么,《冯小怜小姐》则完全是诗人歌德对想象中的高贵女子的咏唱。诗的大意如下:

> 使人陶醉的晚霞
> 带给我们歌声与欢乐,
> 塞丽娜却使我无限忧伤!
> 她边弹琴边歌唱,
> 一根琴弦崩断,
> 她继续神态高贵地唱道:
> "你无法令我欢乐与自由!
> 要知我的心是否破碎——
> 且看这把曼陀铃!"

若不是有歌德自己的说明和汤姆斯的英译查对,恐怕无人敢断言,这首具有感伤主义色彩的诗源于冯小怜的《感琵琶弦断赠代王达》:

逃向纯净的东方

> 虽蒙今日宠,
> 犹忆昔日怜,
> 欲知心断绝,
> 应看胶上弦。

原诗的作者冯小怜,即冯淑妃,乃北齐后主的妃子。北周灭北齐,后主被害,小怜被赐予代王达。北周为隋灭后,她又被隋文帝赠给代王达兄李询,最后,被询母逼害自杀。这首五绝,是她被赐予代王达后,因琵琶断有感而作。古人云:"夫心者,道也。琴者,器也。本乎道则可以周于器,通乎心故可以应于琴。"心与琴,是道与器的关系。也就是说,人的情感是根本的,乐器是表达情感的工具。两者之间,有着某种神秘的感应关系。女诗人虽然得宠于代王达,但她怀念旧主,由于难过,心破碎了,琴也因此而断弦,再也弹不出声音。"欲知心断绝,应看胶上弦。""胶上弦",即琴上弦。汤姆斯在翻译时把握住了全诗的意思,并且把诗中虽没点明,但却出现于诗歌标题中的"琵琶"也译成英文。(If desirous of knowing whether my heart be broken, /It is only for you to look an the strings of my Pi-pa.)歌德读了汤姆斯的英译后,被这位宫闱诗人的忠贞爱情所感动,尤其是断弦所具有的象征意义,使他产生了灵感。他从西方的社会文化背景出发,以自己的方式对其译解。在《冯小怜小姐》这首诗里,原诗的抒情主体成了咏唱的对象,隐含着的"我",变为第三人称的"她",并且有一个洋名 Seline(塞丽娜)。诗的开头,把读者带到日落西山的黄昏。这是一个既带给人们欢乐,又极容易令人忧伤的时刻。诗人"我"面对晚霞,不禁想起了一位女子。正如该诗小引里所介绍的:"她陪同皇帝出征,败北后被俘,成了新的统治者的妻妾。"虽然这位女子得到新主宠幸,可是任何人都无法使她继续保持欢乐和自由。作为女子,她只能承受命运的不幸,把自己的情感,宣泄于弹琴唱歌中。琴弦断了,不能再弹不下去了,但她仍然要对新主唱道:"Haltet mich nicht froh und frei!"(这是个祈使句。动词 haltet 在句中的意思是:保持,维持。全句的深层意思:你无需设法令我欢乐与自由!即使你费尽心思,也是徒劳!)这一发自内心的声音,是如此坦诚、倔强,充满着尊严与骄傲,不仅表达了对爱情的专一,而且体现了一种中国封建宫廷中的女性不可能具有的独立人格。在这里,我们又一次看到,社会文化语境的改变,造成原始意义的彻底颠倒和新意义的产生。在该诗小引里,歌德写道:"在下面这首诗中,人们寄托了对她的怀念。"这里的"人们",不是别人,正是歌德自己。我们完全可以把诗的标题改为《读冯小怜诗〈感琵琶弦断赠代王达〉有感》。

歌德的最后一首"中国诗",源于开元宫人的《袍中诗》。开元是唐明皇的年号,相当于公元 713 年至 741 年。开元宫人,即唐明皇的宫中奴婢。据载,开元中,赐边军纩衣,制自宫人。有兵士于袍中得诗。诗云:

沙场征戍客,
寒苦若为眠?
战袍经手作,
知落阿谁边?
蓄意多添线,

含情更著棉。
今生已过也,
愿结后生缘。①

此诗呈交到明皇那儿。明皇以诗遍示六宫。一宫人自称:"万死。"明皇怜之,不仅没有责罚,反将她嫁给得诗的兵士,曰:"朕与尔结今生缘也。"

要将这首诗译成外文,有几处是颇令人感到棘手的。首先是"蓄意"和"含情"这两个词,在外文中很难找到完全相应的词。在字面上,"蓄意"即积存已久的心意或意图,"含情"即把感情藏在心里,不完全表露出来。具体在这首诗中,宫人到底蓄的是什么意,含的又是什么情,需要读者自己去体会。另外,"愿结后生缘",带有佛家的思想,如何译成外文,也是一个问题。汤姆斯总算基本上将全诗的大意译成了英语,但语言文化差异造成的困难,看来并没有完全能够排除。他把"蓄意"和"含情"带起的两句译成:

Being anxious for your preservation, I added a few extra stitches.
And quilt it with a double portion of wadding.

译文中,主句的意思是明确的:我特地多缝几针,并填塞双倍的棉絮。问题出在以分词 Being 带起的短语。anxious 意思是担

---

① 游国恩等:《中国文学史 2(修订本)》,人民文学出版社 2020 年版。

心,忧虑。为什么而担心呢? For preservation,为了保护(保持,维护)。保护,是一个表示动作的名词,保护什么呢? 从上下文看,意思应是:保护士兵以免受寒冷袭击。但由于句中并没有明确写出 preservation 所涉及的内容,因此,文本的意思带有不确定性,给读者的理解留下了空间。

汤姆斯的英译,为歌德提供了再创作的蓝本。歌德饶有兴致地向德国读者介绍了这则故事,用押韵的诗体改译《袍中诗》,并将"开元"当女诗人的名字而作为诗的标题。诗的大意如下:

> 为了征讨边境上的叛乱,
> 你奋勇作战;夜晚降临,
> 严寒袭人令你无法睡眠。
> 这件战袍,我辛勤地缝制;
> 尽管我不知道谁会穿上它。
> 我加倍地敷上棉花,
> 仔细地增添针线,
> 为的是维护士兵的荣誉。
> 倘若我们不能此地相见;
> 但愿在天上有缘结合!

粗看上去,译诗的内容似乎与原作离得不远,但细加品味,就会发现,两首诗表达的情感截然不同。开元宫人的诗,开首就突出"沙场"二字,使人想到"平沙莽莽黄入天"的塞外。第二句,"寒"字,言气候之寒冷、恶劣,"苦"字则不仅指征战的艰辛,而且含离乡背井之苦楚。这三句给诗歌定下了悲凉的调子。接着,诗歌描写的空间,来个大转移,从塞外回到宫中。年轻的宫女,与沙场士卒一样,忍受着骨肉分离的痛苦。她们被选入宫,青春断送,只好把纯真的情感倾注在针线上,把美好的愿望寄托于来世。她们默默地在深宫中缝制战袍,"蓄意多添线,含情更著棉",最终却不知战袍落在谁人手上。字里行间,我们感受到的是宫人的满腹幽怨。

在歌德的诗中,没有凄戚,没有辛酸,有的只是后方女子对出征士兵的爱恋与激励。诗的头两句,展现给读者的,不是饱尝寒苦的戍客,而是征讨叛乱的勇士。"你"在边境上英勇作战,"我"在后方缝制战袍,虽然不知道谁会穿上它,但"我"非常仔细把它做好,这不只是为了使"你"有衣御寒,更重要的是为了维护士兵的荣誉(Zur Erhaltung eines Manns der Ehren.)。在这里,歌德把英文的 preservation 译为 Erhaltung(保持,维护),并按照欧洲的传统价值观念,把维护士兵的荣誉作为缝制战袍的动机。在中世纪的欧洲,权力和荣誉是至高无上的。骑士为了荣誉,大动干戈,抛头颅,洒热血,是受到歌颂的。也许,在歌德看来,把维护士兵的荣誉作为缝制战袍的动机,能使诗中的"我"形象更丰满,更高尚。殊不知这一改动,令这首诗完全失去了中国味。今天,我们却可以从中看到歌德创作中本土文化传统的影响。

有趣的是,歌德为这则故事的结局增加了一个小小的尾巴:

> 皇帝下令将宫女嫁给得诗的士兵,并风趣地说:"我们在此已经相聚了!"宫女答道:
> "皇帝陛下,无所不能,

赐福臣民,变未来为现实。"

由此在中国女诗人中保存下了开元这个名字。

宫女的答话,在汉语和英语的文本中是没有的。歌德以押韵的诗句写成,可以与前面的诗合为一体。连起来读,全诗不仅没有丝毫怨恨之情,甚至具有了为皇帝歌功颂德的意味。这一增添,不能不令人想到诗人歌德曾在魏玛公国任职,为封建宫廷效劳,在他的意识中,对于皇帝陛下的恩典,臣仆理所当然要感激涕零。而这种观念,在中国封建时代的文艺作品里倒是屡见不鲜的。明代天然痴叟著《石头记》第13卷"唐玄宗恩赐纩衣缘",就将这首诗改编成故事,并且在故事结局添加上为皇帝歌功颂德的诗句。

四

歌德认为,"诗的真正的力量和作用全在情境,全在母题"。他在1825年与私人秘书雷姆谈话时说:"世界总是永远一样的,一些情境经常重现,这个民族和那个民族一样过生活,讲恋爱,动情感,那么,某个诗人为什么不能和另一个诗人一样呢?生活的情境可以相同,为什么诗的情境就不可以相同呢?"雷姆回应歌德的话,说:"正是这种生活和情感的类似才使我们能懂得其他民族的诗歌。如果不是这样,我们读起外国诗歌来,就会不知所云了。"[①]

对于歌德与雷姆的谈话,我们可以补充说一句:世界又是千变万化的,在不同的文化背景下,生活的情境和方式不会绝对一

---

① 参见[德]爱克曼:《歌德谈话录》,朱光潜译,人民文学出版社1982年版,第112页。笔者根据德文原著对译文略作修改。

样,这就决定了,即使是同样的情境、同样的母题,在不同文化背景的作品中,表达的思想情感有差异,表现的方式也有区别。正是这些差异和区别,造成了世界文学的绚烂多彩,使得我们对其他民族的诗歌产生兴趣,并设法去理解它。歌德对中国文学的接触和接受,不正是这样的吗?

韦勒克曾指出:"艺术品绝不仅仅是来源和影响的总和:它们是一个个整体,从别处获得的原材料在整体中不再是外来的死东西,而已同化于一个新的结构之中。"① 今天,人们已越来越深刻地认识到,比较文学研究不仅可以在历史的因果关系上考察,而且可以在文学的类比层面上展开。这是因为,世界各民族文学之间的关联与类同,不仅是以事实联系为基础,而且与作品的"文学性"密切相关。如果进一步把跨文化背景下文学之间的互动看作跨文化的交际和世界文化总体对话,那么,我们将不仅要注意到文学的"文学性",而且十分强调文学的"审美性"和"交际性"。在拓展比较文学视域,研究"世界文化总体对话中的中国形象"②时,人们谈及文化类同与文化利用,谈及"异"的研究,都不可避免地接触到"异"和"同"的关系。笔者认为,"异"和"同"的对立统一,是世界文化总体对话的普遍规律。在比较文学的研究中,应当在"异"中

---

① [美]韦勒克:《比较文学的危机》,载张隆溪编:《比较文学译文集》,北京大学出版社1982年版,第24页。
② 北京大学出版社近年出版了一套"北大学术讲演丛书",该丛书收入美国学者史景迁著《文化类同与文化利用》和德国学者顾彬著《关于"异"的研究》,两部著作均探讨了中国文化在西方的接受以及西方文学中的中国形象。乐黛云先生以"世界文化总体对话中的中国形象"为标题,为《文化类同与文化利用》一书作序。文中指出:"系统研究世界文化总体对话中的中国形象是一个非常有趣而又富有挑战性的正待开垦的领域。"

看到"同",也要在"同"中看到"异",要将作品的比较与产生作品的文学传统、社会语境、交际的双方以及交际过程中的"干扰"等因素综合起来考虑,通过对具体作品的考察,探讨文学如何在跨文化的交际中,在"异"和"同"的相互作用下,创造出新的文学形象,产生出新的意义。而这,正是本文阐释歌德4首"中国诗"所企望达到的。不当之处,请批评指正。

(原载《东方丛刊》2000年第1期)

歌德与木鱼书《花笺记》

众所周知,1827年1月31日,歌德与爱克曼有一席著名的谈话。歌德在谈话中不仅表达了他对中国文学的看法,而且提出了"世界文学"的概念,预见到"世界文学的时代已快来临"。引起这场谈话的话题是歌德当时正在读一本"中国传奇"。

究竟是哪一本中国传奇引起歌德如此浓厚的兴趣,使他愈来愈相信"诗是人类的共同财产",并且呼吁人们出力促使世界文学时代早日来临呢?

朱光潜先生作为《歌德谈话录》的译者,在脚注中写道:"据法译注:即《两姐妹》,有法国汉学家阿伯尔·雷米萨特的法译本。按,可能指《风月好逑传》。"[①]在这里,朱光潜先生提到了两种可能性:一本是据法译注,歌德读的是雷米萨特的译作《两姐妹》,即《玉娇梨》的法译本。朱先生似乎并不认同这种可能性。

《玉娇梨》是在1826年由雷米萨特译成法文的。该书出版后很流行,次年已有德译本。让·雅各布·安培尔(Jean Jacques Ampère)在1827年4、5月曾在魏玛多次拜访歌德,据他5月16日报道,歌德由雷米萨特翻译的小说引起谈论了中国人的风俗,并且

---

① [德]爱克曼:《歌德谈话录》,朱光潜译,人民文学出版社1982年版,第111页。

讲述其他的中国小说。另外,歌德在 1827 年 5 月 9 日和 14 日的日记中也提到这本书。① 从时间上看,歌德阅读《玉娇梨》应在 1 月 31 日的谈话之后,而且,歌德向爱克曼介绍中国传奇时提到的细节,与《玉娇梨》的内容没有相似之处。因此,歌德与爱克曼谈到的不太可能是《玉娇梨》。

朱先生提到了另一本书,即《好逑传》。请注意,朱先生在注释中用了"按"字,表示经考证查对,接着用"可能"这个词,表示只是推测,还不能肯定。可惜朱先生没有留下其他文字,只在该注释中提及,"歌德在这部传奇的法译本上写了许多评论,据说他晚年准备据该书写一篇长诗,但是后来没有来得及写就去世了"。如果这是确实的话,那么,可以肯定歌德曾仔细阅读《好逑传》法译本,并对其怀有极大兴趣。但仅仅据此,还是无法断定歌德谈话中指的就是《好逑传》。也许,歌德对爱克曼叙述中国传奇故事的特点时提到,一对钟情男女在长期相识中很贞洁自持,有一次不得不在一间房里过夜,就谈了一夜话,谁也不惹谁,这一细节与《好逑传》第 7 回"五夜无欺敢留髡以饮"确有某些相似,使人们推测歌德说的是《好逑传》,但是,歌德提到的其他所有细节显然不存在于《好逑传》中。大概出于这个原因,成柏泉在《歌德与〈好逑传〉》一文中认为,歌德似乎不只指一部书,而是把两三部书的内容合在一起来谈了。但他同时又认为,"最受他(指歌德)注意和赞美的关于有一对钟情男女共处一室、长夜不欺的故事,则确是《好逑传》中

---

① 参见 Günther Debon: „Goethe erklärt in Heidelberg einen chinesischen Roman", in: *Goethe und China – China und Goethe*, herausgegeben von Günther Debon und Adrian Hsia, Verlag Peter Lang AG, 1985, S.51–61。

所有，中译本的注释是不错的"。①

究竟歌德在谈话中指的是不是《好逑传》呢？陈铨在20世纪30年代曾对中德文学关系作过开拓性的研究，他在《中德文学研究》第二章中专门探讨歌德读过哪些中国小说，并对歌德所读小说译本和原文进行了评价。陈铨指出，1796年1月，歌德与席勒彼此通信，讲到一本中国小说，"我们知道这一本中国小说就是《好逑传》""虽然歌德同这本小说已经发生了关系，恐怕他还没有读完。一直到1827年1月31日歌德同艾克芒*谈话讲中国小说和中国文学，这一次歌德才真把《好逑传》细心地读完了"。陈铨认为歌德谈话中指的中国小说是《好逑传》，但依据什么做出这一推测，他本人没有进一步说明。也许由于陈铨说的口气十分肯定，并且用第一人称复数"我们"拉近了与读者的距离，很容易使人相信这已是众所周知的事实。长期以来，他的看法在学术界被普遍援引，几乎成为定论。但也有研究中德文学关系的学者持不同意见。高中甫在探讨海涅的中国观时，曾顺带提到，歌德所谈的应是《花笺记》，而不是《好逑传》。② 卫茂平在《中国对德国文学影响史述》一书中也对"《好逑传》说"提出商榷。③

关于歌德与中国小说的关系，德国学者彼得曼早在1886年发表的《歌德研究》中指出："歌德向埃克曼讲述一部中国传奇时说，人们经常听见金鱼在池子里跳跃，鸟儿在枝头歌唱不停；白天总是

---

* 即爱克曼，又译埃克曼。——编者注
① 成柏泉：《歌德与〈好逑传〉》，《书林》1979年第2期，第44—45页。
② 高中甫：《海涅的中国观和他〈论浪漫派〉中的"中国公主"》，载张玉书编：《海涅研究》，北京大学出版社1988年版，第296页。
③ 卫茂平：《中国对德国文学影响史述》，上海外语教育出版社1996年版，第107页。

晴朗的,经常谈到月亮,但它并不改变风景,月光明如白昼;故事里穿插着无数的典故。如果我们在歌德认识的中国作品中的一部里合起来找到这些细节,并且根据主要事实只在一部里,那么,我们就必须在可供歌德使用的为数不多的中国作品中说出某一本就是他生动地向埃克曼倾诉看法的那本。"他接着说:"歌德所引述的内容可以得到证实的作品是《花笺记》,德文题为《花笺的故事》,一部可以称为诗体小说,或史诗,或田园诗的作品。"①彼得曼在文章中提出了上述观点,没有展开详细论述,因为歌德与《花笺记》的关系并非文章重点所在。

彼得曼是第一位研究歌德与中国文学关系的学者。自他以来,在这一领域的研究中特别值一提的是,20世纪80年代,德国汉学家德博总结前人的研究成果,在考证的基础上对这一悬案提出看法。他指出,《好逑传》是歌德最早接触到的中国小说。它早在1719年已被译成外文,前三卷为英文,第四卷为葡萄牙语,40年后,白尔塞(Thomas Percy)将第四卷从葡萄牙语译成英文,形成第一部完整的英译本,于1761年在伦敦出版。这本书由穆尔从英文译成德文,并将原有的注释增补成为一份关于中国历史、地理、风俗、习惯、语言和文学的简要概述,于1766年在莱比锡出版。歌德在拜访席勒后于1796年1月12日的日记中提及:"中国小说成为话题。"这本小说便是《好逑传》。从席勒1月24日给歌德写的信中知道,歌德很可能向席勒借阅了该书的德译本。歌德再次阅读《好逑传》,是在1815年秋。当年9月底10月初,格林在海德堡

---

① 参见 F. W. v. Biedermann: „Goethe und das Schriftthum China's", in: *Goethe Forschung*, 1886, S.173 – 197。

逃向纯净的东方

参观波依瑟雷兄弟的画展后于10月14日写的一封信里提到,歌德在海德堡住在波依瑟雷兄弟那儿,聚会时朗读并讲解《好逑传》。在此之后,尚无材料可以证实歌德再次读《好逑传》。德博指出,歌德在与爱克曼1月31日谈话中指的传奇应是《花笺记》,因为,歌德在1月29日从魏玛大公爵的图书馆借阅汤姆斯的英译本《花笺记》,并且在1月31日、2月2日和2月3日的日记中都提到了该书。此外,《好逑传》里说的是水冰心将铁中玉接回家中养病,辞别之夜,冰心垂帘设宴,这与歌德在谈话中所讲的一对钟情男女不得不同处一间房里过夜,情节不尽相同。据德博的看法,歌德在跟爱克曼谈《花笺记》的时候,可能顺便提及过去读过的中国小说,如《好逑传》。[①]

德博以歌德的日记以及歌德同时代人的书信为依据,从歌德阅读中国作品的时间上进行推理,得出的判断是有说服力的。但是,令人遗憾的是,德博并未在文章中将英译《花笺记》的内容与歌德的谈话进行对照,从而举出更多的事例论证其观点。笔者带着这种遗憾,以歌德的谈话内容为出发点,按图索骥式地查阅《花笺记》原文和《花笺记》英译本。在考证过程中,愈来愈多的迹象表明,歌德与爱克曼谈话中指的那一本"中国传奇",确是《花笺记》,而非《好逑传》。

我们知道,《花笺记》是明清之际在广东地区广泛流传的木鱼书。目前所能看到的最早刊本藏于巴黎图书馆,为康熙五十二年

[①] 参见 Günther Debon: „Goethe erklärt in Heidelberg einen chinesischen Roman", in: *Goethe und China – China und Goethe*, herausgegeben von Günther Debon und Adrian Hsia, Verlag Peter Lang AG, 1985, S.51-61。

(1713)静净斋的刻印本。在我国俗文学中,由于它是南方粤调说唱的"歌本","乃村童俗妇人人得读之书",而不受文人重视。赏识者则认为"其风流潇洒之中,更备虚实、曲直、起伏、照应诸法,殆可与《水浒》《西厢》并美",称之为"绝世妙文""第八才子书"。[1]这本在中国文学史上不登大雅之堂的作品,被介绍到西方,并非因为翻译者缺乏文学的鉴赏能力,或者某种偶然的原因,而是有其必然性的。广东是近代我国最早对外开放的地区,而这部作品当时在广东地区家喻户晓,是西方商人和殖民者所能接触到的为数不多的文学作品中的佼佼者。它之所以引起西方人的兴趣,并不完全在于它的文学价值,而首先在于它所包含着的人类文化学价值。它以叙事诗的形式,用不大的篇幅,形象地向人们描绘了一幅中国社会的风俗图。过去传教士和旅行家关于中国的种种报道,如贤达的君主、开明的科举、高尚的礼仪、雅致的园林,乃至纤小的"金莲",在这部作品中都有生动的描述。因此,当西方人带着从早期耶稣会士对中国理想化的报道中得到的印象,试图从虚构的文学中获取某些接近于历史真实性的东西时,《花笺记》理所当然地被活动于华南地区的西方贸易机构的出版商看中,介绍给西方:英国人汤姆斯用无韵诗体将它译出,题为《中国的求婚故事》(*Chinese Courtship*),于1824年由东印度公司出版社在澳门印刷,伦敦发行。该书共339页,正文部分《花笺记》为5卷60回,共

---

[1] 关于《花笺记》的成书年代、作者、批评者、现存的版本以及在国际上的影响,梁培炽先生曾作考证。详见梁培炽:《海外所见〈花笺记〉版本及其国际影响》,载广州市文联编《广东音乐国际研讨会文集》,第358—381页;以及梁培炽辑校:《花笺记》,暨南大学出版社1998年版。

3 424行,书页上半部分从左到右竖排中文原文,下半部分从左到右横排英译文,算得上是一部完整的英汉对照的读本。正文后面的"参考文献"收入31则美女简介,其中30则源于《百美新咏》,1则出自《后汉书皇后纪》;此外,出版者出于对经济的兴趣,在书末还附录了一份与正文内容无关的、非常详细的中国各省份税收的统计资料。在前言中,译者对中国的诗歌艺术作了介绍,他指出:"第八才子书"《花笺记》是一部比普通诗歌长的作品,中国大部分诗短小精悍,带有即兴的特点,尽管中国人有许多诗歌,但没有史诗。中国人也想获得罗马和希腊诗人的作品所独有的美,但他们没有任何一部作品如同他们的神那样奢华。他们的诗歌艺术被认为是伟大的成就,而且每一个舞文弄墨的人都会写几句诗,这也许是因为科举考试时考生们要用诗体来论述他们的题目。中国人并非没有足够的创造力使其在诗歌方面优胜,而是因为他们囿于古代流传下来的礼法。在谈到《花笺记》的特色时,他指出,《花笺记》是广东省特有的,具有口语特点,男人和女人都喜爱读,评论者们给予它很高的评价,将它列在《西厢记》之后,作品用"木鱼"体裁写成,产生于明代,作者是两位有声誉的广东人,原作不但内容有趣,且富有诗意,而在紧扣原文的译作中,难免失去原有的柔和与连贯,尽管有某些不足,相信对中国文学感兴趣的人在阅读中将会得到乐趣,那些爱好田园诗的人,会喜欢作品中对花园的中国式描写以及人们面对花而产生的连篇浮想。[①]

译者预料到《花笺记》可能给西方读者带来乐趣,但是也许不

---

① Peter Perring Thoms:《花笺,Chinese Courtship in Verse》,伦敦,1824年。

会想到，3年后这部作品引起了歌德如此大兴趣，以至他诗兴大发，不仅从该书"参考文献"中选了4首进行重译，[①]还写下组诗《中德四季晨昏杂咏》，并且引发出与爱克曼的一席谈话。

下面，让我们将歌德谈话的要点逐一与《花笺记》作些比较，看一看两个文本之间是否存在互文性。

首先，歌德认为，这部中国传奇"并不像人们所猜想的那样奇怪"，它和《赫曼与窦绿苔》"有很多类似的地方"。叙事诗《赫曼与窦绿苔》是歌德中年时期的作品，发表于1796年，歌德称之为"现代的牧歌"。男主人公赫曼是一个饭店主人的独生儿子，他勤劳、朴实、敬父母、爱祖国、富有正义感。受母亲委托，他驱车将衣物食品分发给战乱中逃难的异乡人。在落难的人群中，他遇见了窦绿苔，一位年轻美貌，善良勇敢的姑娘。赫曼被她搭救产妇的侠义行为所感动，从心底里爱上了她。慈祥的母亲善解儿子的心事，严厉的父亲却希望娶一个妆奁丰盛的富家姑娘为儿媳。热心的神父和药材店老板受赫曼一家的委托，向难民们了解到，窦绿苔不仅温良贤惠，而且英勇刚强，于是鼓励赫曼向她求婚。面对这位高尚的女子，赫曼没有求婚，只说母亲需要一位能干的姑娘帮助料理家务，因为他看到了姑娘手上戴着金戒指。后来，排除了种种误会，赫曼终于如愿以偿，在父母的赞许下与窦绿苔喜结良缘。全诗情节并不复杂，用荷马英雄史诗扬抑抑六步格写成。诗人仿照古典史诗的质朴风格，用平静的稳步前进的语调，娓娓动听地描述了一对青年男女情感深沉而理智的爱情，诗中不乏对道德的推崇，以及对

[①] 林笳：《歌德与〈百美新咏〉》，《东方丛刊》2000年第1期。

真、善、美的颂扬。木鱼书《花笺记》用七言韵文体写成,经历过由民间传唱到文人整理加工的发展过程,在我国的文学分类中,属于民间说唱文学中的弹词。它同样以叙事为任务,在讲述事迹的过程中,充分展示广阔的世界背景、社会风尚、道德习俗、人物性格;同样讲究文辞的典雅、声律的和谐、语言的音乐性和节奏感。如果按照西方对体裁的分类,《花笺记》如彼得曼所说,可称为诗体小说,或史诗,或田园诗作品,也就是说,与《赫曼与窦绿苔》属于同一类文体。在内容上,《花笺记》是一部"风月之书",正如批点者钟戴苍在该书开首所说的:"此风月之书也,以风月起,以风月结;而中间点缀,亦处处不脱风月二字。"[1]但受儒家"发乎情,而止于礼义"的诗学传统影响,书中并无"狂且淫妇",写的是男女之情,但又不全然言情,而是要"说理""明道",它跟《赫曼与窦绿苔》一样,处理的是爱情和伦理道德的题材,并且把人物安排于民族战争的大背景下,使个人的际遇与社会生活和历史事件紧密地结合在一起,通过人物的行动表现理性化的情感或情感化的理念。主人公梁亦沧是一位风流秀士,与才女杨瑶仙一见钟情,私定终身,不料其父为他另聘刘玉卿,只等名题金榜择日成亲。梁生会试高中探花,身入翰林院。他思念瑶仙,得知她父亲驻守边防受匈奴包围,自动请缨出征。前方误传梁生战死,刘玉卿为守节投江,幸被人救起。不久,梁生凯旋,娶瑶仙、玉卿为妻。诗中,梁生怜香惜玉而不乱纲常,风流雅致而又勇猛无敌;瑶仙顺情盟誓而决不苟合,幽闲贞静而又知书识礼;玉卿则更是"闺门持妇道""舍身存节

---

[1] 梁培炽辑校:《花笺记》,暨南大学出版社1998年版,第75页。

义"。男女主人公有喜、有怒、有哀、有乐、有感情、有思想,跟赫曼、窦绿苔一样讲恋爱、动情感,他们是才子佳人,充满着纯真的情爱,但更是义夫节妇,受传统道德观念的束缚,体现了从封建向近代转型时期市民阶层的理想情操。为了塑造"合情""合理"的人物形象,《花笺记》不仅运用了情节、动作、对话等话本小说常用的手法,而且充分发挥了说唱文学的抒情功能以及描写人物心理活动的技巧,有意识地营造环境、渲染气氛,让人物触景生情,进而通过人物的内心独白或诗词,凸显男女主人公的心灵世界。在作品结构和叙事方法上,《花笺记》以"花笺大意"为楔子,点出故事的主题,并交代主人公的身份,《赫曼与窦绿苔》有"序诗",以悲歌的诗体直抒歌者胸臆,表明创作意图,两者都从全知的叙事角度出发,按时间的顺序,用客观的语调平铺直叙,故事情节脉络分明,结构首尾完整,以大团圆为封闭式结局。难怪歌德认为这本中国传奇与《赫曼与窦绿苔》相似,并指出:"中国人在思想,行为和感情方面几乎和我们一样""只是在他们那里一切都比我们这里更明朗,更纯洁,也更合乎道德""在他们那里,一切都是理智的,符合市民规范的,没有强烈的情欲和飞腾动荡的诗兴"。①

《花笺记》既然是一部"风月之书",也就必然以写情为主。"夫诗以情为主,景为宾。景物无自生,惟情所化。情哀则景哀,情乐则景乐。"②"景中生情,情中含景,故曰景者情之景,情者

---

① 德语原文是"Es ist bei ihnen alles verständig, bürgerlich, ohne große Leidenschaft und poetischen Schwung"。朱光潜先生将 verständig 和 bürgerlich 分别译为"可以理解的"和"平易近人的",似乎欠妥。
② [清] 吴乔:《围炉诗话》卷一,转引自徐中玉主编:《意境·典型·比兴》,中国社会科学出版社1994年版,第57页。

景之情也。"①中国诗歌的这种融景入情,寄情于景,情即是景,景即是情的审美和创作传统,对中国的才子佳人小说有着深刻的影响。《花笺记》也不例外。故事的主要情节和重要的"言情"场面,都是安排在花前月下、池亭楼阁之间的。主人公梁亦沧的出场,就是一段情与景的描写:

> 芸窗自觉多寥寂,潜来花下笑寻芳,好鸟枝头迎客叫,百花丛内喷人香。桃花片片随流水,牵惹游人欲断肠。花因春尽多零落,人貌何曾得久长?若不风流虚一世,算来难及水鸳鸯,相挨相倚池边绕,相爱相怜几在行(多么内行)。自想韶华虚十八,谁能一世守孤窗?点(怎)能得个崔莺女,等我安排手段学《西厢》。②

在这里,人与自然,情与景物,是完全融合在一起的。"芸窗"属景物,"自觉多寥寂"属情,"潜来花下笑寻芳"写人,"好鸟枝头迎客叫,百花丛内喷人香"写自然,"桃花片片随流水,牵惹游人欲断肠"乃感物生情,"花因春尽多零落,人貌何曾得久长"则是托物寄情。接着的四句明明是主人公的感叹,却偏偏又是一幅鸳鸯戏水的景象,"相挨相倚""相爱相怜"的水鸳鸯究竟是眼前的实景,还是心中的意象,我们已无法分清。

又如"棋边相会"有这样一段描写:

---

① [清]王夫之:《唐诗评选》卷四,转引自徐中玉主编:《意境·典型·比兴》,中国社会科学出版社1994年版,第56页。
② 梁培炽辑校:《花笺记》,暨南大学出版社1998年版,第82页。

起来窗外观风景,只见曲栏杆绕白莲塘;白鹤避人轻步月,风摆杨花刮水狂。塘上红桥通内苑,又见一带微波漾月光;两岸垂杨相对舞,采莲船系柳荫旁,游鱼浪起波中锦,水中云影白茫茫。举步过桥临水阁,凭栏去弄野花香,扳枝贪采荼薇露,唔想(没料到)枝摇惊起鸟飞狂;杜鹃恰似啼残月,黄鸟声声恼客肠,舞碎一轮明月色,花梢微露洒罗裳。再过小桥临曲径,梅子青青坠两旁,孔雀双双游月下,全笼鹦鹉叫声长。面前一所藏身坞,千叶桃花种两行。自想仙源如有路,小生宁愿做渔郎。①

"移步换景"式的景物描写,使诗文如同一幅园林的风景画卷。出现在读者面前的是,曲栏、莲塘、红桥、垂杨、月光、云影,还有白鹤、游鱼、杜鹃、黄鸟、孔雀、鹦鹉。主人公被隐含起来了,但是,借助表示视角和行动的词语"起来""只见""又见""举步过桥""再过小桥",我们可以感觉到他的存在。接二连三表示意愿和心理活动的词语:"去弄""贪采""唔想""自想""宁愿",让读者从人物的外部动作进入人物的内心世界。比兴和譬喻的运用,使自然景物与人物的心境融为一体,难分虚实。

全书60回,从"棋边相会""梁生痴想""花园复遇""誓表真情""柳荫哭别""翰苑重逢",直到"玉卿投江""瑶仙闻喜",故事的起、承、转、合,都离不开这种"物感生情""情动生景""心物交感"的描写。而在情与景的描绘中,园林建筑作为人物活动的主要

---

① 梁培炽辑校:《花笺记》,暨南大学出版社1998年版,第95—96页。

舞台，辅以春秋寒暑、阴晴朝暮，既构成一种激发情感的布局，又是表达各种情感反应的无穷尽的泉源。青云馆、临水阁、藏春坞、红杏苑、牡丹亭、望波亭、书馆、画堂、绣房、池塘、石山、流水、小桥、曲径，各种植物——芳草、兰花、蔷薇、芙蓉、白莲、桃花、紫竹、杨柳，还有各种动物——鸳鸯、杜鹃、白鹤、黄鸟、孔雀、鹦鹉、蝴蝶、金鱼。当然，还有浮云和星空，而月亮是尤其少不了的，因为它在中国文化中具有多种的象征意义。《花笺记》中，含有"月"字的回目就有"步月相思""主婢看月""对月自叹"。据笔者统计，书中60多行诗句有"月"字，如"月中流丽似人行""月沉星落彩云光""月移花影夜深沉""月缺花残误少年""月有团圆人有恨""残星影落催斜月""景入秋来将半月""万里无云月自圆""对月长嗟忆远人""何愁好月不团圆""守得云开见月轮"，等等。《花笺记》中这些极具中国特色的表现手法，显然给歌德留下了深刻的印象，因此他对爱克曼说："他们还有一个特点，人和大自然是生活在一起的。你经常听到金鱼在池子里跳跃，鸟儿在枝头歌唱不停。""月亮是经常谈到的，只是月亮不改变自然风景，它和太阳一样明亮。房屋内部和中国画一样整洁雅致。"

歌德在谈话中还说，"故事里穿插着无数典故，援用起来很像格言"。《花笺记》作为"歌本"，受诗、词、赋、曲的影响，运用成语、典故之多，非一般散文体传奇所见。例如作品起首几句，"起凭危栏纳晚凉，秋风吹送白莲香，只见一钩新月光如水，人话（说）天孙今夜会牛郎"，就用了牛郎织女的典故。又如："点（怎）能得个崔莺女""才高八斗人难及""小生宁愿做渔郎""定係（是）嫦娥到此方""望娘指引兰桥路""点（怎）得佢（他）先传红叶到堂前""相逢李下共瓜田""为雨为云学霸王""伯牙何处觅知音""弄玉箫郎都係(是)假""坟土唔(未)干就嫁人""雪梅未见亲夫面,甘心情愿守孤单",如此等等。在"主婢私谈"一回中,更是一连串用典:"重(还)有昭君出塞归何处,杨妃饮恨马嵬山,乌江自刎虞姬死,西施沉落五湖间,千金难买相如赋,六宫尝会灭朱颜。"

这些成语、典故,使当前的故事与悠久的文化传统联系在一起,扩大了叙事的空间和时间,增强了主题的历史感。除了成语、典故之外,诗中还用了不少含象征意义的词语,如:鸳鸯、鸿雁、金莲、阎王、碧桃、鹿鸣,等等。在英译本中,译者对这些成语、典故和文化象征采取了直译加注释的方法处理,目的是帮助西方读者理解诗句的意谓以及文化语境,同时也增加译作的可读性和趣味性。顺便提一下,诗中所用典故涉及中国古代美女的有10处之多。在作注的过程中,译者参考了乾隆三十二年(1767)出版的《百美新咏》。很可能出于同样的考虑,译者根据《百美新咏》的内容编译出30则美女简介,作为《花笺记》的"参考文献"。

在说到传奇中的典故时,歌德举例说,"例如有一个姑娘,她的脚是那样的轻盈和纤细,以至能在一朵花上保持平衡,花也没有折断"。[①] 这出自译作中对"三寸金莲"的介绍。《花笺记》第5回写梁生初遇瑶仙,对女主人公的外貌作了这样的描写,"芙蓉面色柳眉长,一点红唇真俏丽,生成模样断人肠,春风阵阵罗裳卷,的息(纤小)金莲二寸长"。查阅全书,有10处写到瑶仙的"金莲":"个(那)对金莲都冇(没有)二寸长""慢步金莲转绣房""花阴摇曳举

[①] 德文原句如下:Zum Beispiel von einem Mädchen, das so leicht und zierlich von Füßen war, dass sie auf einer Blume balancieren konnte, ohne die Blume zu knicken。

金莲""金莲轻印绿苔鲜""忙举金莲离绣阁",如此等等,不一而足。英译本中将"的息金莲二寸长"一句译为: He beheld the golden lilies(her small feet), with excesseded not three inches。并且在第 29 页对"金莲"作的注释中提及:"金莲源于潘夫人,她是东昏侯的妃子,生活于公元 900 年前后。她尤其擅长跳舞。据说,东昏侯有金造的莲花,高 6 肘①,上面挂着珍贵的玉。室内墙壁和天花板被画成云彩一般。他要潘夫人用带子将脚裹成半月形,穿上长袜,又要求她在莲花的顶上跳舞。潘夫人这样做了,起舞的时候看起来就像在云彩中旋转。据说,这产生了很大影响。中国妇女缠足这种独特的风俗有可能就是从这里起源的。"②

歌德在谈话中还提及传奇的 3 个细节。这 3 个细节虽然与《花笺记》所述的内容不完全一致,但还是相似的。一曰:"我听到美妙的姑娘们在笑,等我见到她们时,她们正躺在藤椅上。"《花笺记》写梁生初遇瑶仙,便是先闻笑声后见人的。书中写道:"远望牡丹亭一座,花边斜影见灯光,似有几人花下立,笑语频频到耳旁。声娇必定风流女,随风兰麝过来香。行前仔细偷观看,花间原有女人行。"接着,写姑娘们因为梁生的突然出现,惊慌地丢下围棋,回到房间,在东坡椅上坐下。二曰:"有一个德才兼备的年轻人三十岁就荣幸地和皇帝谈话。"《花笺记》男主人公在出征前后,都见过皇帝,并且谈过话,只是主人公的年龄不是 30 岁,而是不到 30 岁。

---

① 原文为 six cubits high,其中的 cubit 是古代犹太人使用的长度单位,从人体的手肘到指尖的长度为 cubit,按《圣经・旧约》,译为"肘"。
② Peter Perring Thoms:《花笺,Chinese Courtship in Verse》,伦敦,1824 年,第 29—30 页。

三曰：一对钟情男女"不得不同在一间房里过夜，就谈了一夜的话，谁也不惹谁"。在《花笺记》的"誓表真情"一回中，写中秋之夜，梁生与瑶仙在花园的看云亭上排香案，对月山盟海誓，两人谈了一夜话，虽然"别离一刻当三春"，梁生"乞把团圆照学生"，但瑶仙"留心要学古贤人""若然迫我风花事，宁舍残躯谢古人"，直到"鸡啼鸟噪月西沉"，两人才"好似鸳鸯遭浪涌，凄惶无主两边行"。

《谈话录》所述这三个细节与《花笺记》不尽相同，其原因在于，爱克曼不是逐字逐句笔录歌德的谈话，而是在谈话后根据自己的记忆写下谈话的内容。1月31日的谈话内容如此丰富，记漏记错，在所难免。而且，按照阐释学和接受美学的理论，爱克曼在谈话中带着"成见"接收对方发出的信息，然后用文字将自己理解的内容复述出来，在这过程中有所"背叛"不足为怪。

上面，我们将歌德谈话的要点与《花笺记》逐一作了比较，通过比较可以看到，歌德的谈话与《花笺记》之间存在明显的互文性。这种具有指涉特征的互文性，在歌德也读过的《好逑传》和《玉娇梨》中，难以找到有力的佐证。据此，笔者推断歌德与爱克曼谈到的中国传奇是《花笺记》。不知学术界的朋友们以为然否？

（原载《东方丛刊》2002年第4期）

梁宗岱与歌德
——记念梁宗岱诞辰100周年

梁宗岱生于1903年,至今已有100年。他长期从事法国语言文学的教学工作,但是,与德国文学,特别是与大文豪歌德的关系,似乎更引人注目。1984年,外国文学出版社将梁先生20世纪30年代的著述《诗与真》《诗与真二集》合二为一出版,在出版说明中提到,梁先生"对西方文学特别是德、法两国文学及其代表人物(如歌德、罗曼·罗兰、梵乐希、韩波等)的创作进行了比较文学上的探讨",其中就将德国文学放在法国文学的前面,将歌德置于首位。按理说,梁先生与梵乐希、罗曼·罗兰的关系,较之与歌德的关系,要亲近得多。按照西方马克思主义比较文学理论家杜利辛的分类[①],梁先生与法国作家之间存在的因果关系(genetische Beziehung),属于直接的(direkt)、内在的(interne)、主动的(aktiv)、根本性的(wesentlich)影响,而与歌德的接触是通过媒介间接发生的。但是,出版者做出上述评价,是不无道理的。笔者以为,至少可以举出几个理由。

[①] D.杜利辛(D. Durisin)对比较文学研究对象的各种关系的分类,参见 Gerhard R. Kaiser (Hrsg.): *Vergleichende Literaturforschung in den sozialistischen Ländern*, J.B. Metzlersche Verlagsbuchhandlung, Stuttgart 1980, S.91 - 101。

首先，中国人的等级观念比较强，从梁先生探讨的对象看，歌德是首屈一指的西方作家，如果有好事者按作家在世界文学中的地位弄一份排行榜的话，他的位置排在罗曼·罗兰、梵乐希的前面，是不成问题的。既然歌德排在前面，德国文学摆在了法国文学之前，那是顺理成章的事情。

其次，梁先生在20世纪30年代的两本文学论著，是他早期在诗学上努力探索的成果，书名叫作《诗与真》，正如他在该书的序中所写的，"这极近夸张的名字，不用说，是受哥德底自传 *Dichtung und Wahrheit* 底暗示的。"[①] 虽然，梁先生接着说，"立名虽似蹈袭，命意却两样"，但是，不管这"命意"是多么的两样，也不管他对歌德的意思作何理解，起码，他不用别的名字，而偏偏借用歌德自传的书名，已足见这是非一般的"暗示"。

更重要的理由，可以从著述的内容上去找。查阅梁先生的两本著述，共收入18篇文章，专门探讨歌德的文章有3篇，它们是《李白与哥德》、《哥德论》(梵乐希著，梁宗岱译)、《哥德与梵乐希》，在其余的15篇文章中，引用或提到歌德的有8篇近20处，也就是，全书有超过半数的文章与歌德的作品存在互文性。如果我们不只是停留在数字上，而是深入地看一看梁先生是如何走近歌德的，那么，他与歌德的关系就更加清晰了。

梁宗岱在读中学期间通过英译阅读罗曼·罗兰的作品，这是有他的自述为证的，至于何时开始接触歌德的作品，目前尚无足够的资料可供考证。可以肯定的是，作为"南国诗人"、文学研究会

---

① 梁宗岱：《诗与真·诗与真二集》，外国文学出版社1984年版，第5页。

逃向纯净的东方

广州分会组织者的梁宗岱,在游学欧洲前对歌德有所闻,但了解并不深。我们知道,1922年,适逢歌德逝世90周年纪念,郭沫若翻译的《少年维特之烦恼》问世,国内的文学刊物上发表过不少介绍歌德的文章。同年,创造社与文学研究会围绕《浮士德》等外国文学作品的介绍翻译,发生过一场论争。梁宗岱作为文学研究会的成员也卷入了论争。他在1923年8月发表于上海《文学》周刊第84期的《杂感》一文中批评成仿吾、郭沫若,在提到郭译《少年维特之烦恼》和《浮士德》时,虽称歌德为"大诗人",但也仅止于此,对歌德并无更多评论。与同时代创造社成员对歌德的仰慕相比,应该说,梁先生在当时对歌德并没有表现出太多的热忱。1924年,梁宗岱赴瑞士学习法语,1925年就读于法国巴黎大学文学院。1928年,他撰文向国内介绍法国桂冠诗人梵乐希。谈到梵乐希被批评家和读者异口同声称为哲学的诗人,他写道:"一提到哲学的诗人,我们便自然而然联想到那作无味的教训诗的蒲吕东*(Sully Prudhomme),想到那肤浅的,虽然很真的诗人韦尼(Alfred de Vigny),或者,较伟大的,想起哥德底《浮士德》第二部——他们都告诉我们以冷静的理智混入纯美的艺术之危险,使我们对于哲学诗发生很大的怀疑。"[②]言下之意,歌德虽"较伟大",但是他的《浮士德》第二部无异于蒲吕东的"无味的教训诗",带有"以冷静的理智混入纯美的艺术之危险"。在这里,梁宗岱用的是复数第一人称代词"我们",虽然也可能指称其他人,所讲的观点并不一定完全代表他个人意见,但梁氏显然没有拒斥这种看法,因为他接着为梵

---

* 即苏利·普吕多姆,法国诗人,诺贝尔文学奖获得者。——编者注
② 梁宗岱:《诗与真·诗与真二集》,外国文学出版社1984年版,第18页。

乐希辩护,说,"梵乐希却不然""与其说梵乐希以极端的忍耐去期待概念化成影像,毋宁说他底心眼内没有无声无色的思想,正如达文希①底心眼内没有无肉体的灵魂一样"。换言之,歌德的《浮士德》第二部"影像"不足,"理智"有余,带有平庸的"哲学诗"的概念化倾向。

时隔不到3年,梁宗岱对歌德的看法已有根本的改变,他在1931年3月21日从德国海德堡致徐志摩的长信《论诗》中,给予了《浮士德》充分的肯定,认为歌德作品"所载的正是一颗永久追寻的灵魂底丰富生命","《浮士德》是一个毕生享尽人间物质与精神的幸福而最后一口气还是'光! 光!'的真理寻求者自己底写照"。不仅如此,他还把歌德称为"天人",把歌德1780年的诗作《流浪者之夜歌》誉为"最深沉最伟大的"德国抒情诗,将它翻译介绍给中国读者:

> 一切的峰顶
> 无声,
> 一切的树尖
> 全不见
> 丝儿风影。
> 小鸟们在林间梦深。
> 少待呵,俄倾
> 你快也安静。

---

① 现译名为达·芬奇。

逃向纯净的东方

　　这是歌德最著名的一首抒情诗,只有8行,声誉不在12 111行的《浮士德》之下,据调查统计,它被作曲家谱成乐曲,超过200多次。[1] 该诗在我国有多种译本,诗的标题也有不同译法,最早的有20世纪20年代郭沫若的翻译,在梁宗岱之后,有钱春绮、冯至、杨武能、樊修章等多种译本。在众多译本中,梁译最为精练隽永,全诗无一字多余,琅琅上口、富有灵气、耐人寻味,达到了与原作形神兼似的地步,堪称信、达、雅的上乘之作。梁宗岱感慨地说:"你看它底篇幅小得多可怜!——岂独篇幅小得可怜而已!(全诗只有廿七音[2],并且是一首很不整齐的自由诗。)然而他给我们心灵的震荡却不减于悲多汶*一曲交响乐。"梁先生透过"在最充溢的刹那间偶然的呼气"中感受到了"一颗伟大的、充满音乐的灵魂",感受到了诗人"毕生底菁华"。[3]

　　梁宗岱对歌德的接受,应与罗曼·罗兰的影响有密切关系。1929年10月,梁宗岱作为一名主攻法国文学的留学生,曾在瑞士拜访仰慕已久的罗曼·罗兰,对于梁氏来说,与这位法国作家交谈,如同享受一次丰富的盛宴。他们不仅谈论法国文坛、中国文坛,而且谈到了歌德的诗,巴赫和贝多芬(旧译悲多汶)的音乐。罗曼·罗兰当时正在研究歌德与贝多芬,他向梁宗岱出示了自己珍藏的歌德和贝多芬的手迹。此后不久,梁宗岱就到德国学习德语。1931年9月,梁宗岱再一次拜访罗曼·罗兰。关于这次访

---

* 即贝多芬。——编者注
[1] 参见高中甫主编:《歌德名作欣赏》,中国和平出版社1996年版,第66—71页。
[2] 歌德原诗36个音节,梁宗岱的翻译含37音,此处写27音,有误。
[3] 梁宗岱:《诗与真·诗与真二集》,外国文学出版社1984年版,第33—34页。

问,他在5年后发表的《忆罗曼·罗兰》中写道:"我们照例对我们共同崇拜的哥德和悲多汶致热烈的敬意。"在告辞的时候,罗曼·罗兰将新出版的著作《悲多汶:他底伟大的创造时期》和《哥德与悲多汶》赠送给梁宗岱,并在两本书上题字,在一本上用德文题贝多芬一首歌里的断句"为善的美",在另一本上题德国17世纪哲学家莱布尼兹的"生存不过是一片大和谐"。罗曼·罗兰的谈话内容给梁宗岱留下了深刻印象,用梁宗岱自己的话说,"它们已经融化在我心灵底血液里了"。① 我们无法详细知道在两次见面时罗曼·罗兰都讲了些什么,但是,罗曼·罗兰对歌德和贝多芬的推崇备至,在他的著作《歌德与贝多芬》中有充分的表达。特别是对歌德《浮士德》,他给予了高度评价:"诗与音乐的梦的总和""打破一切传统形式的浩荡的作品""有时甚或超出浪漫时代一切瓦格纳式的管弦乐的幻剧"。② 罗曼·罗兰还在书中全文引用《浮士德》第二部的《守望者之歌》,并由此谈到歌德的那双大眼睛,指出他是一个完全属于"视觉"的人,"他每个孔窍都开向宇宙之美"。受罗曼·罗兰影响,梁宗岱后来在文章中不止一次地提到歌德的作品和贝多芬的交响乐。③ 梁宗岱答应将罗曼·罗兰的两本书译成中文,并且实现了他的诺言。

梁宗岱对歌德的理解,还得益于梵乐希。他在回忆罗曼·罗

---

① 参见梁宗岱:《忆罗曼·罗兰》,载《诗与真·诗与真二集》,外国文学出版社1984年版,第212页。
② [法]罗曼·罗兰:《歌德与贝多芬》,梁宗岱译,广西师范大学出版社2002年版,第128—129页。
③ 参见梁宗岱《文坛往那里去》(1933)、《谈诗》(1934)、《论崇高》(1934)、《屈原》(1941)、《非古复古与科学精神》(1942)、《试论直觉与表现》(1944)等文章。

兰时提到,"影响我最深澈最完全,使我亲炙他们后判若两人的,却是两个无论在思想或艺术上都几乎等于两极的作家,一个是保罗·梵乐希,一个是罗曼·罗兰""因为禀性和气质底关系,无疑地,梵乐希影响我底思想和艺术之深是超出一切比较之外的"。我们知道,1932年德国乃至欧洲文坛的一大盛事是纪念歌德逝世100周年,各式各样的纪念活动,大量的出版物和文章,无论在官方还是在文化界,都形成了空前的歌德热。对于梁宗岱来说,这无疑是走进歌德世界的天赐良机。当时,梵乐希作为法国作家的代表在法兰克福举行的国际纪念会上发表演说,把歌德称为"双额的牙努士"(Janus),一个具有两副面孔、两重智慧的神,尊他为"PATER AESTHETICUS IN AETHRNUM(永久的美学底大父亲)"。[1] 有趣的是,梵乐希也提到歌德的那双大眼睛,提到《浮士德》第二部里歌咏的"守望者"。梵乐希指出,"他用眼睛生活""他活着专为观看""是形相底伟大的辩护者""一个用全副精神去静观外界的古怪的神秘主义者"。梵乐希的这种看法不可能不影响梁宗岱。梁氏在翻译梵乐希《哥德论》时特地将歌德的原诗翻译出来,作为"守望者"的注释。他在《哥德与梵乐希》一文中,引用梵乐希对歌德的评价,说歌德"是形相底伟大的辩护者",赞叹歌德洞察世界的眼睛是"多么灵活又多么明慧的一双大眼",并且认为梵乐希与歌德一样,"也是以诗人而兼思想家科学家,换言之,都是属于全才(intelligence universelle)一流的",他们两人的区别在于,歌德注重探讨外在世界,梵乐希注重探讨内在世界,前者从被认识的事物出

---

[1] 参见[法]梵乐希:《哥德论》,梁宗岱译,载《诗与真·诗与真二集》,外国文学出版社1984年版,第137—158页。

发,"从森罗万象找出共通的法则,然后从那里通到自我底最高度意识",后者从认识的心灵出发,"先要对于自身法则有彻底的认识或自觉,然后施诸外界底森罗万象",两条路径,但都一样可以通行。在梁宗岱的心目中,"哥德和梵乐希便是我们底向导与典型"。如果翻阅梁先生评论诗歌的文章,我们可以发现,凡是需要引经据典的时候,歌德的诗歌或言论是经常被引用作为典范的。在论长诗小诗时,他以《浮士德》为例,说明西洋的艺术观极重视"建筑的匠心",理解欣赏这种作品,得要虚心跟踪诗人的追求与发展的迂回起伏的历程;在论诗的格律时,他引用歌德14行诗《自然与艺术》中的诗句"只有规律能够给我们自由";在论诗歌的"平淡境界"时,他举歌德晚年的诗《再会》和《幸福的憧憬》为例,说明简约平淡的外形中蕴藏着蓬勃热烈的内容;在论抒情诗的节奏时,他建议人们细读一下《浮士德》中的独语和短歌,如《守望者之歌》和《神秘的和歌》;在论直觉和表现时,为了说明诗人创作中心灵活动的过程因作品种类不同而有别,有些短歌是整个心灵先已在长期酝酿中然后一触即发,像骤然开放的奇葩,而鸿篇巨制,则创作灵感坠入诗人心头如同一粒种子跌入沃土,经过毕生灌溉和栽培,才长成枝叶婆娑的大树,他再恰当不过地举出歌德的作品《流浪者之夜歌》和《浮士德》作品范例;论象征主义时,他更是从文章的开头到论述的过程中一再引用歌德的作品,来阐发他对象征以及"象征之道"的理解。类似的情况,在梁宗岱的诗论中,随处可见。可以说,在梁宗岱的心中,歌德的地位显然已凌驾于其他外国诗人之上。

在研究梁宗岱对歌德的接受中,除了上述两位法国作家外,还有一个重要人物是不能忽略的,那就是爱克曼。在梁宗岱留下的文字中，爱克曼的名字出现于他翻译梵乐希《哥德论》一文做的注释中。梁宗岱提到，爱克曼是歌德的极忠心的书记，著有《歌德谈话录》行世。正是通过爱克曼的这本《歌德谈话录》，梁宗岱分享了歌德对于诗学的见解。有事实为证：

> 例如梁宗岱的《象征主义》一文，为了阐明象征所赋形的，蕴藏的，不是兴味索然的抽象观念，而是丰富、复杂、深邃、真实的灵境，梁氏引用了歌德的一段话，这段引文没有注明出处，但是经过核对可以知道，它出自爱克曼1827年5月6日与歌德的谈话。当爱克曼问到《浮士德》里要体现的是什么观念时，歌德回答说，"我从我底内心接收种种的印象——肉感的，活跃的，妩媚的，绚烂的——由一种敏捷的想象力把它们呈现给我。我做诗人底唯一任务，只是在我里面摹拟，塑造这些观察和印象，并且用一种鲜明的图象把它们活现出来"。①

> 又如梁宗岱的另一篇文章《李白与哥德》，谈到歌德对于抒情诗的基本观念，有一段关于"即兴诗"（Gelegenheitgedicht）的重要的引文，这段引文也没有注明出处，但是经过核对可以知道，它出自爱克曼1823年9月18日与歌德的谈话。歌德在这里谈到了现实生活为诗歌创作提供了题材和机缘，提出了"抒情诗应是即兴诗"的主张，他说："我底诗永远是即兴诗，它们都是由现实所兴发，它们只建树在现实上面。"②正是这独特的见解，使梁宗岱认

---

① 参见梁宗岱：《诗与真·诗与真二集》，外国文学出版社1984年版，第70页；另可参见[德]爱克曼：《歌德谈话录》，朱光潜译，人民文学出版社1982年版，第147页。
② 参见梁宗岱：《诗与真·诗与真二集》，外国文学出版社1982年出版，第109—110页，梁氏的译文与德语原文略有出入，但基本的意思和大部分的句子都是忠于原文的，这段文字的汉译可参见[德]爱克曼：《歌德谈话录》，朱光潜译，人民文学出版社1982年版，第4—6页。

识到,歌德的抒情诗是歌德"生命树上最深沉的思想或最强烈的情感开出来的浓红的花朵","在欧洲近代诗坛占了一种唯一无二的位置,同时也接近了两个古代民族底诗:希腊与中国";也正是这独特的见解,成为梁氏比较李白与歌德的切入点,进而推导出李白与歌德的相似之处在于他们的艺术手腕和宇宙意识,不同之处则在于歌德不独是多方面的天才,并渊源于斯宾诺沙的完密和谐的系统,而李白纯粹是诗人的直觉,植根于庄子的瑰丽灿烂的想象的闪光,前者的宇宙意识永远充满喜悦、信心与乐观的阿波罗式的宁静,而后者却有时不免渗入多少失望、悲观、凄凉和幻灭的叹息。

也许有人会质疑梁宗岱在这里所做的比较,因为,按照某些教义,李白与歌德分属于完全不同的时代和文化,两者之间没有什么可比性。但是,在比较文学研究的实践中,无论是古今中外,这种似乎缺乏可比性的例子,却俯拾即是。就说歌德与中国文化吧,歌德本人在提出"世界文学"的概念时,就将自己的叙事长诗《赫曼与窦绿苔》与中国的传奇相比;被誉为中国文化使者的德国汉学家卫礼贤在1928年做报告写文章,将歌德与中国道家的老子相比;郭沫若在《三叶集》中将歌德与孔子相提并论;冯至则将歌德与杜甫相比。每个人的视域不同,结论也不一样。在这里,我们需要借助一下解释学的理论了。根据西方解释学的理论,"解释植根于领会",而领会是通过"先有,先见,先把握"起作用的(海德格尔)。正如加达默尔所指出的那样,"在意义的统一体被明确地确定之前,各种互相竞争的筹划可以彼此同时出现;解释开始于前把握,而前把握可以被更合适的把握所代替;正是这种不断进行的新筹

逃向纯净的东方

划过程成了理解和解释的意义运动"。① 梁宗岱学贯中西,既具有深厚的中国文学修养,又融会了西方的诗学理论,他从艺术手法和宇宙意识两方面审视李白与歌德,与其说是比较,不如说是在跨文化交际的框架下,对两位诗人进行双向阐发。在他理解歌德的"前结构"中,有着丰富的中国文化的积淀,梁氏对中国古典诗词的认知,使他有可能在初次接触歌德的抒情诗时,眼前便鲜明地浮现出李白的影像,因为在他的血与肉中充盈着李白的豪放飘逸和陶潜的豁达闲适,所以能够乘了庄子的想象的大鹏,在阿尔卑斯山高峰上的意大利式古堡里,谛听谷底的松风、瀑布,与天上流云的合奏,对歌德的带泛神论色彩的诗句"一切的峰顶"有深切的感悟,并且被歌德的诗歌所折服。当然,在理解和解释的过程中,接受者的开放态度是至关重要的。他也要像歌德那样有一双灵活明慧的大眼睛。只有抱着开放的态度,并且善于洞察世界,才可能把他人的见解放入自己整个见解的关系中,或者把自己的见解放入他人的整个见解的关系中。

梁宗岱算得上是中国新文化运动以来与歌德有很深亲缘关系的诗人兼翻译家。他粗懂德文便接触歌德的作品,从短短的抒情诗到鸿篇巨制,逐步接近歌德,在此过程中,从艺术上、精神上、人生固有的价值上,都在歌德身上找到了认同。《流浪者之夜歌》成为他"癖爱的小诗",《浮士德》中的诗《守望者之歌》以及《神秘的和歌》,成为他写文章和讲授诗学时经常引用的例子,浮士德式的永远追求永远创造的精神,成为他反对非古复古的思想武器。但

---

① [德]加达默尔:《真理与方法》上卷,洪汉鼎译,上海译文出版社1999年版,第343页。

是,他没有就此停步。当他通过歌德的诗作、歌德自传《诗与真》、爱克曼的《歌德谈话录》等书籍深入到歌德的精神世界后,歌德的幽灵(Dämon)已悄悄地潜入了梁宗岱的身体,变成一种内在的骚动,主使他将《浮士德》这部旷世之作译成中文。

根据甘少苏女士的回忆,20世纪40年代初,梁宗岱辞去复旦大学外文系主任兼教授职务,回到广西百色,在继续翻译《蒙田试笔》的同时从德文翻译《浮士德》。1967年,《浮士德》上集、《莎士比亚十四行诗》等译稿在动乱中化为灰烬。打倒"四人帮"后,73岁的梁先生将全部精力投入翻译工作上。1980年3月,梁先生身体开始不适,大小便失禁,但仍坚持两个月不停笔,直到把年初开始重译的《浮士德》上集译完,休息了几天后,又开始下卷的翻译,可是已力不从心,拿起笔来,手却动弹不得了。[①] 甘少苏是梁先生的夫人,从40年代开始与他共同生活,这些叙述应当是可信的。但既然是回忆,也就难免有遗漏或不准确。梁宗岱去世后,甘少苏将梁宗岱生前的藏书和手稿捐献给广州外国语学院,在这些资料中,我们发现,其中保存有一本用繁体字抄写的珍贵手稿,用的是宣纸印红格竖写的旧式原稿纸,发黄的"牛皮纸"封面上用钢笔手书"浮士德上(二),歌德著,梁宗岱译",译文内容包括《浮士德》上卷的后半部分,即原诗剧第2 605—4 614行,从浮士德在街道上遇见玛格丽特,到上卷最后一场"监狱"。根据专家认定,手稿的一部分是梁宗岱手迹,可以肯定是60年代或者更早期的手抄本。另外,还有一沓手抄的《浮士德》稿,内容从"献词"到"城门外"的中

[①] 参见甘少苏:《宗岱和我》,重庆出版社1991年版。

间,即原诗剧第 1—944 行。这份稿不是梁宗岱的笔迹,估计是 70 年代末梁先生请人代抄写的。手稿第 1 页的下方,注有"宇宙风 144—145 期,p.153"。《宇宙风》是林语堂在 1935 年于上海创办的文学刊物,1946 年改在广州出版,后辗转香港、桂林、重庆几地,至 1947 年停刊。现中山图书馆收藏广州出版的《宇宙风》第 141—152 期,从 144/145 期开始连载梁宗岱译《浮士德》,至第 152 期为止,发表诗剧第 1—1 321 行,即"献词"到"书斋"一场浮士德与精灵们的对话。第 152 期以后有否继续刊登《浮士德》,那就不得而知了。经笔者核对,1986 年广东人民出版社出版的《浮士德》译文,除了个别字有改动外,与上述资料的译文完全一样。由此,我们可以对甘少苏女士的叙述略做补充和修正:《浮士德》上卷的翻译在 40 年代末已经完成,并且至少曾经部分地在刊物上连载发表,但未结集出版。在"文化大革命"中,梁先生的部分手稿幸免于难。70 年代末,已是耄耋之年的梁宗岱,在患病的情况下,花了几个月的时间重新整理修订《浮士德》第一部的译稿。直到他 1983 年离开人间后,该书得以出版,算是实现了他的遗愿。梁宗岱对歌德厚爱有加,光是《浮士德》的版本就有:30 年代出版由豪普特曼作"序"的德文版《歌德选集》,柏林和莱比锡出版的 10 卷本《歌德全集》,两个不同版本的法译《浮士德》(译者分别是 Henri Lichtenberg 和 Gérard de Nerval),英译《浮士德》(译者 Bayard Taylor),1948 年商务印书馆出版周学普的中译本《浮士德》上、下集。在翻译《浮士德》的过程中,梁先生想必依据德文原著并参考了法、英译本。在梁先生的藏书中,涉及歌德的重要著作还有:法译爱克曼的《歌德谈话录》,1921 年莱比锡出版的赫尔曼·蒂尔克的专著《歌德与他的浮士德》,1923年伦敦出版贝内德托·克罗齐(Benedetto Croce)的专著《歌德》,1954年人民出版社出版的苏联大百科全书选译本《歌德》。上述这些书籍在架子上可以排成长长一大行。在梁宗岱的翻译活动中,《浮士德》是他孕育了半辈子最后以书的形式出版的、也许是他最有分量的一部译作。为了让中国读者更好理解这部诗剧,他在翻译时加了一些脚注,其中,"天上序曲"的注释尤其引人注目。在满满一页的注释中,梁宗岱以极冷静的理智控制极热烈的情感,用散文诗般的语言写道:"罪恶和迷误,对于我们凡人,是努力不可少的附属品,只有死水的沉滞或绝对的安息才能避免。所以浮士德的为人的努力与追求虽然引他陷于重重迷津,最后一刻——因为他仍在向上帝的奋斗中——依然借了神恩而得救。"[①]这写于40年代的注释,不仅表达了梁宗岱早年对《浮士德》的理解,而且可以说是他在半个世纪里以歌德为"向导与典型",怀着成为诗人和"全才"的志向,毕生努力追求,在快要走到人生尽头时的精神的写照。

写到这里,笔者想到了古希腊的一位神,他名叫俄耳甫斯·欧律狄刻·赫耳墨斯。相传他是宙斯的儿子,是一位歌手,音律之美足以感动禽兽木石,又是诸神的信使,负责传达、翻译、解释神的旨意。梁宗岱不是宙斯的儿子,但却是一位歌手,他用法语唱中国诗人的歌,用汉语唱法国、德国、英国诗人的歌,还用法语和汉语唱自己的歌,他的音律未必能感动禽兽木石,但能打动人心。因为"歌唱就是存在"(里尔克语),所以他的歌是不会流逝的。梁宗岱不

---

① 参见[德]歌德:《浮士德》,梁宗岱译,广东人民出版社1986年版,第14页。

是神,他生于中国,游学于欧洲,在中西文化之间传递信息,算得上是东西方之间的使者俄耳甫斯。为此,在纪念梁宗岱诞辰100周年之际,我愿借用里尔克《致俄耳甫斯十四行》中的诗句,答谢梁宗岱先生为中西方文化交流所做的贡献:

> 不竖任何纪念碑。且让玫瑰
> 每年为他开一回。
> 因为这就是俄耳甫斯。他变形而为
> 这个和那个。我们不应为
>
> 别的名称而操心。他一度而永远
> 就是俄耳甫斯,如果他歌唱。他来了又走。
> 如果他时或比玫瑰花瓣
> 多活一两天,又岂非太久?①

(原载《广东外语外贸大学学报》2004年第1期)

---

① 参见[奥地利]里尔克:《里尔克诗选》,绿原译,人民文学出版社1999年出版,第498页。

从愚人到疯癫的嬗变

20世纪法国思想家米歇尔·福柯(Michel Foucault, 1926—1984)在其成名作《疯癫与文明》(1961)中,对中世纪以来人类思想史中疯癫与理智的关系进行了考古学研究。他指出,随着中世纪的结束,麻风病从西方世界消失了,但排斥麻风病人的结构却保留了下来。接替麻风病人的角色被排斥于社会之外的,是贫苦流民、罪犯和"精神错乱者"。反映在文艺复兴时期的绘画和文学作品中的"愚人船",在历史上就确实存在过。人们为了驱逐疯子出境,将他们托付给海员。那些神经错乱的乘客因此而过着一种水上的漂泊生活。这种习俗在德国尤为常见。1656年法国实行大规模禁闭后,精神错乱者开始被监禁在禁闭所或"教养院",这不是出于治疗病人的考虑,而是作为一种治安的手段。同时被监禁的,还有罪犯和流浪的穷人。现代理性以此建构了理智与疯癫、正常与反常的对立,为的是防备非理智行为的潜在危险,强化由理性支配的秩序。[①]

在这里,福柯通过阐述疯癫话语的起源,对现代理性进行了批判。本文不打算考证福柯关于愚人船的叙述是否有虚构的成分,

[①] 参见[法]米歇尔·福柯:《疯癫与文明》,刘北成等译,生活·读书·新知三联书店1999年版。

而只想接过福柯的话题,以德语文学为例,看看西方文学在现代化的进程中是如何从"愚人文学"走向"疯癫文学"的。

我们首先看看15世纪末的"愚人文学"。在西方文学艺术中,愚人的典型装束是,头戴竖着驴耳朵的愚人帽,帽子和衣服上系着逗人的小铃铛,有些还手执愚人杖。中世纪的骑士传奇《帕齐尔瓦尔》中,就提到主人公帕齐尔瓦尔穿上愚人的衣服,踏上冒险的征途。而德语文学史上的所谓"愚人文学",是随着城市文学和人文主义思潮的兴起而发展起来的。德国作家塞巴斯蒂安·勃兰特(Sebastian Brant,1457—1521)在1494年创作了长篇讽喻诗《愚人船》。诗中描写了一艘满载愚人驶往"纳拉贡尼亚"(愚人天堂)的船。作者用讽喻的手法,嘲弄船上112个愚人,包括离经叛道者、不虔诚者、傲慢者、贪财者、奢侈者、放荡者、淫欲者、暴躁者、妒忌者、下毒者,等等,以此针砭和谴责各社会阶层中违背宗教道德和社会伦理的恶行。作者继承了11世纪宗教劝诫诗的传统,告诫人们:愚蠢的人自以为是,不相信《圣经》的教诲;要知道,有罪者受惩罚,这是神谕的真理;归依智慧,才会受敬重,学会认识自己,才能得拯救。

作品发表时,书的封面上印有愚人"船"的木刻版画。诗中的每个愚人都附了一幅配有格言的寓意画,图文并茂,深受读者欢迎。当时著名的传教士盖勒尔甚至以该作品为蓝本,进行了148场的传道。1497年,《愚人船》被译成拉丁文,不久,又被译成英、法、荷兰等文字,在整个欧洲产生了广泛影响。勃兰特也因此被后人视为"愚人文学"的创始人。

继《愚人船》之后,欧洲涌现了一大批以愚人为题材的作品。其中,最著名的是荷兰神学家德西德里乌斯·伊拉斯谟(Desiderius Erasmus)创作的《愚人颂》(1509)。伊拉斯谟出身于天主教徒家庭,是基督教人文主义的重要代表人物,曾出版希腊原文的《新约》,收集编选了4 000多条古希腊谚语。他认为"一切人都能成为基督徒",主张用《圣经》的知识与生活中的罪恶作斗争,通过教育摈弃"世俗的智慧",他从希伯来的智慧文学,特别是《旧约》的"箴言"中吸取养料,运用拟人的手法,在《愚人颂》中塑造了一个妇人(愚蠢的化身),通过她的自我夸耀,把批判的矛头指向贵族、僧侣、学者、主教。伊拉斯谟主张改造教会,但不赞成与教皇领导的天主教会决裂,尽管他自己与改革派保持距离,但是他的作品却成了马丁·路德反对教皇、进行宗教改革的武器。

文学中的"愚人"所具有的象征和揭示功能,在以理性为旗帜的人文主义运动中,发挥了强劲的作用。人的各种恶习和非理性的行为,被人格化为"愚人",受到鞭挞。但是,我们也看到,"愚人"并非改革者的专利品。保守的天主教神学家,同样拿起"愚人"作论战的武器。托马斯·穆尔纳(Thomas Murner, 1475—1537)便是一例。作为"愚人文学"的作家,他先后发表了讽刺长诗《愚人咒》(1512)和《路德的巨愚》(1522)。后一作品叙述一个庞然怪兽在咒语的作用下,从膨胀的腹中分解出路德改革的追随者。他们是一群愚蠢的学者、教士、强盗,在路德的率领下,袭击教堂、修道院、城堡,并进攻"信仰宫"。路德答应将妹妹嫁给信仰宫的守护者穆尔纳,企图改变穆尔纳的信仰,但没有成功。长满疥癣的"新娘"被赶出大门,路德也落得可耻下场:由于拒绝接受圣礼,死后被安葬在污秽之地。这首反对宗教改革的叙事诗,对路德的抗议派极尽挖苦之能事,在新教控制的地方受到禁止。上述作品出自学者之手,产生于特定的历史语境,具有隐喻和论争的性质,对于今天的读者已不太好懂。相比之下,民间文学中的"愚人"形象,则因源于人民的生活,而显得更生动,更幽默,更易理解,也更具生命力。当时脍炙人口的民间故事书《欧伦施皮格尔》和《希尔德市民们》流传至今,仍是西方人普遍喜爱的读物。尤其是希尔德市民的有趣故事,跟《拔苗助长》《守株待兔》一类中国古代笑话有着异曲同工之妙。每当人们想起希尔德的市民为了节省力气,费九牛二虎之力,将树干搬到山上,再让它们从山坡上滚下来;或者建好了没有窗户的房子,为了让屋里明亮起来,而用箩筐到户外搬阳光,便会为他们的种种愚蠢之举感到可笑,但是,读者在笑的同时,却从中得到启迪。人们在愚人身上看到自己的影子,从愚蠢中吸取教训,变得聪明起来。

16 世纪末,英国的流动剧团给当时政治和文学上相对落后的德国带来了新的"愚人"形象。他们上演的剧目主要是莎士比亚的作品以及英国伊丽莎白时期的一些喜剧。莎剧中的"宫廷愚人"(或称"宫廷小丑""弄臣")享有封建主特许的"愚人自由",他们具有过人的聪明机智,往往用尖锐俏皮的语言说出凡夫俗子不敢说的话或富有哲理的箴言。在演出中,剧团的团长通常扮演小丑,通过即兴表演活跃气氛。这种流动舞台的演出活动,延续至 30 年战争(1618—1648)爆发前十年,对德国的文学,尤其是戏剧产生了深远影响。

30 年战争,对于德国人民,意味着空前的灾难。文学中的"愚人"也不可避免地经历了这一浩劫。格里美尔斯豪森(Grimmelshausen)

以这场战争为背景,创作了德国第一部长篇散文体教育小说《冒险的西木卜里切乌斯》,中译本名为《痴儿西木传》。他继承了16世纪德国"愚人文学"的传统,同时也得益于西班牙的流浪汉小说,叙述了一个痴儿在战争中的经历:主人公童年时由于村庄被匪徒抢掠而逃入森林,被一位隐士收养,由于他愚钝无知,隐士为他取名"西木卜里切乌斯",意思是"单纯"。隐士向他灌输基督的教义,他却对奶酪感兴趣,隐士去世后,西木卜里切乌斯被卷入动乱的社会。在封建主的宫廷中,他被迫身套牛皮做的衣服,变形为"小蠢牛",装疯卖傻,充当小丑。后来,他当了骑兵,从此由纯朴变得凶残、狡猾、贪婪。在一次抢劫中获得大批财富,使他步入巴黎的贵族社会,成为贵妇人的追求对象。正当他春风得意的时候,命运出现了转折。因出天花,他变得丑陋,并且重新沦为强盗的伙伴。经历了爱情的不幸后,他到俄国制造火药,成了鞑靼人的俘虏,几经波折才回到德国。在历尽人生的沉浮后,他终于醒悟,决定告别尘世,皈依基督教,过隐士生活。他总结自己的一生,感叹地说:"你过去的生活算不得生活,而是死亡;你虚度的日子是黑暗的阴影,你流逝的岁月是痛苦的噩梦,你无度的纵乐是深重的罪孽,你的青春是幻想,你的幸福是炼丹术士的法宝,它从烟囱里飘忽而去,对于你不过是过眼云烟!"[①]作者在这部被誉为"德国17世纪文学高峰"的小说中,从基督教的理性出发,一方面,凭借痴儿非同凡俗的感觉和眼光,凸显光怪陆离的社会弊端,淋漓尽致地加以抨击;另一方面,通过痴儿丧失理性的冒险经历以及最终的醒

[①] [德]格里美尔斯豪森:《痴儿西木传》,李淑等译,人民文学出版社1984年版,第549页。

悟,向人们揭示:世俗生活中充满了丑恶,只有宗教信仰才能使人们摆脱愚昧和罪恶,得到拯救。

讽刺,可以说是愚人文学的一大特色。黑格尔在其著作《美学》中谈到讽刺时指出:"一种高尚的精神和道德的情操无法在一个罪恶的愚蠢的世界里实现它的自觉的理想,于是带着一腔火热的愤怒或是微妙的机智和冷酷辛辣的语调去反对当前的事物,对和他的关于道德与真理的抽象概念起直接冲突的那个世界不是痛恨,就是鄙视。以描绘这种有限的主体与腐化堕落的外在世界之间矛盾为任务的形式就是讽刺。"[1]在十六七世纪的愚人文学中,西方人运用讽刺的艺术,带着愤怒和机智去反对现实的丑恶,其力量主要是来自宗教的精神、道德、情操和理想。但是,这种力量的源泉并非是永不枯竭的。自从尼采宣布"上帝已经死了"之后,宗教的精神、道德、情操和理想,失去了当年的威力,人文主义所弘扬的理性,褪下了曾经有过的光辉。经济危机、世界战争、政治霸权、技术专制,以及接踵而至的核威胁、环境污染,使崇尚理性的现代文明社会日益暴露出非理性的一面。人们发现:经历了现代化的资本主义社会,在进入后工业时期,理性已不复存在,世界已变得疯狂。于是,文学作出了反应,旧式的"愚人"退出了舞台,取而代之的是"精神错乱"的"现代疯子",这类作品无以为名,姑且借用福柯的后现代理论的话语,称之为现代和后现代的"疯癫文学"。

下面,让我们看看20世纪50年代末、60年代初几部德语文学的经典作品。

---

[1] [德]黑格尔:《美学》第2卷,朱光潜译,商务印书馆1995年版,第266—267页。

二战后著名作家、1999年诺贝尔文学奖获得者君特·格拉斯（Günter Grass，1927—2015）自称是"格里美尔斯豪森的继承者"，1958年发表了长篇小说《铁皮鼓》，其主人公奥斯卡3岁时为了不进入成年人的世界，故意从地窖台阶上摔下，成了患呆小症的侏儒，身高94公分就不再长个儿。他进行抗争和破坏的武器是铁皮鼓和一副能唱碎玻璃的嗓子。纳粹期间，他白天蹲在演讲台下，用鼓声驱散法西斯的集会，晚上用无声的叫喊切开橱窗玻璃，诱惑行人偷窃商店的陈列品。大战爆发了，他加入了由自称"内心流亡"的音乐小丑贝布拉领导的侏儒剧团，到西线为官兵演出，使他们受到盟军的轰炸仍无休止地大笑。回乡后，他"召集门徒，接替基督"，成为"撒灰者"团伙的首领。法西斯垮台了，他的名义父亲被苏军士兵击毙。葬礼中，他被石子击中后脑，摔进坟坑，鼻孔出血，开始长高。但是，他并没有长得像正常人那样，而是变成一个鸡胸驼背、身高1.2米的畸形人。于是，他为新潮艺术家充当裸体模特儿，因为他的身躯"体现了控诉着、挑衅着、无时间性地表现着本世纪的疯狂的被破坏的人的形象"。[①] 他组织3人乐队，在"洋葱地窖"奏乐，目睹精神受压抑的知识分子如何在"无泪的世纪"用切洋葱的方法"创造这个世界和这个世界的苦痛不创造的东西：滚圆的人的泪珠"。他受聘于"西方"音乐会经纪处（经纪人是当年的音乐小丑贝布拉），用自己的演出，"使任何一个颤巍巍的老奶奶和老爷爷都变成了幼稚可笑的强盗婆和砰砰放枪的强盗王"。在迎来30岁生日的时候，他利用拾到的一只无名指，让人指控自

[①] ［德］君特·格拉斯：《铁皮鼓》，胡其鼎译，漓江出版社1998年版，第507页。

己犯了杀人罪,又故意逃跑,最后实现了愿望:进疯人院,并在疯人院里写下自己的故事。

瑞士戏剧家弗里德里希·迪伦马特(Friedrich Dürrenmatt, 1921—1990)的悲喜剧《物理学家》发表于1962年。如果福柯在《疯癫与文明》中对疯癫话语的最新发展进行考察的话,一定会提及这部以"疯人院"为题材的警世之作。剧作展现在观众面前的是一间私人疗养院的"别墅"。据编导说明,创办疗养院的博士小姐,是本地名门望族的苗裔,一个博爱主义者,具有世界声誉的精神病医生。疗养院原来安置的病人,有患痴呆的上流人物、血管硬化而不再视事的政治家、体质虚弱的百万富翁、患精神分裂症的作家、因抑郁而神经错乱的工业巨头,等等,总之,他们是半个西方世界里患精神病的出类拔萃的人物。如今,"别墅"里出入客厅的只有3个病人,并且都是物理学家。一个名叫默比乌斯,其余两个病人一个自称"牛顿",另一个自称"爱因斯坦"。剧情是从谋杀案开始的:3个月之内,"牛顿"和"爱因斯坦"先后勒死护理他们的女护士。刑事警察来到现场进行调查。可是案子尚未查清,默比乌斯又把护理他的女护士勒死了。事出有因:物理学家默比乌斯发明了一个"万能体系",由于担心这一成果被用于军事目的而导致人类毁灭,声称"看见所罗门显灵",装疯进了别墅。另外两个物理学家是装疯进来的,他们分别受东西方情报机构的派遣,任务是获取默比乌斯的发明。3个女护士识破了她们所护理的并非真的疯子,并爱上了他们。出于自己的使命和信念,他们杀死了女护士。由于凶杀案接连发生,护理员换成了彪形大汉,门窗上了铁枝,别墅成了牢房。逃走已是不可能的事情。两位间谍公开了自己的身份,默比乌斯劝他们放弃逃走的念头,因为"我们不住疯人院,世界就要变成一座疯人院",并且告诉他们,发明的底稿已经烧毁。可是,这位科学家万万没有想到,他的发明已经落到博士小姐手中,而她不仅是个百万富翁,掌管着一个强大的托拉斯,而且是个怀有统治全世界野心的疯子。当"爱因斯坦"知道博士小姐的面目和野心后,悲叹道:"世界落入一个疯狂的精神病女医生手里。"[1]

瑞典国籍的德语作家彼得·魏斯(Peter Weiss,1916—1982)以其剧作《马拉/萨德》(1964)获得世界声誉。这不仅因为作者彻底打破了传统的戏剧模式,把对话、独白、辩论、歌唱、舞蹈、哑剧、歌舞剧、配乐朗诵、礼拜仪式等结合起来,动用了灯光、布景、色彩、服装、道具、音响等一切舞台手段,创作出一部对于政治剧、文献剧和宣传鼓动剧具有开拓意义的、风格全新的所谓"总体戏剧",而且因为这部戏具有深刻的思想性和社会批判意义。剧作全名《迫害与谋杀让-保尔·马拉,由夏乐顿精神病疗养院剧团演出,德·萨德先生导演》,以法国大革命失败为历史背景,以拿破仑复辟时期的疯人院为地点。剧中人物马拉是法国大革命雅各宾派的领袖人物,1793年被一个名叫夏洛蒂·科尔黛的贵族女子暗杀。萨德是个在政治上投机的人物。他出身贵族,既认为有必要革命,但又反对采取暴力手段,发表过有关性妄想的著作,后被送进禁闭精神病人和罪犯的夏乐顿疗养院,直至去世。拿破仑复辟时期,萨德在疗养院里被允许组织病人排演戏剧。在彼得·魏斯的剧作中,精神病人们在萨德的导演下,演出一部以马拉被害为题材的戏。剧

---

[1] [瑞士]弗里德里希·迪伦马特:《迪伦马特喜剧选》,叶廷芳等译,人民文学出版社1981年版,第510页。

逃向纯净的东方

作家以戏中戏的形式,让法国大革命中各种派别的人物登台亮相,并通过萨德与马拉直接争论,病员被疗养院院长(实际上是监狱长)和护理员(实际上是监狱看管)压制,展现了革命与复辟、极端的个人主义与主张社会政治变革的思想之间的冲突。戏中有一段耐人寻味的台词,它出于"精神病人"之口,听上去像是疯话,实际是作者对现存制度的控诉:"疯狂的动物/人是疯狂的动物/在我几千年的生活中/我参与了成千上万次屠杀/施上厚厚的肥/大地处处施上厚肥/用人的内脏制成的酱/我们少数活着的/我们少数活着的/步行在尸体的沼泽上/在我们的脚下/每走一步/都是遗骸骨灰残发/敲落的牙齿劈开的头颅/疯狂的动物/我是疯狂的动物。"[1]《马拉/萨德》以历史事件为题材,反映的却是20世纪60年代的社会思潮。

如果说,格拉斯的《铁皮鼓》运用的是现实主义的创作手法,更多的是对德国历史的深刻反思,那么,迪伦马特的《物理学家》和魏斯的《马拉/萨德》则通过陌生化造成的效果,把观众和读者的注意力集中到当前社会政治的重大问题上。尽管三部作品的题材各不相同,但总的题目是,通过"精神错乱"的母题,揭示在资本主义制度下,世界战争、国家机器、垄断资本造成的人的异化。作家们这种对政治的关心,显然是对"阿登纳时代"末期精神和政治状况僵化的反抗。随着20世纪60年代文学政治化倾向的发展,越来越多作家厌倦于充当"宫廷丑角"。具有社会主义和民主倾

---

[1] Peter Weiss: *Die Verfolgung und Ermordung Jean Paul Marat dargestellt durch die Schauspielgruppe des Hospizes zu Charenton unter Anleitung des Herrn de Sade*, Suhrkamp Verlag, Frankfurt am Main, 1964.

向的知识分子所思考的,是革命、政治、社会责任感。"资产阶级的文学已经死了""文学的丧钟敲响了""文学就是行动""提到议事日程上来的是革命"等,成了左派作家的话题。1968 年,大学生把议会外反对派的运动推向了高潮,二战后曾发挥重要作用的文学团体 47 社名存实亡,著名的文学刊物《行车时刻表》第 15 期刊载文章宣告"文学已经死亡"。但是,事实很快表明,反对国家和社会权威的学生运动,并不是无产阶级政治意义上的革命,而小资产阶级知识分子把存在主义变为政治行动的尝试。随之而来的是革命激情的消退,以及对个人的关注。正如众多德语文学评论家指出的,进入 70 年代后,随着社会政治状况的变化,"新感伤主义""新主体性文学""新内心派"文学成为德语文学的主流。个人的情感和内心世界越来越多地成为文学描写的对象。孤独、空虚、困惑、压抑、悲观、恐惧、绝望,构成了"文学死后的文学"的基调。神经错乱、心理变态、精神崩溃、求死欲望,甚至死亡崇拜,在作品中屡见不鲜。这一文学上的转折,出现于以患精神病的历史人物为题材的传记性作品,如彼得·魏斯的剧作《荷尔德林》(1971),彼得·施奈德(Peter Schneider, 1940—)的中篇小说《棱茨》(1973)①,彼特·赫尔特林(Peter Härtling, 1933—2017)的长篇小说《荷尔德林》(1976),海纳·基普哈特(Heinar Kipphardt, 1922—1982)的电视剧《患精神分裂症的诗人亚历山大·麦尔茨的一生》

---

① J.M.R.棱茨(J. M. R. Lenz, 1751—1792)是 18 世纪狂飙突进运动时期著名作家,患精神分裂,死于莫斯科街头,1835 年,作家毕希纳以其生平为题材创作小说《棱茨》,未完成。彼得·施奈德于 20 世纪 70 年代创作同名小说,描述一个思想激进的青年知识分子经历了 60 年代学生运动后在政治上的失望以及爱情上的不幸。施奈德在作品中有意识地引用许多毕希纳小说中的段落,但表现的却是年轻一代的失落心态。

以及长篇小说《麦尔茨》(1976)，同时也反映在大量以普通人日常生活为内容的作品，尤其是女性文学作品中。与此相配合，以"疯癫"为主题的文学专刊(如《墨鱼》第 13 期，柏林，1978)，对"疯癫"的跨学科研究，如列奥·纳芙拉蒂尔的专著《精神分裂症与语言》(1966)、库祖斯主编的论文集《文学与精神分裂》(1977)，等等，构成了文坛上的一大景观。人们发现，跟过去不同的是，文学中的"疯癫"，不再作为撒旦的化身，或令人啼笑皆非的符号，或某种抽象概念的替代物，而是确确实实作为现代社会的病态来描写。这种描写，打上了弗洛伊德精神分析的烙印，充满着年轻一代作家对现代西方文明的痛苦体验，如托马斯·伯恩哈德(Thomas Bernhard, 1931—1989)的剧作《愚昧者与疯狂者》(1972)、《米奈蒂》(1976)、《伊马努埃尔·康德》(1978)和小说《是》(1979)、《水泥》(1982)、《灭亡者》(1983)；博托·施特劳斯(Botho Strauss, 1944—)的剧作《疑病症患者》(1972)、《熟悉的面孔，混杂的感情》(1974)、《大与小》(1978)和小说《玛尔雷娜的姐妹》(1975)；弗朗茨-克萨维尔·克罗茨(Franz-Xaver Kroetz, 1946—)的剧作《男人们的事情》(1971)、《上奥地利》(1972)、《非鱼非肉》(1981)；格哈德·罗特的长篇小说《寻常的死》(1984)；女性文学作品，如克利丝塔·雷尼克(Christa Reinig, 1926—)的《阉割》(1975)，恩斯特·奥古斯丁(Ernst Augustin, 1927—)的《空间之光》(1976)，韦芮娜·斯特凡(Verena Stefan, 1947—)的《蜕皮》(1975)，玛丽亚·艾尔棱贝格(Maria Erlenberger)的《渴望疯狂》(1977)，埃尔弗丽德·耶利内克(Elfriede Jelinek, 1946—)的《肉欲》(1989)，布里吉特·施魏格尔(Brigitte Schwaiger, 1949—)的《盐如何到大海里》(1977);等等。这些作品中的人物,不是神经错乱,便是患有严重的心理变态,萦绕在他们身上的,是叔本华、尼采、弗洛伊德、海德格尔等人相继提出的生命哲学,说得形象些,是患精神分裂症死去已经100年的尼采的幽灵。

尼采,这个站在20世纪的门槛前预告西方文化危机的哲人,从根本上怀疑和否定发轫于启蒙运动的理性主义。他在《查拉斯图拉如是说》中说道:"现在我教你们什么是超人:他便是这闪电,这疯狂!""真的,我们的意志里有一个大疯狂;这疯狂之学得了精神,成为对于人类的一切的诅咒!"[1]尼采所宣扬的"超人"意志和"疯狂"精神,在西方现代和后现代文学中仍然不断引起回响。

《混沌者与疯狂者》中的男主角,一个疯子似的不断叙述如何肢解尸体的医生如是说:"注意,存在总是/摆脱存在/我们存在着/因为我们摆脱了我们的存在。"[2]"疯人院,医院,教养院,这是女人活在世上的三条定律。你若反抗,就进教养院。你若不反抗,就会发疯进疯人院,并妒忌那些拿起小斧的女人。你若屈服,那么,就会拖着被糟蹋的下身进医院,腹部连着七条管子,妒忌进了疯人院的女人。"——这三条定律出自《阉割》,一个女人因反抗性歧视和性虐待而用小斧阉割男人的故事。[3]

独白剧《米奈蒂》的主人公是位艺术家,曾扮演莎剧《李尔王》

---

[1] [德]尼采:《查拉斯图拉如是说》,尹溟译,文化艺术出版社1987年版,第8、168页。
[2] Georg Hensel: *Das Theater der siebziger Jahre*, Deutcher Tas chenbuch Verlag GmbH & Co. KG , München, 1983, S.101.
[3] Helmut Kreuzer: *Neue Subjektivität zur Literatur der siebziger Jahre in der Bundesrepublik Deutschland*, 1980.

的主角(一个发疯的国王!)而获得成功,但是,30年来"拒演古典文学"而没有登台演戏。他贫困潦倒,患上了"受迫害狂"症。某剧院纪念成立200周年时,他应邀饰演李尔王。但是,约见他的剧院经理却迟迟不来。这位失败的老演员终于服药自杀。他有一段台词,颇能说明"疯癫"支配下社会、文学艺术、观念三者间的关系:

> 世界要得到消遣
> 　但它已神经错乱
> 　错乱错乱
> 　我们所见之处
> 　唯有消遣机器
> 　　一切陷入
> 　艺术的灾难中,我的女士
> 　　陷入最不可思议之艺术灾难中
> ……
> (凝视前方)
> 　李尔
> 　正在寻找
> 　艺术作品
> 不断寻找精神物品
> 到处挖掘
> 　艺术作品
> 　……
> 　用精神物品

反对精神垃圾

用艺术作品

反对社会

　　反对麻木迟钝

……

给麻木迟钝

戴上精神病人的帽子

　　（高声,愤怒地）

用精神病人的帽子

压死麻木迟钝

社会

　一切

在精神病人的帽下压死

　炮制一出戏

给麻木迟钝戴上精神病人的帽子。[①]

"疯癫"大量出现在文学作品中,并成为后现代主义思想家们关注的问题。这表明,无论是社会上,还是文学中,精神错乱已成为西方人逃避痛苦的庇护所。这痛苦,来自后资本主义社会严重的精神危机,而这种危机,大有愈演愈烈之势。如果说,尼采的诳言已让人们看到了西方精神危机的端倪,那么,现代和后现代文学对"疯癫"的种种描写,以及后现代主义思想家对于"疯癫"的诊

[①] 转引自［德］贝恩特·巴尔泽等编著:《联邦德国文学史》,范大灿等译,北京大学出版社1991年版,第445—447页。引用时笔者根据德文原著对译文略作修改和删节。

断,则不仅为研究西方精神危机提供了大量的实例和新的视角,而且对于身处开放时代的我们,在推进现代化的过程中提出了一系列值得思考的问题。关于精神危机产生的真正原因以及根治"疯癫"的方法,无论是尼采,还是后现代主义理论家,都没能给出正确答案,这需要我们对西方经济、政治、文化等进行全面深入的研究。这种研究成效越大,越有利于我们保持精神上的健康。

(原载《国外文学》2000年第2期)

从多瑙河到珠江畔
——朱白兰的传奇人生

一、翻开历史的一页

1971年,"文化大革命"已进入了后期,曾经硝烟弥漫的中山大学校园在经历了动乱之后,已经平定了下来。"老五届"已陆续"毕业"离校,位处康乐园西区的外语系,由于大部分教师在年前合并到广州外国语学院,更是显得有些冷清。

5月4日,一辆急救车从康乐园急速驶往中山医学院附属第一医院,被送往医院的是一位生命垂危的"外国"女病人,病人经过抢救,终因患肝硬化病医治无效,于1971年5月5日19时55分逝世。

这位女病人便是中山大学外语系德语教授朱白兰。从1970年查出患失代偿肝硬化以来,她的健康便每况愈下。病重期间,两位外语组教工在她家轮流值班,学校领导和卫生所同志多次劝她进院治疗,但她拒绝入院。为了使她得到及时医治,经校方积极联系,中山医学院、中医学院派出医生来校为她检查和治疗。但是,由于病魔缠身,她终于走到了生命的尽头。

当时,主持学校工作的是革命委员会,由于朱白兰的特殊身份,校革委会政工组当晚就草拟了《关于朱白兰教授病逝的报告》，递交广东省教育战线革命委员会。报告中称：

> 朱白兰于1904年出生于罗马尼亚，犹太族人，1947年来中国，1954年被批准加入中国国籍，1963年被批准为中国作家协会会员。根据朱白兰的情况，学校决定，由革委会机关四大组及公共外语小组各派一人组成治丧小组，于5月8日上午在广州殡仪馆举行告别仪式，由校革委会负责同志、各系代表以及有关单位人员参加，根据朱白兰本人生前遗嘱，对其遗体进行火葬。

40年过去了，朱白兰骨灰存放在哪里，已无法查找。朱白兰去世的时候曾留下一个箱子，里面放有她生前的信件、手稿、照片等重要资料，起初，箱子放在外语系图书馆，后来几经搬迁，已经不知去向。但上面提到的这份病逝报告，至今可在中山大学档案室里查到。在朱白兰的个人档案中，存有一份新中国成立初期上海市外侨登记申请书，编号0403，上面登记了她的基本信息。

> Klara Blum，中文姓名：白兰；性别：女，1904年11月27日出生于乞诺维支（婆可维那），已婚；身高：5尺7寸；肤色：白；睛色：蓝；发色：灰白；1934年曾取得罗马尼亚国籍，现属无国籍，犹太人；护照号码：（B427）已过期，有效期1950年10月27日，发证地点，上海国际难民委员会；职业：作家，诗，散文，翻译，在上海市加入了国际笔会；经济上主要靠上海市生产救灾委员会救济，能操俄、德、英、法文，略知汉语；临时住地：长乐路286号；1947年8月从法国巴黎来沪，来沪目的：

寻夫。"在中国之家属"一栏,填写的是:朱穰丞,丈夫,1901年出生,中国籍,职业是导演,现在住址不明。

档案中除了这份申请书外,特别令人注目的,是一本暗红色、硬封皮、尺寸比名片略大的证件,这是上海市人民政府公安局发给克拉拉·布鲁姆的《上海市外国侨民证》,里面贴有她的照片,这是她1951年在华东人民革命大学附设外文专修学校图书馆工作时持有的身份证。

中山大学保存的朱白兰档案资料虽然不多,但非常珍贵,尤其是她生前请人代填写的中文履历表,亲笔书写的英、德文材料,如《自传》(1952年10月11日)、《自白》(1958年5月29日)、《我的丈夫》(1958年12月17日),还有病重期间立下的遗嘱,等等,为我们了解朱白兰的一生提供了重要依据。此外,朱白兰去世后,首先是她生前的学生开始写一些回忆文章,继而国外的学者发表研究文章,特别是 Zhidong Yang 博士的研究成果及其选编的朱白兰作品集,使我们有可能进一步贴近朱白兰。下面,试以上述文献资料为基础,为读者勾勒这位犹太裔德语女诗人的传奇人生。

二、山毛榉之乡的童年

1904年11月27日,我生于奥地利与罗马尼亚两国边境上的小城切诺维茨(Czernowitz),该城当时属奥匈帝国的领土。我受的是德文教育,但我并不是德国人,而是犹太人。

这是克拉拉·布鲁姆1952年10月11日写的《自传》的开头,

此时,她到中国已5年,刚从复旦大学调入南京大学,身份仍是无国籍外国侨民。

她在自传中提到的出生地切诺维茨(旧译:乞诺维支)位于多瑙河的支流普鲁特河沿岸,坐落在一片布满森林和田野的丘陵地带上,如今既不属于奥地利,也不属于罗马尼亚,而属于乌克兰,它靠近罗马尼亚边境,离基辅约600千米,海拔高度248米,占地面积约150平方千米(58平方英里)。在乌克兰语中,它称为切尔诺夫策(Чернівці / Tscherniwzi),也许因为城墙是黑的,土地是黑的,故有"黑城"(Tschern)之称。由于历史上曾属于不同的国家,而且是多民族聚居地,因此它除了乌克兰语名称外,在罗马尼亚语、德语、波兰语、俄语中还有不同的称谓。切尔诺夫策这一名称,是在1408年10月8日摩尔达维亚亚历山大王储的一份文件中首次出现的。1359年到1775年期间,该地是摩尔达维亚公国的一部分。1774年,摩尔达维亚公国西北部的部分领土被哈布斯堡帝国吞并,1849年,作为布科维纳公国的首府,成为奥地利帝国王室的世袭领地。"布科维纳"(Bukowina)在德语中也称Buchenland,意思是"山毛榉之乡",在这里,繁茂的山毛榉树随处可见。

克拉拉降生的时候,切诺维茨十分繁荣,有"小维也纳"之称。这是一个具有德意志和犹太文化传统的城市,早在罗马时期,犹太人已开始在这里居住,但数量不多,14世纪以后,出现犹太移民潮,从邻近的匈、波、德、俄向该地区迁徙,到19世纪末20世纪初,犹太人多达居民人口的三分之一。根据奥匈帝国颁布的法令,犹太人在法律上享有平等权利,但犹太族群并没有作为独立的民族获得承认,议会里也没有独立的民族席位,统计国民时,犹太人按照他们使用的语言被划归不同的民族。犹太人没有被限住在特定的隔离区（Ghetto）内，但大多数犹太人还是喜欢聚居在一起，形成犹太人街道。少数富有的犹太人则在犹太街道以外选择住处，他们的孩子上基督教的学校，受德语教育，互相之间讲德语，也讲意第绪语——阿什肯纳兹犹太人使用的语言，这种语言是在中世纪德语方言的基础上，吸收了希伯来语、罗曼语、斯拉夫语等其他语系的元素而发展形成的。

1770—1880年，以柏林为发源地，在欧洲兴起了一场哈斯卡拉运动。所谓哈斯卡拉（Haskala），在希伯来语中意味着"理智""教育"。长期以来，犹太人作为少数族群，固守旧的宗教和文化传统，在法律、宗教和社会上受歧视，被排斥在基督教占主导地位的社会之外。哈斯卡拉运动旨在吸收启蒙运动的价值，克服犹太族内部的文化危机，促使犹太人脱离边缘状态，融入社会的多数族群中，以实现"犹太人的解放"。这场犹太启蒙运动，在克拉拉看来，只是造就了少数犹太富翁，并没有给古老贫困的犹太街道带来多少光明。关于犹太人的生存状态以及同化过程中的阶级分化，克拉拉写过一首诗，题为《切诺维茨的犹太区》[①]，诗的第一、二段是这样的：

一

古老的街道紧密相连，
路面凹凸，巷道弯曲。

[①] 德文版见 Zhidong Yang（Hg.）：*Klara Blum, kommentierte Auswahledition*, S.294。本文中引用的朱白兰诗歌中译文见林笳编著：《朱白兰（Klara Blum）生平与作品选》，中山大学出版社2016年版。

逃向纯净的东方

沉重的灯上闪动着小小火焰,
凭借幽默面对生活的不幸。

双目仍然闪光,但脸色苍白,
衣衫褴褛,鬓发颤抖,
这群人几乎窒息在贱民街道,
呻吟,讥诮,继续生存。

一百年前围墙已经坍塌,
但他们仍留在发霉的窝里。
贫困抓住他们的头发,
使他们无法离开狭小古老的住地。

二

解放的时刻只为某些人敲响
——他们脑满肠肥,影响广远——,
他们交口称赞主人,
颂扬获得光明的时代。

他们趾高气扬地迁入花园大街,
成为高官和贵族的邻居。
他们被另眼看待,
"虽"是犹太人,却可被接受。

娱乐场花园夜间灯火辉煌,
乐队热奏罗马尼亚乐曲,
他们派头十足地看着菜单,
不愧是喧闹自信的一伙。

他们说的德语怪声怪调,夹杂着
斯拉夫和罗马语族人的傲气和炽热,
花斑斑、傻乎乎的德语中饱含着痛苦,
那是被遗忘了的犹太人生活区的苦难。

古老的怨声延伸着他们的语言,
迫害、辱骂、不停地迁徙。
但他们早已忘却怨恨和复仇,
封建主成了他们的座上客。
……

克拉拉把自己的父亲归入这些犹太富人圈中。克拉拉的父系先辈到祖父这代还没有致富,据她填写的履历表,祖父莫泽斯·布鲁姆(Moses Blum)是半无产者(佃户、小贩),无政治思想,克拉拉出生前已死。祖母内蒂·布鲁姆(Netti Blum),娘家姓阿门(Amen),1910年去世,不懂政治,但仇恨社会,虐待婢女。外祖父埃弗拉伊姆·坎纳(Ephraim Kaner),曾开银钱兑换庄,1930年将其女,即克拉拉的母亲(当时是年轻寡妇)嫁给有钱而年老的约瑟夫·布鲁姆(Josef Blum, 1850—1934),之后便破产,后来很穷,是个反动分子,特别仇视黑人。外祖母拜拉·坎纳(Beila Kaner)迷信宗教,但有社会观念,一战后不久,她说过:"这样子的可怕事情都会发生,那我不能再信上帝了!"

克拉拉出生时,父亲约瑟夫·布鲁姆已是当地的大地主,在市中心的施普棱吕街买了一套房子,紧挨着州政府所在地。1911年,约瑟夫被选举为布科维纳州议会议员,当时,议会的席位分为6个组别,在第二组别(大地主)中有两个席位分配给犹太人的代表,约瑟夫是其中一个,任职到一战结束。罗马尼亚时期,州议会不再存在,1918年起,他是犹太国民议会的成员,胡果·戈尔德(Hugo Gold)编的《布科维纳犹太人史》称他是"切诺维茨城养老院的创始人""一个活跃在城市政治生活中很受尊重的人物"。犹太国民议会解散后,他积极参与锡安主义运动,是布科维纳犹太国民基金会(Keren Kajemeth Lejisrael)的组织者之一,该基金会为犹太国的建立和犹太民族的统一筹集经费。① 对此,克拉拉在自传和履历表中从不提及,而只是说:

> 我的父亲是商人兼地主,欧洲的犹民,特别是中欧及东欧的犹民,一向是受歧视的少数民族,一般不允许犹太人拥有土地,但有钱的犹太人可以例外,我的父亲便是这些例外的人之一。

在她的记忆中,父亲约瑟夫由经商或放高利贷致富,是一个狂

---

① 参见 Zhidong Yang: *Klara Blum – Zhu Bailan (1904–1971)*, S.14。

热的剥削者,横暴和吝啬,他对家人的粗暴,在女儿幼小的心灵中留下了巨大的创伤。想起童年,浮现在克拉拉眼前的是"家庭的仇恨,无比的愤怒"。她的童年,包括对童年小伙伴的珍贵回忆,都笼罩在父亲的阴影下。她在《自传》中写道:

> 我幼年的生活非常悲惨,八岁的时候,父亲同母亲离了婚,关于我的幼年生活,我30年代在苏联发表的诗作《丰收的花环》①中有所描述,在该诗中我曾对幼年的那个封建资本主义社会环境加以抨击。

这首诗是这样写的:

> 你衣衫褴褛站在我的面前,
> ——风在山毛榉宽大的树冠上沙沙作响——
> 我,地主的孩子,要将丰收的花环
> 戴在你,农民的穷孩子的头上。
> 你跟我一样,卡嘉,同是七岁,
> 你羞怯地将小手揣在围裙里。
> 我摸着你黑色的丝发,
> 我想跟你一样色彩斑斓,光着脚丫。
>
> 爸爸凶狠地喊道,你将我弄脏了,

---

① 《丰收的花环》(*Der Erntekranz*),1938 年发表于《国际文学》第 5 期,重刊于诗集《漫长的道路》,第 5—6 页。

他将我抱起,朝着我的脸吼叫。
但我觉得:这是我的事。
他的朋友我并不喜欢。

我要将丰收的花环戴在你的头上。
这是乡间的风俗。你顺从地弯下腰。
我看着你五颜六色破烂的衣裳。
我感到笨拙生硬。我感到羞愧。

童年:山毛榉树轻轻的响声,
家庭的仇恨,无比的愤怒。
我不想再回到过去的岁月。
我将它置于身后,这很好。

可是你,卡嘉,我想与你重逢
在美丽的、令我痛苦的山毛榉之乡。
我想在斗争中站在你的身旁,
看见当年胆怯的手上拿起武器。

整个富饶的土地属于你们,
封建贵族连同残余势力被赶走了,
我们的主人——我的父亲——不再干涉,
于是我们庆祝美丽的丰收节日。

> 我们在公园的绿坪上跳舞,
> 而你,身边围绕着自由的农民,
> 将为自己戴上丰收的花环。
> 这样,卡嘉,我将不再感到羞愧。

该诗发表于1938年,从中可以看出,她对父亲的恨,是出自对劳苦大众的爱以及对剥削阶级的叛逆,这种朴素的感情为她日后接受社会民主主义奠定了基础。

在克拉拉的眼里,父亲与母亲的结合,如同狐狸与夜莺配对。她的母亲蔡齐丽·布鲁姆(Cäcilie Blum, 1876—1937),娘家姓坎纳(Kaner),居住在东加里曾(Ostgalizien,今属波兰)。第一次婚姻的丈夫姓玛施勒(Maschler),婚后育有一子。蔡齐丽年轻丧偶,因父亲的生意面临破产,由父母做主嫁给50岁的财主约瑟夫,当时她才24岁。蔡齐丽婚后生活并不幸福,她受20世纪初欧洲的妇女运动的影响,向往资产阶级式民主、妇女平等,无法忍受丈夫的粗暴与横蛮,不愿意在婚姻中处于屈从的地位,她与丈夫之间的冲突日益严重。

克拉拉·布鲁姆自传性长篇小说《牛郎织女》中,女主人公汉娜和男主人公牛郎之间有一段对话:

> "我父亲比我母亲大27岁。我的外公外婆将女儿卖给了他,我指的不是字面意义上而是本质上的卖,当时,我母亲年轻守寡,有一个儿子。外公外婆的布店面临破产。他们不得不接受德罗赫比策地区萨尔茨堡的大银行家和金融家、当地

嗜酒成性的几个波兰贵族当中的老毕尔克的求婚。在这对夫妇中,男的是精明的商人,女的是年轻的女权主义者,锡安主义者,身材矮小,不显眼,不漂亮,但具有迷人的才智。于是,我便来到了世上,作为狐狸和夜莺的产物,贵族和平民合法生下的庶子。"

"但是,您只是按照母亲的榜样成长。"牛郎断言。

"按我母亲的榜样,跟我父亲相反,"汉娜表示认同,"父母的婚姻非常不幸福,八岁的时候,我就说,我赞成爸爸、妈妈离婚。我的态度让上流社会惊诧不已。"[①]

汉娜讲述的情况,正是克拉拉父母婚姻状况的写照。狐狸与夜莺,贵族与平民,在买卖婚姻的习俗下结合,没有爱情,缺少欢乐,婚姻的义务将克拉拉带到人间。克拉拉在题为《愤怒的生活报告》的诗中,用类似的语言描述了父母的婚姻和自己的出生。

克拉拉的母亲终于在1913年与丈夫离婚,按照法庭判决,克拉拉归父亲抚养。但是,母亲不能让女儿离开自己,她带着女儿逃到维也纳。母女租住廉价的公寓,为了隐藏行踪,时常搬家,过着居无定所的生活。她们到达维也纳不久,奥、俄交恶,一战爆发,许多犹太人,包括克拉拉的父亲,也从布科维纳逃往维也纳。1918年,大战结束,奥匈帝国瓦解,切诺维茨划归罗马尼亚,克拉拉一家人成了罗马尼亚国民,克拉拉父亲回到切诺维茨,但母女俩没有返

[①] Klara Blum: „Der Hirte und die Weberin", 引自 Zhidong Yang (Hg.): *Klara Blum, kommentierte Auswahledition*, S.75.《牛郎织女》中译本见林笳编著:《朱白兰(Klara Blum)生平与作品选》,中山大学出版社2016年版。

回故乡,而是继续留在维也纳。根据警察局的登记资料,克拉拉不得不经常返回布科维纳办理护照延长手续。为了养活自己,也为了拉扯大女儿,母亲在富人家庭做家务,过分的操劳,使她的身体和精神受到极大的损害。母亲的健康状况似乎一直都不很乐观,曾多次到神经科诊所就诊。1922年2月,母亲神经崩溃,克拉拉不得不陪伴母亲去德国巴特瑙海姆疗养了一段时间。1926年6月,母女俩又一起回到家乡切诺维茨,3个月后,克拉拉返回维也纳,母亲则留在切诺维茨。1933年底,母亲迁居伦贝格(当时在波兰境内),1937年死于心脏病。母亲对女儿的影响是深刻的,直至18岁成年,克拉拉都是跟随母亲登记户籍。[1] 她忘不了母亲对自由的向往,更忘不了母亲对自己的理解和支持,她在得知母亲病逝后,写过一首题为《母亲》的诗,缅怀母亲带自己逃往维也纳的往事,寄托丧母的哀思。

1922年6月,克拉拉完成了高中学业。她回乡看望父亲的时候,父女之间又一次发生冲突。——"我的父亲此时企图以父母之命、媒妁之言的封建市民方式把我嫁出去,使我不得不与他断绝父女关系。"——这段经历,记录在她的《自传》中,也写在了她的诗《切诺维茨的犹太区》中。诗的结尾写道:

> 啊,古老的犹太街道,我是你的孩子,
> 我要从我的人民的全部经验中学习。
> 思考时我强大,仇恨时我更坚强,

---

[1] 参见 Zhidong Yang: *Klara Blum – Zhu Bailan*(*1904 – 1971*), S.16 – 18。

> 我要将任何弱点都锻造成利剑。
>
> 你教导我,去挣脱离开这里,
> 忍受艰辛和饥饿、疾病和痛苦,
> 并将一切问题全部征服,
> 凭借的只是我野性的正直。
>
> 我将额头贴在你的墙上。
> 从今以后我只服从自己。
> 跟随我的情感和理智。
> 唯有如此,我才走得正确。

18岁的克拉拉,已不再是听人摆布的年幼女孩,她决心摆脱封建传统的束缚,与命运抗争,闯出自己的人生道路。

三、锡安之女的奋斗

1923年,《维也纳晨报》刊登了克拉拉的文章《我对生活有何期待》[①],此时,她高中毕业不久,还不满19岁。文中写道:

> 我已经长大成人,我要独立,我跳上呼啸的火车,向生活驶去。有生活阅历的聪明人说:"你怎么可以这么不明智,这么不谨慎,这么不实际!你本可以安安稳稳地生活,受到庇护,却凭

---

① 参见 Zhidong Yang (Hg.): *Klara Blum, kommentierte Auswahledition*, S.435 – 436。

着年轻人的执拗，不顾一切地奔向不确定之中。你不认识生活，我们可认识。你知道吗，等待你的是贫困，失望，没有任何欢乐，除了艰辛，还是艰辛，徒劳无益的、不可名状的、折磨人的艰辛。"我知道这些人所说的情况，只是他们不懂得具体说出事情的原委。生活中有的是无数的希望，一个破灭了，10个新的产生，短暂的瞬间包括永恒的美丽。斗争，再斗争，甚至为斗争而斗争，不断投身炙热的、激烈的、振奋全部力量的斗争。车外已夜色降临，我打开车窗，向后朝着来的方向望去。再见了，童年，梦幻的国度。然后向前方眺望。远处是大城市，一个璀璨的光环。每一点星光都象征着生活，每一点灯光都是嘹亮的声音。这些声音仿佛在向我呼唤："你很快就会到我们当中……"

这位来自山毛榉之乡的犹太少女，带着对未来朦胧的憧憬，在繁华的维也纳开始了人生的奋斗。她按照自己的兴趣在学校里选修了文学和心理学，求学的同时，开始当家庭教师，并向报刊投稿。克拉拉早期的作品，内容主要涉及犹太人问题。

我们知道，犹太人在历史上一直被驱逐、受迫害，这种生存状况对犹太人产生着两种截然相反的影响：一方面，它加快了部分犹太人的同化进程，所谓同化，即脱离原有的特殊生存状态和身份，适应非犹太环境的文明与文化；另一方面，又增强了犹太人的民族意识以及对民族身份的寻找，从而要求"回归犹太文化"，其结果便是锡安主义和犹太民族运动的产生。19世纪80年代初，对犹太人的仇恨在奥地利重新复活，以卡尔·卢埃格尔（Karl Lueger，1844—1910）为首的基督教社会党人于1896年在维也纳获胜，定下了反犹主义的调子。与此针锋相对,西奥多·赫茨尔(Theodor Herzl, 1860—1904)发表了小册子《犹太国》。在他的召集下,1897年在巴塞尔召开了第一届犹太复国主义者大会,大会提出:"犹太复国主义为犹太人民在巴勒斯坦谋求一个在公法上有保障的家园。"《犹太国》发表后,犹太复国主义在很短的时间里迅速发展成为真正的人民运动。

在这场犹太复国主义运动中,布科维纳地区出版的《东犹太报》作为犹太组织的机关报,发挥了重要作用。1923—1929年,克拉拉在该报上陆续发表作品。

在抒情散文《锡安之女》[①]中,她写道:"没有我的人民,也就没有我的解放。""我的人民,你需要我。你需要我去建设你的国家。我的忧思,我的工作热情,我乐于献身的精神,都是你不可缺少的。""我亲爱的人民,锡安之女与你同在!你的上帝就是我的上帝。你的国家就是我的国家。你的平等权利也就是我的平等权利。"

在评论文章《维也纳的犹太人》中,她称自己是东犹太人。"我们东犹太人动不动就受歧视和谴责。我们的头上永远悬挂着看不见的鞭子。时刻警惕反复降临的大屠杀使我们保持灵活和无所畏惧。"[②]她将那些迅速同化的维也纳犹太人称为"失去大地的人",批评"他们在其社会地位的高雅氛围中神经质地、没有根基地四处摇晃""在维也纳犹太区围墙倒塌的时刻,这群迷惘的犹太人便产生了灾难性的想法,他们为平等权利的假象一块一块地牺牲他们的犹太文化、犹太习俗、犹太特性"。[③]

[①] 参见 Zhidong Yang (Hg.): *Klara Blum, kommentierte Auswahledition*, S.437-439.
[②] 引自 Zhidong Yang: *Klara Blum - Zhu Bailan (1904-1971)*, S.77。
[③] Ibid., S.80.

在《威尼斯十四行诗》中,她不无忧伤地描写意大利的犹太隔离区:

> 环礁湖上的城市,恰如海市蜃楼,
> 用白色大理石基座立于海上,
> 一旦停止呼喊——便又重新
> 沉入到混乱丑陋的小街窄巷。
>
> 阴沉沉的城门从远处张望,
> 它通向纵横交错的密集城区,
> 腐朽的房屋散发出地牢的霉味,
> 空气中充斥着封闭的气息。
>
> 这是古老的犹太人生活区。
> 目光下垂。他们不想丧失自我,
> 于是人们首次在此将他们隔离。
>
> 古老的教堂敞开阴郁的大门,
> 几百年来它喉咙里回荡着
> 犹太人被扼杀的灵魂的悲鸣。

她的诗受到了犹太报刊的高度赞赏:"节奏、音色、词汇、语言艺术、题材,无处不表现出她是真正的女诗人""她的诗深深地植根于犹太文化中,从中获取创作的素材""无论在哪方面都可以与伟大的埃尔泽·拉斯克-许勒尔①的犹太诗歌媲美,甚至有过之而无不及"。②

1925年,犹太复国主义者第14次代表大会在波斯米亚地区的卡尔斯巴特举行,克拉拉从大会发回专稿,满怀喜悦地欢呼:"犹太民族聚会了。它至少在几天里摆脱了离散的残酷命运。人们重逢了。人们互相高兴地再见面了。"③

1927年至1928年,她患肺结核在玛利亚巴特疗养了几个月。1929年4月,犹太复国主义的倾向促使她前往巴勒斯坦。此时,克拉拉的异父哥哥奥斯卡已经定居"应许之地"。在克拉拉的心目中,哥哥是资产阶级民主派,犹太民族主义者。克拉拉前往巴勒斯坦,一方面为了探望多年不见的哥哥,另一方面也想看看自己是否可以融入当地的生活。但是,几个月后,她便回到了维也纳,并因感染热带疟疾病了3个月。显然,她无法适应那里的生活。以后,她再没有去过巴勒斯坦,也再没有见过她的哥哥,只是听说哥哥可能于1947年在阿拉伯人与犹太人的斗争中阵亡。巴勒斯坦之旅后,克拉拉的犹太复国主义激情似乎有所减退,但是直到晚年,她仍心系犹太民族的命运。

在此时期,奥地利以及比邻的德国正处在世界性经济危机和各种政治势力的激烈斗争之中。1927年初,奥地利法西斯组织"祖国保卫团"袭击工人游行队伍造成血案,引起全国的抗议浪

---

① 埃尔泽·拉斯克-许勒尔(Else Lasker-Schüler, 1869—1945),德国著名的表现主义女诗人,出身于犹太人家庭。
② 引自Zhi dongYang: *Klara Blum – Zhu Bailan (1904–1971)*, S.79。
③ Ibid., S.78.

潮,维也纳当局不但没有严惩凶手,反而血腥镇压工人的罢工斗争。历来关注社会问题的克拉拉,在无产阶级与资产阶级矛盾日趋尖锐化的情况下,不可避免地卷入政治浪潮中。根据她填写的履历表:1929年8月至1933年2月,曾加入奥地利社会民主党,为该党的机关报《工人报》①撰稿,并在工厂工人集会上演讲教育问题。

1931年,《工人报》发表了她写的书评《巴勒斯坦的女工运动》(1931.3.6),这篇文章开宗明义地指出:"犹太女工的斗争是三重的:它同时指向对无产者的剥削、犹太群体的特殊地位以及妇女价值的丧失。"接着,她评介了两本来自"红色"巴勒斯坦的书,一本是《巴勒斯坦的劳动妇女》,另一本是《女工的言论》,前者讲述犹太妇女先锋创建以色列国的艰难历程,后者是一本书信、诗歌、日记的选集,记载的是犹太妇女的个人经历和心灵痛苦。从中看出,克拉拉并非一般地关注犹太复国主义运动,而是更多地把目光投向犹太劳动妇女的命运。她对犹太劳动妇女的深切关注,除了跟她的女性身份有关之外,还取决于她的社会民主主义倾向。

《萧条的大都市》(1931.11.22),是她柏林之旅的成果。字里行间,透露出这座大城市在梦魇下的骚动不安:屋顶上的霓虹灯,酒吧间的喧闹,柏林人的呵斥和咒骂,街头的法西斯暴行,共产党与纳粹党势不两立,政府与纳粹党谈判,社会民主党对政府的容忍……用克拉拉的话说,"这座城市,从整体到每一块砖头,都处在工业荒漠和政治的原始森林中"。她敏锐地感受到,"处于分裂状

---

① 《工人报》(*Arbeiter-Zeitung*, Zentralorgan der Sozialdemokratie Deutschösterreichs),本文引用的《巴勒斯坦的女工运动》《萧条的大都市》《桥上的妇女们》等几篇文章均发表在该报上。

态的德国无产阶级正在经历资本主义的崩溃""对第三帝国的美妙信仰面临着首次考验"。在她看来,工人运动已经没有回头路,只能向前走,人们必须通过批评和争论,弄清思想,认识到,所有无产者有共同的阶级利益,任何分裂都是毫无意义的。

据朱白兰填写的履历表:1932—1933年,社会民主党内形成了一个反对派,主张与共产党建立统一战线。她加入这个派别。她认为,社民党的领导有改良主义,虽然党的领袖奥托·鲍威尔(Otto Bauer,1881—1938)、卡尔·考茨基(Karl Kautsky,1854—1938)等人表面上拥护革命马克思主义,并听任革命诗歌文章在该党机关报维也纳《工人报》上发表,但实际政策是用资产阶级小恩小惠来抚慰工人,不让工人进行斗争。维也纳执政当局曾提高资产阶级的财产税、利润税及奢侈品税,用这些收入给工人造住宅,可是,当1933年反动政府以恩格尔伯特·陶尔斐斯(Engelbert Dollfluß,1892—1934)为首,要公开走向法西斯化道路,工人们坚决要求社会民主党领导发动组织全维也纳总罢工时,党领导却拒绝了。工人们非常失望地回乡。那些受过军事训练的社会民主党工人(称之为"保卫团")终于不顾社会民主党领导的阻拦,于1934年2月举行起义,反抗陶尔斐斯政府,可是由于力量单薄,组织不够健全,被反动派血腥地镇压了。[①]

她在《自传》中写道:

> 我当时极力主张联合共产党,以及组织反法西斯的统一

[①] 参见朱白兰1954年6月填写的南京大学教职员履历书,现存中山大学档案室。

战线，但当时社会党的上层拒绝与共产党合作，我感到很失望。……直至1934年，奥地利社民党领袖依然拒绝与共产党合作。同年二月，无产阶级在奥国举行暴动，但被奥国的法西斯分子所镇压。社民党依然拒绝与共产党合作，我便退出了该党。

据朱白兰称，她高中毕业后就开始学习马克思、恩格斯的著作。《工人报》上有一篇她写的书评《桥上的妇女们》(1932.5.30)，文章一开头就直截了当地写道：马克思主义者是注重事实的人，他按照事实本来的样子去看现实，但是他并不满足于此，他还要推论出现实变化的可能性和必然性。正如马克思说的，他不只是要"解释"世界，而且要改变世界。显然，克拉拉在维也纳走入社会的几年里对马克思主义已有所接受。除了写评论，克拉拉还创作了《群众之歌》《阶级斗争》《年轻工人读小说》等一批旨在提高工人阶级觉悟的政治抒情诗，刊登在《工人报》上。但是，克拉拉一直没能够加入马克思主义政党，而是作为共产党的朋友从事写作。据她填写的履历表，除了社会民主党外，她还加入过犹太左派社会工人党的维也纳支部，为该党在维也纳的报纸《犹太工人》写书评。这是一个具有马克思主义倾向的左派政党，后来与以色列共产党一道反抗以色列反动政府。

1933年7月，国际革命作家联盟以反法西斯为题举办有奖写作，克拉拉参加了写作比赛，她的诗歌《服从谣》获二等奖，被邀请前往苏联访问两个月。这使她的人生发生了重大转折。

四、流亡莫斯科

克拉拉在《自传》中写道：

> 1933年7月，国际作家协会在莫斯科举办反法西斯及反战作品国际竞赛大会，我参加了，我的反法西斯的诗歌获得了二等奖，该奖不是发钱，而是免费在苏联旅行两个月时间。

1934年3月，她启程离开奥地利，6月抵达莫斯科，受到活动主办方的盛情接待，在6—9月期间，她不仅参观了红色首都莫斯科、以著名教育家命名的斯维特洛夫城，而且有机会列席苏联第一次作家代表大会。当时的苏联作为国际共产主义运动的中心，是无数革命者向往的地方，希特勒上台后，更是成为德国左派作家的流亡地。按照苏联对流亡者的政策，只有共产党的成员和同情者才可获得居留，当时大多数德国和奥地利的流亡者或者是共产党的干部，或者是著名的反法西斯作家，如R.贝歇尔（R. Becher）、W.布雷德尔（W. Bredel）。克拉拉既不是共产党的干部，也没有很大的名气，但是，她没有如期离境，在访问活动结束后留在了苏联，因为，她毕竟是受邀请前往苏联的获奖作者，而且也已经失去了国籍。正如《自传》中写的：

> 当时，罗马尼亚处在非常反动的政府统治下，凡访问过苏联的罗马尼亚公民均被剥夺了罗马尼亚公民的资格。我便是这样失去了国籍而变成无国籍。

我原先打算在苏联只住两个月,结果一直住了11年之久。在法西斯统治以及在二次大战的年月里,我一直受苏联的优遇与保护。我在苏联曾做过各种工作,曾负责图书馆员以及编辑等工作,但最重要的还是文学工作,我的诗在苏联用德文出版的有5卷,译成俄文出版的1卷,而且获得苏联报纸的好评。

克拉拉开始了在苏联的流亡生活。她于1934年7月到达莫斯科后,在《德意志中央报》上发表了一封公开信,此后便经常流传关于她的谣言。她曾多次写信给外事委员会和苏联作家协会德语组,请求为她写鉴定,保护她免受政治诽谤。莫斯科的鲁克司旅馆当时成了流亡者的中心。著名的流亡者住在那里。克拉拉不属于这一类,只能住在其他的旅馆。房间很小,但毕竟有一个属于自己的空间。从9月起,她在国家图书馆上班,这是一份不错的工作,但她感到那里的气氛"令人窒息",觉得自己受到"不公正的、令人屈辱的孤立"。她在国家图书馆工作的时间不长,想离开莫斯科,请求外事委员会派她去西班牙前线,但没有获得批准,最终还是留在了莫斯科。她当过家庭教师,在外文学校教德语会话,同时写诗歌和文学评论,发表在《言论》和《国际文学》上,并且在1935年取得苏联国籍。[①]

1937年初,克拉拉申请加入作家协会,但未能获准,她写信给贝歇尔、布雷德尔、沃尔夫等德国著名作家,争取他们的支持。

---

① 参见 Zhidong Yang: *Klara Blum – Zhu Bailan(1904–1971)*, S.22。

逃向纯净的东方

1938年,著名的马克思主义文艺理论家卢卡奇向苏联作家协会推荐克拉拉,称她是"德语反法西斯文学年轻一代中最有天赋的作家之一"。贝歇尔也将她看作"真正的诗歌天才,值得给予一切帮助"。克拉拉终于成为苏联作家协会会员。当年10月5日的一份苏联报纸报道了这件事,并刊登了她的照片。但1938年12月1日,苏联作家协会德语组召开全体会议,谴责她"恶意地、无缘无故地"投诉德语组以及煽动会员反对领导,1939年,她被开除出德语组,原因是"无组织无纪律以及歇斯底里"。

克拉拉到底发生了什么事情,怎么会跟作家协会的领导产生矛盾,并且会因为无组织无纪律而被开除出作家协会呢?为了弄清其中原委,我们不能不暂时搁下克拉拉,把笔触转到另外两个人的身上。一个是她的心上人朱穰丞,另一个是她恨之入骨的菲舍尔。

克拉拉称朱穰丞为丈夫。她在1958年调到广州中山大学工作时,为了寻找朱穰丞,给校方写的材料《我的丈夫》中称:

> 我的丈夫朱穰丞(Zhu Xiangchen)1901年生于江苏省苏州。1928—1930他在上海当一名业余戏剧导演,颇有名。那时他与中共地下组织领导的革命文艺界有密切联系,并曾被介绍认识我校副校长冯乃超(Feng Naichao)同志。
>
> 1930他离开上海去巴黎。我不很清楚他在上海时就已经入党了还是一年以后在巴黎入党的。
>
> 1931年在巴黎他参加了一次反帝国主义示威,写反帝传单而被法帝国主义政府逮捕。他没有告诉我被捕多久。被释

后,他到德国、英国和奥地利作短暂的旅行。他没有告诉我此行的目的。

1934年他到莫斯科并在一间苏联剧院里担任副导演工作。他由一个中国女作家胡兰畦(HuLan-Hsi)介绍与我认识。1936年他秘密离开莫斯科,1937年12月又重新回到莫斯科,但是不告诉任何人他去过哪里。那时他的名字是TRU。通过莫斯科音乐出版社,他出版了一本中国革命歌曲,署名Chen Hsiang①。

1938年1月,我做了他的妻子,但我们不住在一起。他的地址是秘密的。他研究某些问题,但我感到我没有权利询问他关于这些问题。我知道最终有一天他要连再会也不对我说一声就秘密地离开。1938年4月18日他真的一声不响地走了。

这份材料中提到的胡兰畦是我国现代史上一位有影响的革命女战士。1933年春,胡兰畦在德国从事反帝抗日活动被法西斯关进女牢,由于宋庆龄、鲁迅等在上海以民权保障大同盟的名义向德国领事馆提出严正抗议,得以释放,她写的回忆录《在德国女牢中》在法国《世界报》上连载,并被译成俄、英、德、西等国文字。胡兰畦在莫斯科期间如何认识朱穰丞和克拉拉,何时何地介绍他们两人认识,我们不得而知。如果朱白兰是通过胡兰畦认识朱穰丞的,那么,根据胡兰畦的经历,克拉拉与朱穰丞相识的时间,有两种可能性,一是在1934年,胡兰畦应邀参加苏联第一次作家代表大

---

① 可能是朱穰丞的别名"成湘"的音译。

会期间,当时,高尔基设宴招待作家代表和外宾,胡兰畦参加了晚宴并在高尔基的帮助下分到了一套住房,在莫斯科住了一段时间。另一种可能是1936年,胡兰畦陪同中国人民革命同盟的陈铭枢去莫斯科与中共代表团会谈,最迟不会在1936年7月以后,因为胡兰畦此时已回到国内参加抗日救亡活动。[①]

克拉拉与朱穰丞交往了多长时间,现已很难确定。按照克拉拉的讲法,他们是在1938年1月至4月成为"夫妻"的。这在当时的莫斯科,并不是什么怪事。耶娃·萧(叶华)在回忆她与萧三的恋情时写道,他们认识不久就陷入热恋,有一夜,叶华在萧三那里留下了,这就确定了他们之间的关系。叶华在回忆录中是这么写的:"那时,苏联正兴'自由恋爱之风'。结婚被认作是资产阶级的一种俗套。于是谁跟谁都可以同居,也可以随便分手。"虽说苏联盛行自由恋爱,但是,流亡者的跨国恋情和婚姻,并不是毫无问题的,正如朱白兰在自传性小说《牛郎织女》中描写的那样,一方面,会遭到非议或不理解;另一方面,由于革命工作的需要,他们甚至连自己的住址和电话也不能告诉对方,而且要冒着随时可能离别的危险。克拉拉在《自传》中写道:

> 1938年,我与中国共产党员朱穰丞结婚,当他向我求婚时,曾事先向我提出警告,说他随时有秘密回中国的可能,我接纳了他的警告,不久,他的警告成了事实。1938年4月18日,他回到了中国。

[①] 参见《胡兰畦回忆录1901—1994》,四川人民出版社1995年版。

克拉拉记得朱穰丞离别她的日子是1938年4月18日,这大体上是准确的,比朱穰丞失踪的实际日期只迟了3天。根据中共中央组织部2011年11月14日《关于朱穰丞同志蒙受不白之冤予以平反的组织结论》,朱穰丞同志为早期中国共产党员,在国内和国外积极开展革命工作,他于1938年4月15日被哈萨克共和国内务人民委员会逮捕,1938年6月7日根据苏联内务人民委员会特别会议决议以"间谍罪"被判处在劳改营监禁8年。①

克拉拉并不知道朱穰丞当时已被克格勃逮捕,她曾经试图向作家协会和共产国际打听朱穰丞的下落,并以写书为理由,要求外事委员会派她前往中国,因为她坚信朱穰丞已经秘密回中国参加抗日斗争。

在一封给德国作家布雷德尔的信中,克拉拉提到,奥尔加·哈尔佩恩(Olga Halpern,时任苏联作家协会德语组的书记)与米克海尔·阿普莱廷(Mikhail Apletin,时任苏联作家协会外事委员会的副主任)背地里反对她,理由是:奥尔加早在1938年朱穰丞突然失踪时就叫她不要到共产国际汉语组打听"丈夫"的情况,说这么做会对他造成损失;米克海尔曾对苏联作家协会主席法捷耶夫说,德语作家对她有不好的看法,并且叫她不要空想,认为自己会得到德语组的推荐。另一次在给贝歇尔的信中,克拉拉写道,苏联作家协会德语组出于政治原因拒绝派她去中国。据说,这些"同志"认为她政治上落后,她要求他们给一个解释。② 克拉拉的打听当然

---

① 参见搜狐视频:《消失在莫斯科的人》,http://my.tv.sohu.com/us/121653991/52884097.shtml(2013年9月6日)。
② 参见 Zhidong Yang: *Klara Blum - Zhu Bailan (1904 - 1971)*, S.33。

逃向纯净的东方

不会有结果,她的要求也不会得到批准。她完全没有意识到,1934年开始的苏联肃反运动,发展到1937年初至1938年底是最黑暗的时期。这场运动清洗了包括苏共中央众多领导在内的政治家、元帅以及各界人士,大批人员无辜受害。在这样一个险恶的时刻,克拉拉寻找一个有"间谍"嫌疑被克格勃逮捕的中国人,还自称是他的"妻子",岂不是灯蛾扑火? 就在克拉拉苦于见不到朱穰丞的时候,袁牧之为了将纪录片《延安与八路军》制成拷贝,受党的派遣到苏联。这位来自中国红区的客人在莫斯科受到热烈欢迎,但是,当他请苏联的译员帮忙寻找朱穰丞时,竟然也受到了怀疑,接待他的译员换成了克格勃的特工,皮箱被暗中搜查,信件被偷偷拆看。[1] 克拉拉在作家协会德语组中受到孤立,恐怕不是偶然的。幸好她没有完全失去政治上的可靠性,只是由于"无组织无纪律"被开除出作家协会,仍可"暂时留在苏联作家协会的队伍中,作为作家继续为《国际文学》工作"。德语组期待她对自己进行"尖锐的、毫不留情的批评",但她认为这一系列的事件是针对她的诡计,有人出于个人原因想毁灭她。[2]

这个想毁灭她的人便是奥地利共产党的干部恩斯特·菲舍尔(Ernst Fischer),克拉拉称他是"悬挂在我生命之上的一只蜘蛛"。

1958年5月,朱白兰写了一份《自白》,这是反右运动后向党组织交心写的一份材料,主要谈她对共产党的看法,其中大部分内容涉及菲舍尔:

---

[1] 参见姚芳藻:《失踪在莫斯科》,《上海滩》1990年第3期,第2—7页。
[2] 参见 Zhi dongYang: *Klara Blum – Zhu Bailan（1904–1971）*, S.23。

当我1934年从奥地利到苏联的时候,涉及我的大部分问题的决定权落入到奥地利共产党的一个相当高级的干部的手中。他的名字是恩斯特·菲舍尔。他在几个星期前才加入奥共。在此之前曾是社会民主党人,更糟糕的是,他是尼采哲学的信徒,几个月前在多个集会上还讽刺共产党人,我因此常常跟他发生争论。我在莫斯科又见到他时,他是高级干部,我得依从他,这让我无比惊愕。

对我参加共产党的申请,他做出了否定的决定。无论何时何地,他都尽其所能,阻碍我找工作。1935年至1936年,我没有工作,靠私人授课养活自己。我写信给共产国际的监察委员会,四年来,在苏联没有失业了,但是,恩斯特·菲舍尔又引入了它。

接着的几年里,我在写作上取得很大成功,恩斯特·菲舍尔只能在很小的程度上进行阻挠。1938年1月,我跟中国共产党员朱穰丞结婚,4月,他离去了。当时,莫斯科的美文学国家出版社决定派我去延安,任务是写一本关于老解放区的书。恩斯特·菲舍尔阻挠这件事,这让他费了很大劲,但是他成功了。

我写信给检察委员会,质问:你们是怎样的共产党员,竟然将如此多的权力交到这么一只蠢猪的手上?

我写了一首诗,诗中将恩斯特·菲舍尔比喻为悬挂在我生命之上的一只蜘蛛。[①]

[①] 参见朱白兰的自传性叙事诗《我的倔强》。

逃向纯净的东方

第二次世界大战期间,我在苏军宣传部工作,我写传单,由苏联的飞机投放到希特勒的军队。一天夜里,马努伊尔斯基的秘书打电话给我,问我是否愿意上前线,用麦克风向希特勒的士兵喊话。我兴奋地表示愿意。可是,在恩斯特·菲舍尔的压力下,这项决定又收回去了。

克拉拉曾用诗歌叙述当时的遭遇,宣泄愤懑,表达自己的反抗意志:

> 我在莫斯科,在同志们身旁,
> 自认为已经到达目的地。
> 然而在他们当中坐着害人虫,
> 一个阴险的托派分子,
> 盛气凌人,脑袋光秃,
> 用密探的眼光打量我,
> 用骗取的权力试探我。
> 他示意人们将我孤立,
> 下达命令不给我工作。
> 他狡诈地警告:这里有点不对头。
> 他发出冷笑:不必为她惋惜。
> 同时还大声喊叫:我就是党。
>
> 身处美如鲜花的苏维埃国家,
> 我却挨饿,受到排挤,

所到之处,人们中止交谈,
一旦离开,人们就交头接耳。
我逐个人问:"这是为什么?"
大家按害人虫的密令冷漠回答:
"你没有被排挤,这只是你的梦幻,
找不到工作,这只怪你倒霉。
所有这一切都是幻觉,
你显然患上了受迫害狂。"
敌人戴着红色面具,玩弄权术,
在我四周狂欢乱舞:
"怎么样?终于要发疯了吧?
终于可以使你精神错乱了吧?
这样,我们就不必为我们的游戏
继续恐惧你狂野的正直。"
我孤独,陌生,无名无姓,
我不断地写呵写,在长信中
描绘和投诉这个伪君子,
并附上大量的证据。
我久久没有得到答复。
我渴望尽快改变这个世界。
遭受诋毁、折磨、饥饿,
我的渴望愈加强烈。
我对自己说:不要抱怨。
你身在自己的国家,在这里,

逃向纯净的东方

任何人都可以争取自己的权利。
党和人民同样会保护你。
即使伪君子有时会造成迷惑,
但有朝一日,苏维埃的人民
将看透和砸碎他们。

……

一天夜晚
在一间华丽古老的大理石宫殿——
从前,这里是贵族享乐的地方,
如今它属于人民所有——
我胆怯地混进去开会,
四周是空荡荡的房间,
站着那个狡诈的秃顶密探。
他讥笑地看着我,前呼后拥,
受人尊敬。我孤身一人,
再也无法忍受,奔跑回家,
用拳头紧压着脑袋。
只听见阵阵低语:屈服吧,
绝望吧,死心吧。
这是你命中注定:
你如同麻风病人,必须隔离。
你是个倒霉鬼,不会得到幸福。

在此时刻,亲爱的人,我要呼喊:
我才不理睬什么命中注定的东西。
我的命运?我们认识这种"命运",
在它的后面藏着具体的男人和女士。
我要告诉你们这些头戴面具的人,
即使你们不恩赐,我也会拥有。
你不是将我握在手中吗,害人虫?
不错。但你手中握的是一只马蜂,
你很快就会痛得松手将我放开。

除了这首诗外,在自传性小说《牛郎织女》中,克拉拉塑造了一个非常反面的共产党干部的形象,一个没有良心的官僚,他出身于半奥地利、半意大利的家庭,名叫蒙梯尼。朱白兰主要是通过恩斯特·菲舍尔获得灵感塑造这个人物的。在小说中有两个地方,将蒙梯尼比喻成英国和美国的帝国主义分子。

在克拉拉看来,恩斯特·菲舍尔不仅是个托派分子,而且具有反犹主义思想,敌视犹太人。为此,她写信给斯大林控告菲舍尔,并引用菲舍尔不久前出版的著作《种族问题》来证明自己的观点。苏共中央委员会的工作人员打电话约她去办公室。在那里,她得知,斯大林投诉办公室审查了她的报告,认为她是有道理的,任何人都无权使她失业。但是,涉及上前线的问题,工作人员表示"不能干涉",至于对菲舍尔错误的处理,工作人员的回答是:"在这里不讨论菲舍尔同志。"克拉拉感到很失望,第二天,她对德国诗人贝歇尔说:"我仍然是共产党的同情者,但我不再是共产主义者。从现在起,我的无党派不只是表面的,而且也是内心的。"①

朱穰丞的失踪,作家协会对她的开除,奥地利共产党干部的"诡计",这对于克拉拉来说,无疑是一连串沉重的打击,但却激发出她巨大的创作激情。恰恰是在接着的几年里,她的诗歌创作达到了顶峰,除了发表在刊物上的作品外,结集出版的德语诗集总共有5本:《回答》(1939,莫斯科)、《偏要对着干》(1939,基辅)、《我们决定一切》(1941,莫斯科)、《多瑙河叙事曲》(1941,莫斯科)、《战场与地球》(1944,莫斯科),另外还出版了一本俄文版的诗集。她的诗歌题材广泛,其中最引人注目的是一批爱情诗:《无声的告别》《寄往中国的信》《牛郎》《信念的旋律》《民族之歌》《我的倔强》等,在这些诗歌中,她倾诉了对心上人的爱,这种爱不是花前月下、卿卿我我的儿女情长,而是超越了民族和地域的革命者的情怀,它建立在国际主义的基础上,如同跨越万水千山的彩虹,将东西方紧紧环抱。另外,中国题材的诗也颇具特色,有些是叙事曲,如以抗战为题材的《保卫者》;有些是哲理诗,如《大师与愚者》《两位诗人》,这些作品不仅流露出她对中国文化的浓厚兴趣,而且让人想起布莱希特的"陌生化"技巧和"角色抒情诗",诗人别开生面地通过古代的孔子与老子、李白与杜甫的形象,幽默地表达自己的文化和政治见解。在法西斯主义甚嚣尘上、种族仇恨到处肆虐的背景下,克拉拉的诗筑成了德语流亡文学中一条独特的风景线。

克拉拉毕竟是一个有坚定信念的政治流亡者,在战火纷飞的年代,她要用自己的行动,向革命情侣表明:"我像你一样坚强!"②

---

① 参见朱白兰1958年5月29日的《自白》。
② 参见朱白兰的诗《无声的告别》。

她创作了大量诗歌,除了涉及个人经历的自传性诗歌外,有反法西斯战争的,如《诗人与战争》《致一位年轻的德国士兵》《饥饿之歌》,有反映犹太民族命运的,如《切诺维茨的犹太区》《偏要对着干》《萨达古拉的神奇拉比》,这些诗带有鲜明的政治倾向,虽然谈不上有很高的艺术性,但却体现了一个时代的精神。她还翻译或仿作不同语言的诗歌,包括乌克兰语、俄语、拉赫语、意第绪语、英语甚至汉语的作品,如:北朝民歌《木兰辞》(她称花木兰是中国的"奥尔良贞女")、艾青的长诗《向太阳》(节译)。此外,她还用笔杆当武器为前线服务,给苏联电台德文节目翻译诗歌,为苏军草拟大量传单和宣传品。1943年9月,苏联外文出版社扩大业务,需要新的工作人员,克拉拉为编辑部写各种作品的评价,直至战争结束。

五、踏上寻梦之路

> 佩涅洛佩和古德隆的故事
> 在我心灵中回荡,
> 我只要坚持——
> 与你相聚的时刻就会到来。
> 睁开眼睛
> 我看见你,
> 闭上眼睛
> 我仍看见你。
>
> 向东去,穿过沙漠,

逃向纯净的东方

> 呵,我的道路漫长。
> ……①

这是克拉拉的诗《信念的旋律》的开头。第一句中提到了两个人物,第一个是古希腊神话中奥德修斯的妻子,被视为忠于丈夫的典范,据说丈夫离家二十年,一百多个地方的贵族向她求婚,均被拒绝,第二个是德国中世纪英雄史诗《古德隆之歌》中的人物,古德隆公主与西兰岛国的国王赫尔维希订了婚,却被诺曼底国的王子哈特穆特劫走,古德隆拒绝与哈特穆特成婚,被强迫在海边洗衣,历经13年折磨,仍忠于赫尔维希,最后终于获救。诗中典故的运用,清楚地表明了女诗人对爱情忠贞不渝的信念。正如诗人在《我的丈夫》中讲的那样:

> 我决定继续忠于他,无论分离有多久,我实现了我的决定。

克拉拉在《自传》中写道:

> 1940年,我的故乡被苏军解放,归属苏维埃乌克兰,但我从来没有重访故乡,也没有试图获取永久居留苏联的允许,我只有一个愿望:到中国来与我的丈夫重聚。

---

① 该诗1940年首次发表在《国际文学》上,1960年收入诗集《漫长的道路》时第一节的头两句改为:"轻轻的音响来自辽远的东方/穿过我的心灵";第二节的头四句改为:"越过山脉、河川、道路,/越过海洋和沙漠,/我终于找到回乡之路/来到你的祖国。"

1945年我获准离开苏联,但不是到中国来,而是到罗马尼亚。在我离开之前,我被当时在苏联共产党中央委员会工作的潘友新(Alexander Panyshkin)同志接待过几次,他后来做了苏联驻联合国的大使,现在是苏联驻中国的大使。在罗马尼亚,我曾以"苏联人民的友谊"为题发表过好几篇文章。为了能到中国来,我以后到了法国,在法国,我向国际难民组织进行了登记。我是以逃出希特勒魔掌,应予遣返原籍的难民资格向国际难民组织登记的。当时,我在优秀难民的聚会上曾就苏联人民所表现的友谊作过好几次讲演,曾就美国迫害黑人等问题向法国、瑞士及卢森堡等国的报纸发表过文章,我曾与法国共产党黑人作家艾梅·塞泽尔[1](现任和平理事会理事)取得联系,曾将其诗歌译成德文。我在写作及翻译工作中获得的收入极微,而犹太慈善机关所给予我的资助亦极有限,因此经常遭受饥荒。

　　我一直在设法想获得来中国的签证。当然,我并没有暴露我是一位中国共产党员的妻子的事情,我称自己想来中国看看,想写一本关于中国的书,但仍然没有得到来中国的签证,一直到犹太难民救济委员会犹民遣返委员会从上海写信给我,答应在生活上予以资助,我才获得来上海的机会,但犹民遣返委员会要我答应不作政治活动。1947年8月29日,我到了上海。

---

[1] 艾梅·塞泽尔(Aimé Césaire,1913—2008),法国殖民地马提尼克出身的黑人诗人、作家、政治家,法国共产党党员。

克拉拉带着两个梦踏上来华的路：一是寻找朱穰丞，二是写一本关于中国的书。仅从上面引用的寥寥几百个字，我们很难想象克拉拉来华的艰难。她1945年10月离开莫斯科，1947年8月到达上海，历时将近2年，途中经华沙、布达佩斯、布拉格，前往布加勒斯特，由于当时布加勒斯特没有中国领事馆，不得不又经匈牙利、捷克斯洛伐克、德国到达瑞士，1946年1月，受卢森堡驻苏联使节勒内·布鲁姆（与克拉拉同姓，但非亲戚）邀请去卢森堡，克拉拉希望在该地找到一个职位，当作家或记者，并从那里设法来中国，但得不到这样的职位，当地又无中国使馆，因此于同年4月离开卢森堡前往法国。居留巴黎期间，她写下了一首诗，题为《愤怒的生活报告》，回顾了自己的前半生，表达了生命不止，斗争不息的决心：

母亲是个不显眼的女人，
说话时却满面生辉，魅力十足。
父亲只关注利润！不时哀叹：费用！
梦里还在复核：利率！
人们按照惯常的交易习俗
决定将夜莺和狐狸配对成双。
于是在没有欢乐的夜晚，
婚姻的义务将我带到人世，
作为完全合法生下的庶子。

诞生在欧洲的后楼梯上，
倾向于激情和异想天开，

准备肩负思想的重负，
重负之下还打算跳跃，
我作为火药桶的孩子长大，
浑身是充满爱与恨的炸药。
犹太人的巷子是我先辈的怀抱，
我的祖国是一群彩色的追随者。
至死不渝的倔强是给我的遗产。
我降生在二十世纪，
瓦斯和炸弹的年代。
生命无知地钦佩屠杀，
美失去了动听的声音。
牺牲者的大军环游地球，
表情带着恐惧和愤怒。
精神与梦想之火赋予我的东西
拍打着碰伤的翅膀
撞向世界史被玷污的墙壁。

然而——我的生命并非全是恐惧。
片刻幸福在我的生命中闪闪发光。
在岁月的黑暗的逐猎中飘过
十二个星期——永恒与片刻。
一个远方之子向我伸手，
为我绘出最美的时代转折的图画。
身、心和大脑终于到达目的地。

逃向纯净的东方

十二个星期——嘴贴嘴,额头挨着额头——
我在这片幸福中看见了未来。

我心中留下了他的模样,色彩斑斓,
同时还有世界各族人民组成的图像,
每字每句写着:她找到他,
深信不疑:她照亮一小片黑夜。
命运对我训斥:"不许反抗!"
——等着瞧,看谁更强大:压迫抑或意志?
你盲目的咆哮抑或我的力量?
我贫穷、贞洁和桀骜不驯,
宛如无情的修女进行反击。

受伤了,但我仍健步如飞,
穿过烟雾和噪声、风暴和困境。
我仍一无所获,但想取得一切。
轻快的跳跃——却毫无进展。
人生的一半已经流逝,
依旧面临着:从头开始。
心脏有力地跳动——
要么破碎,要么完好!我决不停步,
疯狂地飞奔,朝着权利和欢乐。①

---

① 参见 Dshu Bai-Lan (Klara Blum): *Der weite Weg*, S.33 - 34。

在巴黎,她撰文报道黑人的疾苦、斗争及成就,但稿费维持不了生活,只好在美国犹太联合救济委员会(American Jewisch Joint Distribution Committee)领取救济,该会接济反动的富人多于进步的穷人,职员侵吞救济款项以饱私囊,对此,她非常不满。经过一年多的努力和等待,她终于办理了无国籍护照,获得犹太援助委员会驻上海机构的担保并取得中国政府的签证,于1947年8月初登上远航的船,在大海上颠簸了四周,途经印度,应印度作家的邀请,在孟买停留了几天,然后到达上海。在《牛郎织女》中,克拉拉描写了女主人公汉娜来华路途的艰辛:

> 当时,边界仍处在二战后无政府状态。每天有数以百计的人进进出出。汉娜不得不跟黑市商人、走私团伙打交道,求助于非法越境的可疑人员带路,路途坎坷,饥寒交迫,救助委员会送给她一大堆旧衣服,这是急需的,因为她已经一无所有,但现在衣物又太多了,而钱却不足以买口粮充饥,必须卖掉一些,为此又要无穷无尽地奔跑……
>
> 到了巴黎,申请中国签证又是一个不断的循环。从国际难民委员会到犹太人援助委员会,从犹太人援助委员会到医生,从医生到法国长官衙署,从法国长官衙署到中国使馆,从中国使馆到国际难民委员会——直至无穷尽。尤其糟糕的是,社会上弥漫着一股别有用心的反共产主义的恐怖,只要稍微说一句苏联不要战争,就会被人看作是共产主义的特务。甚至在左派圈子里也有一种几乎不加掩饰的仇外情绪。在苏联生活了八年的人,那是多么危险!谈论个人的私事也是一件尴

尬的事情。——"您多长时间没有见到您丈夫了?"——"八年了。"——"您跟他在一起的时间有多长?"——"四个月。"——这时,她看见的是同情的、异样的、往往带有嘲讽的脸。

小说中的这些描述,没有亲身体验,是不可能写出来的。关于汉娜与张牛郎的关系,汉娜在一则写给牛郎的日记中称:

> 我始终不渝地自称是你的妻子,其实这是一种犹太人的放肆行为。我感觉自己就像已故的拿破仑,自己给自己戴上皇冠。实际上,用维也纳的话说,我和你只是小有关系而已。
> 然而,你是我的丈夫!任何的婚姻登记处都不可能像我那样将我们的婚姻看得如此神圣。

小说中汉娜还有另外一则日记,那是一个男性同胞劝她不要空等牛郎,试图跟她亲近,她断然拒绝后写下的:

> 恋人的浮想联翩常常比冷漠者的嗤之以鼻包含着更深刻的真理。无论是人类中还是个人的身上都隐藏着胆怯的、枯萎的可能性,这种可能性是任何缺乏爱的人无法猜到的。牛郎,如果今天你想自我炫耀一下的话,那就是,我将对你忠贞不移,即使分离五年、十年,即使所有聪明人报以讥笑:"怎样的自我欺骗!怎样的幻想!"
> 幻想?——我要将它变成现实。

这些日记,既是小说女主人公汉娜的爱情表白,也是小说作者克拉拉从心底里发出的声音。

初到上海,克拉拉只能靠剩余的路费维持生活。为了生存,她曾通过联合国教科文组织(UNECO)巴黎办事处请求找一份工作,教科文组织将她介绍给胡适和当时正在南京召开的一个教育会议的领导委员会,1947年9月她持信前往南京,但遭冷遇,无功而返。在上海,她认识了在救济总署工作的奥地利共产党员严斐德(Fritz Jensen,1903—1955)[1],严斐德也是犹太人,见她生活困难,主动借给九十元美金,以解燃眉之急。她一方面卖文为生,另一方面寻找朱穰丞,并为写小说收集材料。她曾在上海犹太人俱乐部作过反帝斗争讲演,曾与俄国的《每日新闻》报的专员洽谈,曾给共产党在香港出版的《中国文摘》投稿,曾在美国犹太报纸上发表关于中国女工的诗。通过民主德国作家的介绍,她成为世界笔会的会员,凭这个身份,她于1948年9月被同济大学聘用为德文教授。当时,同济大学的学生运动进一步开展。一批批学运骨干陆续进入解放区,参加了第一条战线的斗争;广大留校同学在地下党的领导下,坚持在第二条战线斗争。克拉拉在教学中结识了一些进步学生,她在《自白》中写道:

> 1948年,我在同济大学讲授德国文学。我选择了革命诗

---

[1] 严斐德,奥地利共产党员,医生,作家,出身于犹太家庭,1939年来华从事战地医疗救护工作,抗战胜利后,严斐德参加联合国善后救济总署华北分署的工作,1948年返回维也纳,在奥地利共产党机关报《人民之声》当编辑,1953年作为记者再次来华,1955年4月去万隆参加亚非会议采访工作,被国民党匪徒谋害,飞机失事而牺牲。

歌作为教材，并且讲述了马克思与海涅之间的友谊。这样，我便与人民民主学生地下运动的几个成员建立了联系。他们来我的房间做客，问我是不是共产党员。我回答："我不是，但我丈夫是。"他们问我，是否愿意跟一批学生秘密渡过长江去老解放区。我兴奋地表示愿意。几天后，他们又来了，解释说"不行"，我是外国人，太引人注目了。我非常失望，立即又回想起1938年和1944年的失望。

克拉拉没有能够去解放区，而且在同济大学也只工作了4个月就被解聘了。一个当时偶然认识她的中国人40年后有这样的回忆：

> 那时我仍旧住在新绿村，晚饭常到北四川路底的一家小餐馆里去吃，日子一久，发现有一位穿着朴素、外貌忠厚的40来岁的外国妇女也经常来这家店就餐。她每次总是边吃边全神贯注地阅读一些文艺书刊。这就引起了我的注意，我们很快就熟悉起来。她那浓重的德国口音的英语当年在虹口一带是经常可以听到的。她告诉我，她叫Klara Blum，在同济大学教德文。一天晚饭后，她邀我去她家喝咖啡。她住在附近同济大学宿舍里，室内陈设简陋。她来中国，是为了寻找丈夫，但一直没有得到音讯。随后她捧出一堆书，有七八本，全都是诗集，有英、德、法、俄各个文种。其中有的是收有她的诗作的选集，有的是她个人的专集。有一本由世界笔会编辑出版的反法西斯战争的英诗选，翻开来第一首就是她的作品。当时我几乎不敢相信，面前这位如此朴实无华的妇女，竟然是一位

诗人。不久她也被学校解聘了,搬住到提篮桥联合国救济总署的国际难民营里,靠微薄的一点救济金过日子。①

上海虹口区提篮桥一带在二战时是犹太人隔离地,居住了2.5万犹太人,大战结束后,犹太难民陆续离去,留在上海的已经不多。设在那里的难民营,成了克拉拉在上海的落脚点。

谋生的同时,克拉拉四处寻找朱穰丞。1947年10月,她从郭沫若那儿打听到,有一个叫朱穰丞的同志于1938年5月到达延安,但除此以外他什么也不知道了。1948年7月,她写信给夏衍,但没有得到回复。她在上海见到了在莫斯科认识的胡兰畦,但胡兰畦不知道朱穰丞的下落,她告诉克拉拉,在香港工作时,发现《大公报》上有一条广告:"胡兰畦,我迫切希望跟你谈谈,TRU。"TRU是朱穰丞在苏联时用过的名字,胡兰畦在报上登了个答复,说明在某时某咖啡室等候他,可是没人来,从此以后,没有得到一点关于他的讯息。后来,听说朱穰丞在1946年离开苏联,到达我国新疆时被国民党反动派杀害了。克拉拉不相信是真的,认为这是为了防止朱穰丞行踪泄露而故意掩盖事实的解释。克拉拉找到朱穰丞的老友罗鸣风,罗鸣凤对朱穰丞年轻时的情况最为熟悉,在克拉拉情绪低落时总是鼓励她,但是他也只能如实说,朱穰丞失踪了。克拉拉打听到朱穰丞家人的住地,找上门来,朱穰丞的妻子王季凤见来了外国人,不知道她是什么人,不敢接待,她说在莫斯科认识朱穰丞,可是讲不出朱穰丞的任何情况,连住址也不知道,只是说,朱

---

① 林天斗:《忆国际友人朱白兰》,《解放日报》1990年2月6日。

逃向纯净的东方

穰丞1938年给她打过电话,以后就没有了消息。王季凤心想,这个外国女人一定是找错人了。因此当外国女人想看看朱穰丞的照片时,她找出朱穰丞年轻时拍的一张侧面照。克拉拉一看照片就喊道:"就是他!"克拉拉紧紧地拿着照片,恳求道:"送给我吧!"这时,王季凤气得连话也讲不出来了,尽管如此,她还是答应了她的要求。[①] 这张照片,一直陪伴着克拉拉,直到她去世。

此时,解放战争已进入第三个年头。为了寻找朱穰丞,朱白兰在同济学生的鼓励下于1948年12月前往北平,并顺带去了天津。在那里,克拉拉既没有遇见朱穰丞,也未找到可证明自己身份的人,但她见证了北平的和平解放,并且开始了《牛郎织女》的创作。朱白兰在《自白》中写道:

> 我前往北京,因为我推测这座城市即将解放。我没有钱,十分饥饿。1949年1月,北京城外的两座大学解放了,燕京大学和清华大学。我乘坐一辆三轮车越过前沿界线到人民民主的一边。我希望能立即遇见我的丈夫。但人民民主的当局拒绝接待我。此后不久,北京和平解放。我回到北京城里,再次试图找当局,但没有人接待我。这时,我的小说在脑海里已经形成。尽管受着可怕的饥饿的折磨,我开始将它写下来。
>
> ……
>
> 我住在一间廉价的旅店里,但最后我还是付不起房租,被赶了出去。由于持续营养不良,我患了严重的肠胃痛,其后果

[①] 姚芳藻:《失踪在莫斯科》,《上海滩》1990年第3期。另见搜狐视频纪实栏目《消失在莫斯科的人》。

我今天仍不得不忍受着,当时,我请了一位中国的女医生来看病,我躺在床上,被疼痛折磨着。但是,因为我无论在什么情况下都不错过看报纸,所以,我了解到刚开始的任何时代中最伟大的运动:世界和平运动。

  1949年6月一个炎热的傍晚,我的肠胃痛减轻了。我有兴趣继续写我的小说。但是,随着小说的延伸,我不得不决定,我在创作时应当跟共产党确实保持迄今为止的距离,或者应当像1934至1944年那样与她保持认同?正如1944年时那样,我的内心里又一次产生普遍经验与个人经验之间的斗争,但是这次的结果是相反的。普遍经验战胜了个人经验。我决定,在全部意义上按照进步的思想写《牛郎织女》。

1949年8月,朱白兰带着未完成的书稿重回到上海,此时,上海已经解放。她从上海的犹太难民遣返联合委员会那里领取救济,信件也只能通过上海犹太难民的邮箱转交。次年3月15日,她的小说创作终于完成。她在给德意志民主共和国格赖芬出版社的信中写道:"我的小说展现了上海的商人、革命的话剧演员和大学生,展现了苦难中的苦力及其不可摧毁的才智,展现了人民解放军的战士,他们对平民百姓采取兄弟般和关怀备至的态度决定了他们的胜利。它还展现了人民的社会梦想,这些梦想构成了美丽动人的童话,展现了解放区农村里分田地和自主管理的实现。我感到幸运的是,我经历了这一切,并且可以进行塑造。"[①]1950年8

---

① 《致卡尔·迪茨的信》,1950年2月22日,转引自 Zhidong Yang: *Klara Blum - Zhu Bailan (1904-1971)*, S.167。

月,克拉拉为找出路向人借了路费再次去北京。① 她找到作家协会,出示了上海分会的介绍信,但被赶了出来。到人民政府外事部门求助,但被要求返回上海。10月,她回到上海,又陷入饥饿的困境,这时候,犹太难民遣返联合委员会和国际难民组织停止了对她的接济。在胡兰畦的帮助下,她在贵州路291号的一间佛教庙宇找了个栖身之所。在生活极端困难的情况下,她把自己的小说初稿修改了一遍,于1951年1月寄去格赖芬出版社。小说7月付印,11月16日出版。② 在这部小说中,克拉拉运用现实主义手法,叙述了波兰籍犹太女作家汉娜和中国话剧导演张牛郎的爱情故事,全书由四部分组成。第一部分的标题是"上海的幻想者",描写20世纪二三十年代的上海,洋行职员张牛郎业余从事戏剧活动,为了心中的梦想,离开家人前往法国。第二部分写男女主人公相识于莫斯科,陷入恋情,相处4个月后男主人公失踪,标题是"幸福的时刻"。第三部分以日记体的形式,倾诉两人分离后的生活、工作和思念之情,重点写牛郎在延安、重庆参加抗战,汉娜跟托派分子的斗争以及来华的过程。第四部分,描述汉娜在上海找到牛

---

① 林天斗:《忆国际友人朱白兰》,《解放日报》1990年2月6日。
② 从朱白兰的通信中可以得知,《牛郎织女》11月16日出版。仅隔3天,民主德国的文学与出版事业管理局就下令停止销售,理由是书中对莫斯科流亡生活以及奥地利干部蒙梯尼的负面描写引起有关方面的不满,并指责小说带有隐射的性质,背离了现实主义创作原则。12月4日,出版社写信给克拉拉·布鲁姆,希望她对小说进行修改,克拉拉于12月24日回信,据理反驳指责,拒绝修改蒙梯尼这个形象,并建议出版社请态度客观的文学专家对小说进行评审。直到次年5月,朱白兰仍为此事写信给出版社。在此期间,出版社也写信给民主德国的多位著名作家,甚至致信总统威廉·皮克。最后,在皮克的干预下,出版局于1952年5月2日取消了禁售令。参见Zhidong Yang(Hg.): Klara Blum, kommentierte Auswahledition 收入的朱白兰致迪茨先生的信件以及注释,另见Zhidong Yang: *Klara Blum - Zhu Bailan (1904-1971)*, S.46-47。

郎的家人,并见证了北平的和平解放。这是一部自传体小说,融入了作者的许多经历,但是,小说本质上是文学虚构,书中关于张牛郎出国前和回国后的活动,只是作者根据收集的素材展开的文学想象。在小说中,克拉拉安排了一个"恋人重逢"的浪漫结局:汉娜在梦幻中见到了牛郎,他深夜回家,见到了妻子、儿子和汉娜,但天亮前必须离去,因为他仍在从事地下工作。

诗人用这种诗意的方式,圆了长达13年的寻夫梦。

六、从上海滩到珠江畔

新中国成立的初年,社会经历了翻天覆地的变化,老百姓为解放而欢呼雀跃,同时不得不忍受新政权诞生的阵痛。小说《牛郎织女》中的汉娜对新中国的诞生充满了希望,现实中的诗人却几乎已陷入绝境。朱白兰在《自白》中写道:

> 我返回上海,挨饿,挨饿,挨饿。1951年1月,我将小说的书稿寄去民主德国。我想,3月1日之前还得不到工作,我就自杀。
> 但是,在3月1日,我得到了工作。

这应了中国的一句古诗:山重水复疑无路,柳暗花明又一村。

> 1951年1月,我到上海市民政局,把我的困境向他们申述了一番,民政局马上与夏衍同志取得联系,夏衍同志向民政局证明我确系朱穰丞的妻子,于是,我得以烈军属的名义向民

政局进行登记,换言之,承认我是一个地下共产党员的妻子,因而得到民政局的救济。(《自传》)

在上海市民政局接待她的,是一位名叫刘德伟的女同志。朱白兰在自己的履历书中充满感激之情地写道:"刘德伟于1951年当我十分困难时,调查了我的情况,她的工作认真负责,和蔼,诚恳,我感到非常敬佩、感谢、满意,而同时,这种感觉是对人民政府的,因为她的工作态度,正是人民政府要求的工作态度。"3个月后,民政局会同人民政府外事处给她找到一份工作,从此,克拉拉迎来了新的生活。

1951年3月,我到上海外文专科学校担任图书馆馆员的职务,同年11月,我的小说在德意志民主共和国出版。1952年1月,我取得工会会员的身份,同年2月,华东军政委员会特派我到复旦大学担任德国文学教授。本年9月又把我转派来南京大学任教。在我取得中国国籍的问题上,复旦大学给予我很大协助。我现在期望着国籍问题能早日解决。(《自传》)

这里提到的上海外文专科学校,全称华东人民革命大学附设外文专修学校,即上海外国语大学的前身。克拉拉写下这段文字的时候,已在南京大学外文系工作,住在南京大学旁边的南秀村,生活条件大有改善。她的身份仍是无国籍外国侨民,但是,已在使用一个中国名字:朱白兰。关于这个名字,她曾专门以书面的形式向组织说明：

> 负责同志：
>
> 我的丈夫的名字是朱穰丞。我自己的名字是 Blum，译成中文就是白兰。因为我的丈夫是一个共产主义的斗争者（共产党员，上海市人民政府知道得很清楚），所以我被上海民政局认作光荣军烈属，并以朱白兰这个名字来登记的。作为一名有夫之妇，我甚喜欢将我的自己的名字与我丈夫的姓连写在一起。故我请求你们也不要把我的名字如以前那样老写成白兰，而是写作朱白兰。

克拉拉用朱白兰的名字于1952年6月在复旦大学人事科和上海江湾区公安局申请加入中国国籍，1954年6月获准，从无国籍侨民成为中华人民共和国公民，完成了身份的转变。在这个过程中，军烈属身份的认定无疑起了决定性作用，但首先还是出自她内心对中国的归属感。早在她决定来华时，她已将这看作"回乡之路"①，如今，更增加了对共产党领导的新中国的政治认同。她将《牛郎织女》的全部稿费捐给了民主德国援朝基金会，并且在南京大学职工履历书中写道：

> 我拿自己的成绩和别的进步作家比较起来，很是惭愧，因为他们许多都写过15到30种著作，但是，也许还可以补救

---

① 参见朱白兰诗《信念的旋律》。

的。自1949年起,我认清了只有在共产党的领导下才能达到持久和平与为下一代谋取幸福生活。我要照着这条路继续工作,不辜负我的中国国籍。

为了实现自己的诺言,她把精力投入教学,但在文学创作方面,没有新的建树,除了在民主德国的期刊上零星发表了几首诗外,主要是向德语读者介绍中国的文学。她受北京外文出版社委托先后翻译了《王贵与李香香》(1954)和《龙王的女儿——唐代传奇十则》(1955)[1],为德文版《黄河的精灵,中国民间故事》(尉礼贤译,1955)写后记[2],与迪茨合作选编出版了中国短篇小说集《中国的十日谈》(约翰娜·赫茨菲尔德译,1958)[3]。

在此期间,朱白兰曾一度情绪低落,个中缘故,她在《自白》中有所透露:

> 秋天,我的小说在民主德国出版了。主管文学与出版事业的部门写信给出版社指出,我的小说是反帝的,拥护苏维埃的,进步的,但包含了一个反面的共产党员形象,因此明显背离了社会主义现实主义。
>
> 我的小说是第一部关于新中国的德文小说,但所有报纸

---

[1] 德文书名:*Die Tochter des Drachenkönigs*, *Zehn Geschichten aus der Zeit der Tang Dynastie*, Beijing 1955。
[2] 参见 Zhidong Yang:*Klara Blum*, *kommentierte Auswahleditio*, S.607,注释77。
[3] *Das chinesische Dekameron*, *Reihe der "chinesischen Bibliothek"*. Hrsg. v. Klara Blum und Karl Dietz, Greifenverlag zu Rudolstadt 1958,参见 Zhidong Yang:*Klara Blum - Zhu Bailan* (*1904 - 1971*), S.235。

和杂志都保持死一般的沉默。

一年半后,关于新中国的第二本德文书出版,魏斯科普夫①的《广东之行》。这本书受到苏联和民主德国新闻界的欢呼,得到应有的高度赞扬。我读了书评,对于中国人民的成就在欧洲广为人知感到由衷高兴,同时也因为受伤的荣誉感而痛苦。

"忘记你的小我吧,"我对自己说,"想想各族人民友谊的胜利。"但是,我给自己的回答是:"如果牙痛,又怎能忘记牙齿?"

早在1952年4月7日《真理报》就发表过一篇文章,题为《戏剧性与生活的真实》,严厉批评无冲突的文学,并且强调作家有义务,将我们队伍中存在的反面典型作为可怕的例子进行描写。

但是,再经历了五年之后,我的小说才得到公开认可。②

在此期间,我说:"我已经感到非常厌烦。我不想再当作家,我只想成为一名教师,其余什么也不是。"

朱白兰是个自尊心很强的人,民主德国文化部门奉行的所谓"社会主义现实主义"以及对《牛郎织女》的处理,严重挫伤了她写作的积极性。但是,她不是一个轻易言败的人,她只是暂时放下笔

---

① 魏斯科普夫(Franz Carl Weiskopf, 1900—1955),德语作家,无产阶级作家同盟成员,1950—1952年任捷克驻北京大使,1953年移居东柏林,成为民主德国作家协会主席团成员,1953年在柏林发表《广东之行》。
② 1957年,利翁·福伊希特万格(Lion Feuchtwanger, 1884—1958)首先为《牛郎织女》写了书评,发表在《格赖芬年鉴》上。

杆子，让才华绽放在讲台上。朱白兰喜欢教师这个职业，而且也不缺少从教的经历，她教学认真，工作严谨，改作业一丝不苟，当时同学们都很尊敬她，又都有点怕她，因为她不称学生为"同学"而只称"同志"，她在课堂内外讲的是无产阶级文学，唱的是工人阶级的战斗歌曲"兄弟们，向太阳，向自由"，①穿的是非常时尚的蓝布列宁装。② 她不仅真心拥护中国共产党的领导，而且想成为共产党的一员。她甚至提出了入党申请，但没有被接纳。

> 1954年，我成为中华人民共和国的公民。此后不久，我写了参加中国共产党的申请。这时，发生了一些事情，如雷电击中了我。(《自白》)

什么事情令朱白兰感到像被雷电击中呢？这要从高校院系调整谈起。20世纪50年代初的高校院系调整，并不是简单的专业和师资调整，而是一场"破旧立新"的社会主义改造运动，正如当时《人民日报》社论指出的："旧中国的高等教育制度基本上是为帝国主义和反动统治服务的，是半殖民地半封建社会的产物""如果不对旧的教育制度、旧的高等教育设置加以彻底的调整和根本的改革，就不能使我们的国家的各种建设事业顺利进行。"③在此之前，学校中已开展了一场暴风骤雨式的思想改造和组织清理工作。1952年，朱白兰调入南京大学，同时调到南京大学的还有同

---

① 张佩芬：《一个不该被遗忘的"外国人"》，《中华读书报》1998年10月21日。
② 宗道一：《杨成绪：与德国女教师的情缘》，《大地》1999年第4期，第55—58页。
③ 《人民日报》社论，1952年9月4日。

济大学、复旦大学的一批德语师资,其中包括陈铨、廖尚果等人,原中央大学的商承祖任外文系主任,陈铨任德国文学教研室主任。陈铨是尼采哲学的信徒,他的"英雄崇拜"与朱白兰的"无产阶级觉悟"本来就格格不入,随着政治运动的升温,两人之间的关系也恶化起来。她认为,陈铨"使用资产阶级的教材,向大学生宣扬不道德的生活方式",拒绝加入陈铨领导的教研室,不参加教研室的会议。"朱、陈之战"延续了 10 个月。1955 年夏镇压反革命的运动中,陈铨受到尖锐批判,但安排他担任室主任的校、系领导没有做自我批评,朱白兰感到失望。(见朱白兰《自白》)

另一件事情也使朱白兰十分沮丧。1956 年 9 月,中国共产党第八次全国代表大会召开,朱白兰和商承祖被请去北京参加大会报道的翻译工作。她感到非常幸福,因为这是莫大的信任和光荣。但是,她在北京很短时间就回到南京。朱白兰回南京的原因,有两种说法。一种说法是,在翻译工作中,朱白兰采取意译的方法,而商承祖主张逐字逐句直译,两人发生激烈争论,朱白兰觉得无法再合作下去,放下工作打道回府。[①] 另一种说法,就是朱白兰在《自白》中写的,她被送回南京,于是怀疑商承祖针对自己搞阴谋。她问领导同志是何原因,领导说:"因为您不愿意别人对您的翻译进行任何改动,拒绝一切修改建议。"她感到很吃惊。"没有人对我提过修改建议。"她解释说。但无人相信她的话。这个经历像刀子一样插在她的脑里。在两种说法中,后一种似乎更符合朱白兰的性格。因为,前一种情况纯属工作中有意见分歧,朱白兰不至于要

---

① 参见 Zhidong Yang: *Klara Blum – Zhu Bailan（1904 – 1971）*, S.51。

求调动单位,并且到了中山大学后仍耿耿于怀,向组织投诉。只有当她感到不被信任或受到不公正待遇的时候,才会如此愤慨和过激。当然,这当中不排除朱白兰对校、系领导有很深的误解和成见。

还有一个人物在朱白兰的生活中投下了阴影,那就是民主德国官方派来的德文教员京特·格雷费(Günther Gräfe)。这位教员不仅缺乏学术造诣,而且待人傲慢,在朱白兰看来,他甚至有反犹思想,而领导在处理两人的矛盾时,对格雷费有所偏袒,这使她感到孤单。朱白兰似乎觉得南京大学工作落后于全国,自己力求进步却得不到理解,不想继续待在南京大学,便向教育部打了调动工作的报告。①

1957年春夏,中山大学外语系增办德语专业,朱白兰从南京调到广州,成为广东省高校首批德语教师之一。1957年8月21日,她从广州写信给迪茨说:"但愿我能一直留在这里,直至生命的终结。"②她心中的愿景,果然成了现实。

值得注意的是,朱白兰从南京大学调往中山大学时,正值整风"反右"运动。她到中大不久,就向校方提交了两份书面材料:《自白》和《我的丈夫》。前者谈的是她对共产党的认识,从内容上看,带有一种自我检讨的性质,虽然没有什么歌功颂德或表忠心一类的话,但字句中看得出她对中国共产党的认同;后者则主要涉及她

---

① 参见 Zhidong Yang: *Klara Blum - Zhu Bailan (1904 - 1971)*, S.50。另见朱白兰1957年3月18日致迪茨的信,参见 *Zhidong Yang (Hg.): Klara Blum, kommentierte Auswahledition*, S.533 - 534。
② 朱白兰1957年8月21日致迪茨的信,同上,第535页。

个人的诉求,她写道:

> 1955年12月我写信给夏衍同志询问我的丈夫。一个年属五十四岁又是一个有名的文化领导者应该改为地上工作了。但我写道,如果需要他继续他目前的工作,我了解并尊重这种需要,为了进步和社会主义而忍受最长的分离。
>
> 我在这里向我校当局再说一遍,我并不问任何人关于我丈夫的下落,同时绝对尊重他的隐蔽工作的秘密。正因为由于这种保留,我才想提出一些试探性的请求。

她有什么试探性的请求呢?归结起来有如下三点:一是能否在绝对秘密的情况下和丈夫相会。二是如果不行,能否得到他的一封信。三是如果见面或来信都不行,"我请求同志们让他知道我在何处,也让他知道我将忠于他直到我死去。同时我在诚实地工作着。在此,我恳切地请求同志们在我的丈夫一旦转来地上工作时,尽快让我知道"。

朱白兰到广州后就向组织提出这样的请求,是因为她觉得,在广州有两个人也许能够帮助她:一个是冯乃超,时任中山大学的副校长,另一个是洪遒,时任中国作家协会广东分会秘书长,他们两人都认识朱穰丞。朱白兰希望通过他们知道朱穰丞的去向。她的要求一点儿也不过分,甚至可以说是低得不能再低。但是,无论是冯副校长还是洪秘书长,在寻找朱穰丞这件事情上都显得爱莫能助。幸运的是,在生活和工作上,学校为她提供了良好的条件。她住在康乐园西区的一栋独立小别墅里,面积不大但环境幽静,家

逃向纯净的东方

具是学校提供的,虽不豪华但很实用,屋门外钉着光荣烈军属的红色牌子,从住处到外语系的教学楼是一条平坦的林荫道,家里有一位贴心保姆照顾生活,教室里面对的是勤奋谦逊的学生,同事中有从南京大学带来的高足,各级领导对她也十分尊重,虽然没有任命她担任行政领导职务,但安排她任系务委员会委员、学术委员会(社会科学)委员。这一切都调动了朱白兰的教学积极性。此外,在经历了整风"反右"运动后,中国迎来了"大跃进"年代,为了繁荣文艺创作,文化宣传领导部门鼓励和组织文艺工作者到工厂、农村体验生活,这也点燃了朱白兰的创作热情。在作家协会和有关单位的协助下,朱白兰通过采访,收集了三元里抗英和香港海员大罢工的情况,并且修改在南京时已动笔的作品,很快完成了中篇小说集《香港之歌》,并且开始创作《命运的战胜者》。她在给出版社的信中写道:"我个人认为,海员小说不仅写得很好,适宜发表,而且适合在工人的文化晚会上朗读,甚至改编成戏剧。它尤其可以用于激发对帝国主义者的仇恨和对中国工人的热爱。"[1]1959年春夏,《香港之歌》如愿以偿在民主德国格赖芬出版社出版。经过一番周折,朱白兰甚至获准应邀前往民主德国,参加出版社成立40周年庆祝活动。她得到邀请方的热情欢迎,被安排在柏林、魏玛、耶拿等多个城市参观访问、作报告、朗诵作品。这是朱白兰来华后首次,也是最后一次出国。回广州后,朱白兰将签了名的样书送给作协广东分会,同年9月,她被吸收为中国作家协会广东分会会员。次年,她的诗集《漫长的道路》在东柏林出版。

---

[1] 朱白兰1958年8月8日致迪茨的信,*Zhidong Yang（Hg.）: Klara Blum, kommentierte Auswahledition*, S.539-540。

从《香港之歌》中可以看出，朱白兰的创作已经从小我转化为大我，更多地关注和描写中国普通老百姓的命运。该书收入5篇中篇小说，它们分别是描写三元里农民抗英斗争的《燃烧的权利》、反映香港海员大罢工的《香港之歌》、描写抗日战争期间民间工艺大师的命运的《剪纸大师的复仇》和描写中国妇女在新中国成立后的翻身解放的《三个正义的妾》，最后一篇小说《13是个吉祥数字》则以朱白兰最为熟悉的教育战线作为背景，再现了新中国成立初接收教会学校后高等学校中的复杂局面。饶有趣味的是，在《香港之歌》这部中篇中，朱白兰运用了戏拟的修辞方式，在广东音乐的曲调《步步高》中填入革命的词句，作为海员罢工的战斗歌曲。熟悉广东音乐的人都知道，《步步高》不是进行曲，作为轻音乐，旋律轻快而热烈，尤其适合在交谊舞会上用于跳快四。这首乐曲受到朱白兰的青睐并被用于作品中，可见她当时的心情是跟《步步高》一样欢快的。总的来看，小说集以中国人民反帝反封建的革命斗争为主线，时间跨度涵盖了从鸦片战争到新中国成立的100年历史，题材涉及中国社会农、工、商、学各个领域，如此宏大的叙事，在我国文学创作政治化的背景下，再加上作者并非本土作家，而是"外乡人"，缺乏亲身体验，创作中多从政治理念出发，因此在事件的描写和人物的塑造上都不免带有概念化的倾向，但是，在中外文学关系的研究中，小说中的"中国形象"仍然具有独特的价值。

朱白兰接着又开始了长篇小说《命运的战胜者》的写作。在创作方法上，它跟《香港之歌》相同，但出版的命运却大不相同，由于意识形态的分歧，最终未能面世，只有部分章节发表在民主德国

逃向纯净的东方

的文学刊物《新德意志文学》(1961年第10期)上，标题是《彩色身影的苦力》①。这部小说在某种意义上可以说是《牛郎织女》的续篇，首先，在时间上，故事的情节从1948年延续到1959年，涉及土地改革、三反五反、农业合作化、高校改革，特别是整风"反右"和"大跃进"等一系列政治运动；其次，从人物上，《牛郎织女》中的汉娜也出现在这部小说中，牛郎虽然没有正面出场，但从人物的交谈中，读者知道他仍然生存，并且是个高级别的中共党员。② 在创作过程中，朱白兰曾经去当时广东的模范县新会了解农村情况，也曾回上海收集素材。她给小说加上了一个副标题"来自新中国的马赛克小说"，表明书中内容就像拼图一样涉及新中国社会的方方面面。1961年6月29日小说脱稿，朱白兰把它作为"七一"礼物，献给中国共产党诞生40周年。③ 书稿寄去了柏林的建设出版社。1962年，德国出版社来函要她删去作品中的斯大林名字，并称作品有些粉饰太平，说中国的反革命活动很多，作品没有反映出来，要她修改补充后才能出版。她答复说：斯大林名字可以删去，因与作品原意无大关系，但声明她对斯大林的评价与中共一致，至于其他内容，她不愿意修改。她主动向民主德国出版社索回了书稿。

在这里，笔者无意对朱白兰的作品进行全面深入的分析，这也不是本文的任务，只想指出：朱白兰毕生的创作，她的诗歌以及小说《牛郎织女》《香港之歌》和《命运的战胜者》，为我们提供了珍稀

---

① „Der Kuli mit den bunten Schatten", in: *Neue Deutsche Literatur*, 9(1961), Nr.10.
② 参见 Zhidong Yang: *Klara Blum - Zhu Bailan (1904-1971)*, S.192-193。
③ 朱白兰1961年8月3日致多琳卡的信，参见 Zhidong Yang (Hg.): *Klara Blum, kommentierte Auswahledition*, S.547。

的文学标本。通过研究这些标本，人们也许得出的结论会有霄壤之别，但无论是褒还是贬，它至少让我们清楚地看到：19世纪末到20世纪70年代（关于这个时代，伟大的思想家们有过许多经典的论断），一个出生于西方资本主义社会、继承欧洲工人文学传统的犹太女诗人，如何在法西斯浩劫中经历流亡生活和战争洗礼，继而在半殖民地、半封建的中国，认同共产党的政治领导，在激情燃烧的岁月中用自己的作品为中国文学，同时也是为世界文学的画卷留下浓重的一笔。

七、"我是中国人"

朱白兰以中国为第二家乡，诚心诚意做一个中国公民。当周围的人好奇地看着她的蓝眼睛、灰白头发时，她总是自豪地说："我是中国人。"

了解朱白兰的人，无论领导还是群众，对于她在"经济困难""备战备荒""反帝反修"中的表现，没有不交口称赞的。虽然她在物资供应匮乏时也会发几句牢骚，说："莫斯科在战争年头尚有巧克力糖供应，现在中国市面上都买不到。"但是，外国有些朋友要寄东西来，她回绝了。她要跟中国的普通老百姓一道共渡难关。朱白兰患有胃病，体质较弱，生活困难时期曾晕倒过，但仍坚持工作。1962年，她知道国家要紧缩开支，就几次提出将自己的一部德文打字机送给学校。她说，作为公民有义务帮助国家更快些克服困难。台海两岸关系紧张，台湾当局派遣武装特务窜犯沿海地区，她很气愤，在控诉大会上表示：要以一个公民的身份与同志们一起，击败蒋匪阴谋。

逃向纯净的东方

1963年8月27日,美国黑人学者杜波依斯博士逝世,毛泽东发去唁电,支持美国黑人反对种族歧视的斗争。朱白兰特地撰文介绍这位黑人作家。她把文章交给了校党委,学校学报编委会认为对国际问题评价要慎重,经请示把稿件送中国保卫世界和平大会,拖了半年没有消息,她觉得论文"被一个神秘的黑黝的无底洞吞没了"。当她看见论文在《中山大学学报》上发表了时,才松了一口气。她曾表示支持古巴革命和殖民地人民的民族解放运动,表示拥护我国政府援越抗美的各项声明,并捐款支持越南人民的反美救国斗争。

1964年5月26日,面对国外的反华浪潮,她在《人民日报》上发表诗歌《明镜》,歌唱中国人民建设社会主义的热情,驳斥一些作家对中国的诽谤。

1965年夏天,中山大学外语系的高年级师生下乡参加农村"四清"运动,她要求随同下乡,为写作搜集材料。1966年,"四清"运动尚未结束,"文化大革命"就爆发了。朱白兰跟许多人一样陷入了迷惑和恐惧。在一位女生的热心帮助和陪同下,她乘渡轮悄悄离开校园,经过几个岗哨的盘查,住进了海珠广场旁的华侨大厦。事后,她用自己喜欢的方式,以照片相赠,答谢这位女生的帮助和关心。[①] 在外语系的教授当中,朱白兰不属于"反动学术权威",没有遭到批斗,也没有受到囚禁,但在"怀疑一切"的思潮下,也曾被怀疑"里通外国"而受到群众审查。从1968年朱白兰给国外友人的信中,我们很难看到她对"文化大革命"的真实感受和看

---

① 参见祝静钿:《"文革"回忆》,载区鉷主编:《思华年》,中山大学出版社2014年版,第56页。

法。她在信中只是提到"文化大革命"的"成果"——《红灯记》《智取威虎山》等样板戏,介绍贴在信封上的精美邮票,谈及自己正在为奥地利杂志《红旗》翻译毛泽东诗词。①

国外发表的朱白兰研究中,有一种说法,认为朱白兰在"文化大革命"中被怀疑是"外国间谍",感到孤独和无助,对中国的归属感被彻底摧毁了,她不再知道自己的归属。虽然尽了一切努力,她始终是外来人、局外者。她想成为中国人,穿中国式的衣服、讲中国话,接受中国的习惯,有一个中国的名字和中国的身份证,但这一切都不再有用,她对于自己不被中国人接纳和认可,不能属于他们而陷入最深切的悲哀中。虽然街委会后来取消了他们的怀疑,通知她说搞错了,但这种失望对于她来说是毁灭性的。② 这种说法,如果不能拿出事实来证明,恐怕只能算是一种主观的猜测。如果朱白兰有在天之灵,是要提出抗议的。

朱白兰生前对系里的人,无论是领导、同事,还是学生,都用"同志"来称呼,因为这种称呼表明的是政治上的志同道合。年长的同事,出于尊重称她"朱先生",学生们称她"朱老师",校园里的孩子们遇见她喊"朱奶奶"。她是新中国高校第一代执教的日耳曼学者,元老级的德语教师,培养了一代又一代德语工作者。中山大学德语专业开办之初,师资不足,亟须培养年轻教师,以德语为母语并有深厚文学修养的朱白兰担当此重任。她布置年轻教师精读革命作家布雷德尔的名著,并利用晚上的业余时间进行辅导,不

---

① 朱白兰1968年2月26日致克拉拉·魏宁格尔的信,参见 Zhidong Yang (Hg.): *Klara Blum, kommentierte Auswahledition*, S.553-554。
② 参见 Zhidong Yang: *Klara Blum - Zhu Bailan (1904-1971)*, S.61-62。

厌其烦地答疑,使年轻教师受益匪浅。她为高年级选用的教材,有莱辛、歌德、席勒的经典作品,也有恩格斯、列宁、毛泽东关于文学艺术的论述。"知识广博,认真负责""百分百地做到一丝不苟",这是师生们对她教学的评价。

她掌握多门外语,运用自己的专长,为促进中外文化交流做出贡献。1952年,北京外文出版社成立,该社最早出版的德文图书中就有朱白兰翻译的《王贵与李香香》《龙王的女儿——唐代传奇十则》。1959年,人民文学出版社为纪念犹太作家肖洛姆-阿莱汉姆(1859—1916)诞辰100周年,约请中山大学陈珍广老师翻译《从市集上来》。陈老师至今还清楚地记得当年的情景。肖洛姆-阿莱汉姆不但在作品中引用大量的宗教典故,而且创造了所谓"卡斯里洛夫卡"的特殊语言风格:经常的重复、口头禅、咒骂语,甚至故意用词不当。把他的这些词语准确而又生动地翻译出来,对于文化背景相距很远的中国译者来说,实在不易。陈老师想到了向朱先生求助。朱白兰有丰富的犹太文化背景知识,给了他很大的帮助。当《从市集上来》的译本呈现在朱白兰教授面前,她马上将之寄给在波兰的犹太朋友。不久,那位朋友寄来一份有译本图样的波兰犹太报纸,感谢中国朋友对介绍犹太文学所做的贡献。[①]

在同事们的眼中,朱白兰是个不苟言笑,但和蔼可亲的人。她不善于掩盖自己的感情,从来不隐瞒自己的观点,遇到不愉快的事情,也会动肝火、耍脾气,例如:邮件收迟了,她会质问学校,要求调查原因;为了文稿及新闻发表等事,她会投诉广东作协及《羊城

[①] 参见陈珍广:《阿莱汉姆中译者的话》,《南方周末》2013年7月4日。

晚报》，甚至写信给文化部和省委领导同志。童年以及流亡时期的经历，使她特别渴望得到组织和人们的信任。出于强烈的荣誉感，她在未被批准成为全国作协会员前，心中很不是滋味，以至于到"文化大革命"爆发时把这当作校领导执行修正主义路线的"罪状"。

她喜欢与国外友人通讯，谈到中国的新变化，豪情溢于言表。她20世纪60年代中期寄给友人魏宁格尔夫妇的信，让我们对她晚年的情况多了几分了解。西蒙·魏宁格尔与朱白兰是同乡，1944年携妻子流亡莫斯科，跟朱白兰更是结为好友。二战后，朱白兰来中国，魏宁格尔夫妇返回罗马尼亚。他们之间的联系中断了20年后，于1965年恢复了通讯，朱白兰在信中亲切地称他们为"同志"，并且在信末署上自己的希伯来语名字"Chaje"。从她的信中，曾透露出一些她的心态和健康状况：

> 我尽管已经六十岁了，但仍像马一样辛勤劳动。直至生命的最后时刻，我都乐意上课，因为中国的大学生在精力、接受能力、思想丰富和真诚待人方面都令人倾倒，他们中的大多数是贫穷农民的子弟。（1965.2.4）

> 感谢你们问候我的健康情况。最令人感到困扰的是我的胃，一个曾经忍饥挨饿的人的胃。它每天只工作到下午5点钟，并且要借助碳酸氢钠和相当多热开水。我从来不吃晚餐。当然，我有朝一日会生病，甚至死去，这是自然的进程。但暂时我还能够工作，因此，我是健康的！（1966.10.28）

逃向纯净的东方

年过花甲，面对疾病，她依然充满乐观。能够工作，就是健康的；只要活着，就要工作。这就是朱白兰对生命和工作的态度。1963年她给朋友的信中谈到，她每周给学生和年轻教师上10节课，另外为生病的同事代课两节，还担任《简明德汉词典》德文部分的批改任务；此外，为国内外的刊物撰稿，给东欧的德语读者写信，回答他们因为"兄弟党之间的意见分歧"提出的一切问题。[①] 要知道，她已经是一个到了退休年龄的人，在粮食和副食品定量供应的情况下，仍如此"革命加拼命"，无疑在透支自己的生命。更何况，战争时期的饥荒早已给她的胃和肝脏埋下祸根。从1966年夏天起，学生们停课"闹革命"，教学工作全面瘫痪，朱白兰不可能上讲台，但她仍然关心学生的专业学习。特别是1968年夏，在校的学生毕业分配，1965届、1966届、1967届部分学生被送去部队农场接受再教育。按照上级规定，外语专业的学生单独编成连队，每天安排一定时间复习外语。朱白兰给在农场的学生写信，叮嘱他们不要把外语忘了，而且细心批改学生用德语写给她的信件，并寄去奥地利马列主义党[②] 出版的刊物《红旗》以及我国发行的德文版《北京周报》。在德语学习资料严重缺乏的情况下，这无疑是雪中送炭，当年的受益者，至今心存感激。

"文化大革命"期间，朱白兰没有教学任务，又无法从事文学创作，便把自己的全部余热用在了毛泽东诗词的翻译上。在当时

[①] 朱白兰1963年6月30日致多琳卡的信，参见 Zhidong Yang（Hg.）：*Klara Blum, kommentierte Auswahledition*，S.548–549。
[②] 奥地利马列主义党（Marxistische-Leninistische Partei Östereichs）成立于1967年2月12日，在中苏论战中站在中国共产党一边，反对以赫鲁晓夫为首的苏联修正主义集团。

的情况下,对于她来说,这么做大概是最佳的选择。她受奥地利马列主义党的委托,将毛主席 37 首诗词译成德语。翻译过程中,她除了参考外文出版社出版的英译本外,还与中国教师面对面讨论,力求译文既符合原文的意思,又具有德语诗歌的韵律。1969 年元月,她在写给学生的信中特别提及:"按照我的原则,毛主席的诗必须由中国人和外国人共同翻译,在集体劳动和口头详尽商讨的基础上进行。"① 由于当时中大的绝大多数老师都去了坪石的"五七干校",她找不到能帮助她翻译的人,为此,感到十分懊恼。但是,即便是无法口头讨论,她仍坚持将译好的诗稿寄给在干校的得意门生章鹏高征求意见。最后,朱白兰将毛泽东诗词的译稿和译后记寄给了当时奥地利马列主义党第一书记弗朗兹·施特罗布尔(Franz Strobl, 1924—2016)。②

朱白兰无疑跟当年的中国老百姓一样,是伟大领袖的狂热的崇拜者,是最高指示的践行者。她生前在报刊上发表的最后一篇文章是《国际主义和无私的楷模——诺尔曼·白求恩博士的生平故事》。③ 事实证明,她用实际行动学习白求恩,将个人的一切无私奉献给中国人民。她在取得中国国籍后,时刻不忘履行中国公民的义务。凡是熟悉朱白兰的人都可以证明,她在生命的后期从未"陷入最深切的悲哀中",她对于中国的归属感,到生命的最后时刻也丝毫没有动摇过。1970 年,朱白兰查出患肝硬化,已经是晚期。她知道时日不多,对身后的事情该有个交代了。在中山大

---

① 参见朱白兰 1969 年 1 月 6 日致蔡亲福的信。
② 参见朱白兰《遗嘱》(1970 年 4 月 24 日)。
③ 载奥地利马列主义党机关刊物《红旗》,1969 年第 11 期。

学的档案室里,我们看到了一份朱白兰遗嘱的汉译,用中文打印,有她的签名。这是在1970年4月24日立的,同年5月31日和6月17日又对遗嘱作了补充说明。她在遗嘱中除了明确指定自己的文学遗产的继承人外,对身后的事情做了安排:所有家具都是向工作单位借用的,必须归还,她的衣服和其他物品,遗赠给照顾她的工友;从毕生积存的钱中,取出她的火葬费用,再取出100元给照顾她的工友,余钱归还中国人民,即归还中山大学,用今天的话讲,叫作"裸捐"。她郑重地引用毛泽东关于"个人利益服从革命利益"的语录,表示:

> 我完全理解我的爱人朱穰丞失踪30多年这件事。不管他现在在哪里,我祝愿他在为中国共产党和革命群众服务中长寿。①

在遗嘱的结尾,身患绝症的朱白兰仍激情洋溢地高呼:

世界无产阶级的革命斗争万岁!
被压迫人民和民族的革命斗争万岁!
为全世界人民照亮通向美好未来的道路的天才的毛泽东思想万岁!②

朱白兰作为中国籍犹太裔女诗人,身体里流的是犹太人的血,

---

① 参见朱白兰《遗嘱》(1970年4月24日)。
② 同上。

胸中怀有一颗中国心,她既是犹太民族的女儿,也属于中国人民。她为中国人民的革命和建设事业,为中外文化交流,为人类的和平、正义、平等和进步做出了贡献。她和她的文学遗产永远活在我们心中!

(原载《中国籍犹太裔女诗人朱白兰生平与作品选》,中山大学出版社2016年版,原文有删减)

家园·战歌·中国情
——朱白兰诗歌述评

20世纪50年代初,上海平明出版社出版了著名诗人袁水拍翻译的一本诗集,书名《五十朵蕃红花》,该书收入27位各国进步诗人的50首诗,其中,有一首题为《诗人与战争》的诗:

> 我不为无病呻吟写催眠曲!
> 当我们把我们的最坏的耻辱,
> 那就是忍耐,抛弃在后面——听吧,
> 我将歌唱我的战歌!

关于诗的作者,书中介绍不足20个字:"克劳拉·勃伦(Klara Blum)反纳粹的一个奥地利作家,战时在苏联。"[①]

这大概是我国公开出版的刊物上对女诗人朱白兰诗作的首次翻译介绍。袁水拍在译介她的作品时未必知道,这朵蕃红花的作者已在中国生活和工作了7年,有了中国名字,并且正在申请加入中国国籍。

朱白兰,原名克拉拉·布鲁姆,1904年11月27日出身于奥匈

---

① 《五十朵蕃红花》,袁水拍译,平明出版社1954年版,第134页。

帝国哈布斯堡王室世袭领地布科维纳的一个犹太家庭,20 世纪 20 年代以诗歌和新闻写作开始走上创作道路,1933 年创作反战诗歌《服从谣》,获革命作家国际联合会二等奖;次年 3 月,赴苏联访问并开始了长达 13 年流亡莫斯科的生活;1947 年,朱白兰来华,曾先后在同济、上外(前身华东人民革命大学附设外文专修学校)、复旦、南京大学、中山大学等校任教;1954 年获中国国籍,1959 年加入中国作家协会广东分会,1963 年成为中国作家协会会员;1971 年 5 月 5 日病逝于广州,享年 67 岁。流亡期间,苏联出版的文学刊物《国际文学》和《言论》上发表了克拉拉·布鲁姆大量诗歌,直至二战结束前,她的德语诗作结集出版了 5 本:《回答》《偏要对着干》《我们决定一切》《多瑙河叙事曲》《战场与地球》,部分诗歌还被翻译成俄文出版。来华以后,朱白兰的文学创作从诗歌转向了小说。50 年代,自传体长篇小说《牛郎织女》(1951)和中篇小说集《香港之歌》(1959)先后发表。1960 年,她的最后一本诗集在民主德国出版,该诗集从已发表的作品中选出最具代表性的诗作,同时添加了四五十年代创作而未发表的若干首作品,共 17 首,书名为《漫长的道路》(1960,柏林),署名 Dshu Bai-Lan(Klara Blum)。

下面,笔者试以家园、战歌、中国情为关键词,从三方面对她的诗歌创作进行述评。

一、家园

朱白兰的家乡在布科维纳的首府切诺维茨,青春年华在维也纳度过,经历了哈布斯堡王朝的灭亡。正如茨威格在《昨日的世

逃向纯净的东方

界——一个欧洲人的回忆》中所描述的,在欧洲,几乎没有一座城市像维也纳这样热衷于文化生活,在哈布斯堡帝国中,那些最重要和最有价值的地区早已衰落,唯有维也纳始终闪耀着古老的光辉。[①] 一战的结束,导致了奥匈帝国的解体。奥地利第一共和国成立,并没有使各种政治势力的冲突停息下来。在各种意识形态的影响下,德语文坛上延续着交替变幻的现象:表现主义、唯美主义、印象主义、象征主义、"世界末"的颓废主义,各种流派,不一而足。在维也纳,占据文学主流的是"青年维也纳",代表人物是赫尔曼·巴尔(1863—1934)、阿图尔·施尼茨勒(1862—1931)、胡戈·冯·霍夫曼斯塔尔(1874—1929),卡尔·克劳斯(1874—1936)、罗伯特·穆齐尔(1880—1942)、斯蒂芬·茨威格(1881—1942)等一批作家,他们秉承反自然主义主张,继续弘扬19世纪末已蔚然成风的唯美主义,与布拉格德语诗人里尔克(1875—1926)的象征主义和弗兰茨·卡夫卡(1883—1924)的表现主义互相辉映。在这种文化氛围中,克拉拉开始走上写作道路,但她似乎并未受到上述流派的影响,她的作品既没有表现主义的乖张和象征主义的晦涩,也跟维也纳现代派的唯美主义相去甚远,而是呈现出现实主义的风格。

克拉拉最初的作品,主要发表在切诺维茨出版的《东犹太报》上,这不仅因为切诺维茨是她的故乡,更重要的是她对锡安主义,即犹太复国主义的认同。克拉拉生于犹太家庭,8岁时父母离异,母亲带着她移居维也纳。茨威格曾经描述过维也纳的犹太人,一

---

① [奥地利]斯蒂芬·茨威格:《昨日的世界——一个欧洲人的回忆》,生活·读书·新知三联书店1991年版,第13页。

些早期的犹太移民对这座城市的热爱和那种入乡随俗的愿望,使他们完全适应了这里的环境,并在同化的过程中成为所谓"上流犹太资产阶级"。对于他们来说,西奥多·赫茨尔发表的小册子《犹太国》是不可理喻的。我们干吗到巴勒斯坦去?我们的祖国是美丽的奥地利![1] 朱白兰显然不属于"上流犹太资产阶级"。她跟流散在东欧的众多犹太人一样,十分关注锡安主义的运动。切诺维茨出版的《东犹太报》,是当时这场运动的喉舌之一。1923年,不满19岁的克拉拉怀着对未来的憧憬,在《维也纳晨报》上发表了抒情散文《我对生活有何期待》,时隔半个月,《东犹太报》重刊了这篇散文,报纸编辑做了如下说明:"这篇刊登在《维也纳晨报》上的散文的作者,是我们的同志、切诺维茨大地主约瑟夫·布鲁姆先生的女儿。"[2] 随后的几年,《东犹太报》陆续发表她的作品,有报道、评论、散文、诗歌,甚至有戏剧小品,体裁多样,但题材都离不开犹太人的命运和生存状态。

克拉拉视自己为锡安之女。锡安(Zion)是耶路撒冷旧城西南的一座山丘,在犹太文化中,它象征着犹太人的家园。她在题为《锡安之女》的一篇散文中充满激情地写道:"我亲爱的人民,锡安之女与你同在!你的上帝就是我的上帝。你的国家就是我的国家。你的平等权利也就是我的平等权利。"[3] 她对犹太身份的高度认同,由此可见一斑。

---

[1] [奥地利]斯蒂芬·茨威格:《昨日的世界——一个欧洲人的回忆》,生活·读书·新知三联书店1991年版,第111页。
[2] Zhidong Yang (Hg.): *Klara Blum, kommentierte Auswahledition*, S.435–436, S.577.
[3] Klara Blum: „Die Tochter Zions", in: *Ostjüdische Zeitung*, 9.10.1924.

逃向纯净的东方

她有多首诗歌以流散在世界各地的犹太人为题。早在中世纪晚期,犹太人聚居的街区即开始被称为"隔都"(Ghetto),这个词源于威尼斯名叫"Gettore"的小岛,小岛面积约 1 公顷,四周是运河,岛上有铸造厂(ghèto),为了防火,工厂附近的居民区建有围墙,1516 年威尼斯共和国政府颁布公告,将这里作为犹太人唯一的聚居地,与基督徒的社区隔开。这项宗教和种族隔离的政策,目的是防范犹太人,但客观上也在一定程度上对犹太文化起了保护作用。此后,"隔都"成了犹太人居住区的专有名词。在隔都里,犹太会堂(Synagogue)作为犹太人宗教、社会和文化生活的重要场所,是犹太社团的主要标志。克拉拉在《威尼斯十四行诗》[①]中这样描写威尼斯的"隔都":

> 这是古老的犹太人生活区。
> 目光下垂。他们不想丧失自我,
> 于是人们首次在此将他们隔离。
>
> 古老的教堂敞开阴郁的大门,
> 几百年来它喉咙里回荡着
> 犹太人被扼杀的灵魂的悲鸣。

诗人在另一首十四行诗中用第二人称怀着悲愤问道:

[①] 朱白兰诗歌的中译本见林笳编著:《朱白兰(Klara Blum)生平与作品选》,中山大学出版社 2016 年版,下同。

你是否听见压抑的教堂歌曲?
当中包含着摇晃和延伸,
荡漾着对自由的热烈渴望。
他们在唱——不断歌唱。

族群的全部苦难何在?
血泪中发生过的事情何在?
沉闷的残酷和愚钝的讥讽何在?
全泯灭了。只留下了歌曲。

当诗人沉入历史之幽思,为民族的苦难发出一连串拷问的时候,一个色彩斑斓的孩子充满童真,蹦蹦跳跳唱着歌向诗人跑去……正是这些承载着民族未来的孩子,给诗人带来了巨大的希望。难怪诗人要深情地对孩子说:"小宝宝,听啊,/古老的犹太人区在向未来致意。"

在《切诺维茨的犹太区》中,她描写了自己故乡的犹太家园。在那里,隔都的围墙100年前已经坍塌,但贫穷使大多数犹太人无法离开狭小的住地。古老的街道紧密相连,路面凹凸不平,小巷弯弯曲曲,人们脸色苍白,衣衫褴褛,凭借幽默面对生活的不幸。诗人讽刺少数获得"解放"和"光明"的富人,他们离开了犹太社区,成为高官和贵族的邻居,过着灯红酒绿的生活,嘴里说着怪声怪调的德语,忘却了隔都的苦难。抒情主体"我"不愿成为封建玩偶的复制品,奋力挣脱父亲托媒为她说项的婚事,她写道:"啊,古老的犹太街道,我是你的孩子,/我要从我的人民的全部经验中学习。/思考时我强大,仇恨时我更坚强,我要将任何弱点都锻造成利剑。"

作为犹太裔作家,克拉拉热爱犹太人民,热爱犹太家园。在《维也纳的犹太人》一文中,她毫不留情地批评上流犹太资产阶级在犹太区围墙倒塌的时刻"为平等权利的假象一块一块地牺牲他们的犹太文化、犹太习俗、犹太特性"。① 在她看来,犹太文化不仅受到摧残和迫害,而且在"平等"的诱惑下被遗忘,被蚕食,被出卖。但她并不是犹太教信徒,查阅她填写的履历表,"宗教信仰"一项上填写的是"无"。她曾经用幽默诙谐的语言,调侃犹太教的教士和古代圣典。在《萨达古拉的神奇拉比》一诗中,民间传说中神乎其神的拉比失去了以往的威严,人们路过身旁露出嘲笑的表情。与拉比形成对比的是小巷里的鞋匠,鞋匠蹲在矮凳上阅读,他在那里读什么书?"厚厚的一本。他在咀嚼困难的句子。/他兴致勃勃。身体晃来晃去。/他在审查和运用思想的宝藏。/他明白了,懂得越来越多。"拉比想,莫非鞋匠读的是古代圣典《塔木德》。诗的结尾写道:"告诉你吧,拉比,那不是塔木德。"鞋匠究竟读什么书,诗中没有交代。但从诗人的政治信仰中可以推断,这些书显然与社会民主主义思潮有关。奥地利的工人运动有着悠久的历史。1888年,奥地利社会民主工人党成立,两次世界大战之间曾发展成执政党。克拉拉于1929年加入该党,后因政见不同而脱离该党。据朱白兰称,她高中毕业后就开始学习马克思及恩格斯的著作。她曾在社民党的机关报《工人报》上发表作品,《群众之歌》

---

① Klara Blum: „Wiener Juden", in: *Ostjü dische Zeitung*, 11.2.1924.

(1930.11.9)堪称代表作。诗中写道:"我们这支灰色大军从奴役深处/缓慢而不可阻挡地流入世界历史。/我们从思想麻木和逆来顺受中/走向社会追讨欠我们的债。"受奴役的工人被称为一钱不值的群氓,他们被逼迫服劳役上战场,如今,机器运转的生硬节奏唤醒他们思考,他们要理智地掌握命运,踏上工人自治的道路,成为新时代的英雄。《阶级斗争》(1931.12.4)一诗同样表达了无产阶级劳苦大众的诉求:"我们一无所有。/但公理属于我们。"很显然,克拉拉在认同犹太民族身份的同时,将自己定位在下层的劳苦大众当中。综观朱白兰的作品,她的民族意识和政治信仰在青年时期创作的诗歌中得到了充分的表现。晚年,朱白兰对犹太复国主义运动的态度有所改变,但她对犹太民族的热爱始终如一。

二、战歌

纳粹统治期间,克拉拉的犹太族出身和政治倾向迫使她不得不流亡国外。当时,德语作家主要流亡到巴黎、阿姆斯特丹、苏黎世、莫斯科、纽约、墨西哥等地。克拉拉由于反战诗歌《服从谣》获革命作家国际联合会二等奖,因而有机会赴苏联访问,并留在莫斯科,逃离法西斯的魔爪。流亡期间,她作为反法西斯的德语作家,在德国发动战争时曾为前线写过反战宣传诗。最具代表性的是《致德国的年轻士兵》,她呼吁德国士兵不要上当受骗,不要去为官僚卖命:

为德意志而战,这不该在外国。

逃向纯净的东方

> 你死在这里,置家乡于不顾,
> 你使它受到正义的复仇,
> 凌辱,轰炸,燃烧,
> 你要拯救德国——拯救你自己!

在反法西斯的战场上,这些战斗诗篇如同锋利匕首投向敌人。正如她在《诗人与战争》中所表白的,面对凶残的敌人,诗人唾弃无病呻吟,更不会写催眠曲。除了创作反战宣传品外,叙事诗是她喜爱和擅长的体裁。翻开《多瑙河叙事曲》可以看到,现实中的人与事成为叙述和抒情对象,作品通过讲述个体的事件和人物,以小见大,反映了多瑙河流域纳粹犯下的暴行以及各族人民反法西斯的斗争。克拉拉的出生地在哈布斯堡王朝解体后曾属于罗马尼亚,当纳粹德国向东扩张,对苏联发动战争时,罗马尼亚以及匈牙利、南斯拉夫等国家曾加入德-意-日轴心国集团,扮演了纳粹马前卒的角色。克拉拉用诗歌讲述了发生在那里的事件:

> 锡耐亚的山上有一座华丽的宫殿,它是罗马尼亚的王冠钻石。这里居住着罗马尼亚的国王。卡罗尔二世(1893—1953)年轻时在婚姻上追求个人自由,但对人民的自由却不当一回事。外国强权要什么给什么,哪怕舍弃自己的家乡。当投靠法西斯的霍利亚·希马(1906—1993)从德国回来时,他却宽恕了这个双手沾满鲜血的恶棍。(见《锡耐亚的王宫》)

在布加勒斯特的大街上,被纳粹蒙骗的罗马尼亚人驱逐卖艺的犹太青年,到头来遭受法西斯的蹂躏。诗人在《饥饿之歌》中以罗马尼亚农妇的口吻,控诉希特勒匪徒抢夺粮食,鼓动被拉去当炮灰的男人逃离部队。

维也纳是克拉拉青年时期生活过的地方,克拉拉有几首诗写维也纳。其中,《克内普费尔马赫教授》讲述了曾挽救过6万名患病儿童生命的著名儿科医生,在法西斯反犹暴行中被迫害致死。《环行路上的咖啡店》与《"维也纳美女"裁衣店》写的是普通人:咖啡店里的招待员,机智、幽默,好开玩笑,敢于怠慢横蛮的冲锋队员,一旦被投入铁丝网包围中,将不再盲目地喷射讽刺与仇恨,而是有目标地进行秘密斗争;裁衣店的女裁缝,不惧生命危险,将传单暗藏在衣料中,鼓舞、教导和带领其他女裁缝跟纳粹作斗争,远近的裁缝女工们都非常敬重她,因为她传递的"悄悄话"总是击中要害。

在南斯拉夫的塞尔维亚村庄,有一群孩子年龄只有8—13岁,他们奋不顾身保护自己的老师,惨遭法西斯匪徒枪杀;一位农妇因为进行红色宣传而被纳粹政权处死,这没有吓倒她的丈夫,反而激发他参加武装抵抗运动,勇敢地战斗在森林游击队的前头。

《特列基伯爵之死》则叙述了匈牙利政府违背一战后对和平作的承诺,参与纳粹德国发动的战争,首相特列基伯爵(1879—1941)为了避免蒙受耻辱而开枪自杀。

《偏要对着干》是克拉拉的另一本诗集,其中收入一首诗,题为《被烧死的犹太人》,讲述了但泽地区的一名大夫因为是犹太人,被纳粹浇上汽油活活烧死。诗人告诫大家,屠杀犹太人的刽子手一旦大开杀戒,将进一步屠杀黑人和中国人,他们猖獗地杀戮一个又一个民族,为的是在其他民族的血泊中扼杀本族人民的愤怒。

逃向纯净的东方

诗集中收入她写的同名诗《偏要对着干》,讴歌一位在罗马尼亚生活的犹太青年,他离开家乡奔赴西班牙,在反法西斯斗争中英勇牺牲。诗的第一节写道:

> 在福克山尼、基尚涅夫、切诺维茨
> 分布着犹太人的居住区,
> 在古老的弯曲的街道里,
> 在那苦难的灰色的地方,
> 盛行着一句古老的话,
> 被侮辱和迫害的人们,
> 用来削弱强大的压迫者,
> 它出自犹太人的口:"偏要对着干。"

诗的最后一节,诗人再次唱道:

> 在罗马尼亚的犹太街道,
> 拥挤着成千上万的人,
> 群众汇集在一起
> 为年轻的英雄默哀。
> 他们早已不再乞求,
> 这个顽强不屈的种族,
> 咬牙只说一句话:
> "偏要对着干!"

类似的叙事诗,在克拉拉的作品中比比皆是。歌德曾经在论述叙事诗时指出:"叙事诗包含着某些不可思议的东西,但它并不具有神秘主义,一首诗的这种最终特性在于素材及其处理。叙事诗的这种神秘性源于吟咏的方式。歌手内心藏着精简的题材,其人物及行为、活动,藏得如此之深,以至于不知道怎样呈现出来。为了将激发其想象力和精神活动的东西表达出来,歌手由此运用了诗的所有三种基本类型;它的开始可以是抒情的、叙事的、戏剧的,并且随意变换形式延续下去,直至结束或者扩展出去。"① 歌德将叙事诗比喻为有生命的"原始蛋"(Ur-Ei),只需要孵化,汇集在诗中的各种元素就会像最美妙的现象展开金色的翅膀飞上空中。克拉拉·布鲁姆生活在动荡和战乱的时代,她的政治抒情诗继承和发扬了欧洲19世纪工人文学的现实主义传统,诗的素材来自反帝反法西斯的斗争生活,具有鲜明的时代特征,抒情主体时而隐藏在幕后如歌如诉地吟唱,时而站在台前,或愤怒鞭挞,或谆谆告诫,或热情讴歌,酣畅淋漓地升华诗的主题。在流亡的犹太女诗人中,她的文学成就也许比不上内莉·萨克斯(Nelly Sachs, 1891—1970)和埃尔泽·拉斯克-许勒尔,但她孵化的诗自始至终贯穿着反迫害、反战争、反法西斯的主旋律,算得上是德语流亡文学中最具战斗性的光辉诗篇。

三、中国情

对于比较文学的研究者来说,朱白兰诗歌中最引人注目的是诗中的"中国形象"。朱白兰写过不少作品含有中国母题:长城、

---

① Johann Wolfgang von Goethe: *Berliner Ausgabe. Herausgegeben von Siegfried Seidel: Kunsttheoretische Schriften und Übersetzungen* [Band 17-22], Berlin: Aufbau, 1960 ff.

逃向纯净的东方

瓷塔、窑洞、土炕、扬子江、磕头、祭祖、牛郎、织女、嫦娥、象形文字、古代圣人(孔子、老子、李白、杜甫)……但有别于以往的所有德语作品,在她的诗中,中国元素的运用,不是为了造成陌生化效果,如布莱希特的一些戏剧和诗歌;也不是为了逃逸到东方,在中国古老文化中寻找精神家园,如赫尔曼·黑塞;更不是为了猎奇或渲染异国情调,如洛可可时期的"中国风";而是源于她的中国情,她要用这些中国元素来塑造自己敬慕的中国恋人,寄托对他深深的思念,并抒发对中华民族的热爱。这个中国恋人,就是我国近代戏剧运动先驱之一的朱穰丞。克拉拉与从事革命工作的朱穰丞相识于莫斯科,如她诗中所写,相处时间仅有四个月,但这十二个星期是她生命中的"片刻幸福":"我降生在二十世纪,/瓦斯和炸弹的年代。/生命无知地钦佩屠杀,/美失去了动听的声音。/牺牲者的大军环游地球,/表情带着恐惧和愤怒。"

> 然而——我的生命并非全是恐惧。
> 片刻幸福在我的生命中闪闪发光。
> 在岁月的黑暗的逐猎中飘过
> 十二个星期——永恒与片刻。
> 一个远方之子向我伸手,
> 为我绘出最美的时代转折的图画。

这些诗句出自《愤怒的生活报告》。"远方之子"向抒情主体伸出手,为她绘出了最美的图画,对于她来说,幸福的时光只有"片刻",但却是永恒的。在她的恋爱经历中,随即降临的是"无声的

告别":恋人突然失踪了。她在《无声的告别》中写道:

> 夜色已悄悄升起
> 从翠绿的深谷,
> 再写一个汉字,
> 工作便告结束。
>
> 蝇头小字将呐喊
> 和斗争编织到纸上。
> 最后你想来我这里,
> 歇息、交谈和生活。

此时,敲门声响了,上级派来的同志传达了命令:

> "收拾一下,准备上路,
> 兄弟,请跟我走。
>
> 我们必须悄悄出发,
> 我受秘密派遣。
> 走吧,你的祖国在召唤。
> 帮助他守护自由。"

诗中,恋人被召回国内参加战斗了。而在现实生活中,朱穰丞于 1938 年 6 月在苏联的肃反中被克格勃当间谍逮捕,1943 年 1 月死于西伯利亚的劳改营。朱白兰对此却并不知情。她将至死不渝的忠贞，化作情诗一篇又一篇。女性特有的细腻情感，爱的焦虑，历史的悲剧性，使她的诗显得既热烈又委婉深沉，令人读后感到荡气回肠。

她有一首诗，题为《牛郎》："一张瘦长的东方人的脸，/斜斜的眼中闪着千年的光，/几百年来饱受奴隶的徭役，/你是古老人民久经考验的儿子。"诗中的牛郎是一位红色的革命者，身上集合了北方人的敏锐、严格的组织性和南方人对自由的渴望、坚不可摧的意志。诗人写道：

> 因为我经历了阴郁的青年时代
> 在中午烈日的燃烧中才找到你，
> 心脏与精神已不再互相矛盾，
> 光添加了热，热增强了光——
> 因为你每天清晨都开始新的战斗，
> 因为一个女人敢于选择你，
> 敢于面对任何担心的折磨——
> 我属于你，无论生还是死。

为了表达对恋人的忠贞，她借用欧洲文学中的两个妇女形象来表达自己的信念：一个是佩涅洛佩，另一个是古德隆。前者是古希腊神话中奥德修斯的妻子，被视为忠于丈夫的典范，据说丈夫离家20年，100多个地方的贵族向她求婚，均被拒绝；后者是德国中世纪英雄史诗中的公主，与西兰岛国的国王赫尔维希订了婚，却被诺曼底国的王子哈特穆特劫走，古德隆拒绝与哈特穆特成婚，历

经13年折磨仍忠于赫尔维希,最后终于获救,克拉拉在诗中写道:

> 佩涅洛佩和古德隆的故事
> 在我心灵中回荡,
> 我只要坚持——
> 与你相聚的时刻就会到来。

在题为《我的倔强》一诗中,她向恋人倾诉自己遭受的不公待遇。诗中的"你",是一个在中国封建传统家庭中成长的青年,为救国到巴黎求学:

> 当你踏入索邦的大门,
> 法国人轻蔑地皱起鼻子。
> 你在集会上首次发言,
> 心中的话再也按捺不住,
> 你多么想将红色的骄傲
> 投向旧习俗的世界,
> 却张口结舌话不流畅,
> 因为从小被迫低声说话,
> 你的嗓门无法提高。

经过斗争的磨炼,"你的声音从喉咙发出/焕然一新,自由而嘹亮,/不畏艰险,变得愈加坚强。/你说,你用金属般的响声/从成千上万人那里/窃走每个人的心脏和神经"。抒情主体对心中的爱充

逃向纯净的东方

满了勇气和自信:

> 我为了到你那儿,双脚跑到流血,
> 有什么能将你从我身边夺走?
> 没有人将你给我,也没有人能夺走你,
> 你属于我,这既非注定,亦非恩赐。
> 我赢得了你,凭的是我的倔强。

她向恋人表白:

> 你的目光在我上空燃烧,
> 此乃东方的爱之光,
> 我的古老民族发出的哀诉,
> 你的古老民族忧伤的微笑,
> 融为一体,化作年轻新生的笑声。

在《寄往中国的信》中,她用浪漫的词语描绘了当年两人如何眉目传情、精心搭建爱的桥梁。昔日的爱情好比邻屋间的拱桥,如今像雨后彩虹,跨越国家,用柔和的色彩有力地环抱东方和西方。她曾在自传性的诗《出身》中写道:

> 女性,爱的焦虑,爱的誓言
> 将我和遥远睿智的国家连在一起。
> 语言的钟声,我能听见,

它述说着英勇无畏的抵抗。
尽管我的渴望如暴风似烈火，
可怜的脚步却从未抵达这片疆土，
仍而：我的心、精神和身体
却认识温柔的、英勇坚强的中国。

为了寻找失踪的恋人，克拉拉于1947年不远万里踏上了中国的土地，并把自己的后半生献给了中国人民的社会主义建设事业。1955年，朱白兰已年过半百，她写下了《致一位老人的情诗》。这是她发表的最后一首情诗，诗中用再朴素不过的话语，向久别的情人嘘寒问暖，此刻，她的爱或许不如盛夏烈日般灼热，但它更像深秋的夕阳，给江河大地洒下柔和温暖的金光。在朱白兰众多的"中国诗"中，有抗日题材的叙事诗，如揭露日本侵略者用鸦片毒害中国人的《鸦片》，讲述为游击队传递消息的《赵妈》，反映狱中为自由而战的《地狱墙上的大字》，颂扬武汉保卫战中掩护老百姓撤退的《保卫者》，也有咏物诗，如《梅花》《集市之歌》，还有寓意诗，如《大师和愚者》《两位诗人》。当然，也不乏哲理诗，如《民族之歌》，诗中从语言文字、历史文化、民族性格，甚至生理特征等方面将中华民族与犹太民族进行比较，呼吁不同民族之间互相交流，增进理解，摈弃种族歧视。但最富有个性、最精彩的，无疑是她的爱情诗。可以毫不夸张地说，朱白兰以中国恋人为题材的情诗，在德语诗坛中绝对是稀世奇葩。

(原载《中国籍犹太裔女诗人朱白兰生平与作品选》，
中山大学出版社2016年版)

后现代主义幻象和比较文学[①]

"后现代""后现代性""后现代主义""后现代主义批判""后现代文化批评",这些术语的名称对于我们来说已不再陌生,但是,这并不意味着我们已经完全理解了这些带"后"字头的西方理论及其影响。按照"互文性"的理论,任何文本都不是孤立的,把"后现代主义"作为文本来阅读,那么,无论是美、英、德、法等各种西方版本的"后现代主义",还是"后现代主义"的中国版本,各文本之间无不存在互文性。把握每个文本的来龙去脉,弄清这个文本与其他文本的关系,是建构正确认识的必要条件。

围绕"后现代主义"这个关键词,笔者按照时兴的做法,上互联网搜索了一番,并且查阅了国内外的有关书籍,终于知道了:"后现代"这一术语的产地是美国。关于后现代主义的兴起,有人认为可以追溯到20世纪30年代出版的《西班牙暨美洲诗选》,时间上以乔伊斯的《芬内根的守灵》(1939)为其上限,有人认为产生于50年代末60年代前期,总之,"理论家们各持己见,至今未达成理性'共识'"。[②] 在德国,有一

[①] 后现代主义的幻象是笔者从英国学者特里·伊格尔顿那里借用来的术语,意在与后现代主义保持一段批评距离。
[②] 王岳川:《后现代主义文化逻辑》,载王岳川、尚水编:《后现代主义文化与美学》,北京大学出版社1992年版。

种说法,所谓"后现代"是一种文化国际现象,最初与美国60年代左翼的抗议运动以及反文化的先锋派有密切关系,这些运动在经历了70年代各自的转向后,在80年代发展为具有肯定性的保守的"后现代派"。① 笔者还知道在七八十年代,西方思想界有过一场关于"现代与后现代"的重要论争,这场论争至今仍有深远影响。美国人丹尼尔·贝尔率先从后工业社会理论入手,对资本主义文化矛盾进行研究,把西方发达社会的危机产生的原因归咎到文化与社会的分裂,他认为,60年代的后现代主义把现代主义逻辑推到了极端,这种潮流在哲学方面表现为"消极的黑格尔主义""把思维推向荒唐逻辑的文学游戏",另一方面,"以解放、色情、冲动自由以及诸如此类的名义,猛烈打击着'正常'行为的价值观和动机模式"。② 在贝尔看来,重建新宗教是后工业社会中产阶层价值观危机的解决方法。他的观点,被德国人哈贝马斯斥为"保守主义"。哈贝马斯认为,西方发达社会的文化矛盾不是"新教伦理"能解决的,18世纪启蒙哲学家们所阐述过的现代性设计没有寿终正寝,后现代主义是"反启蒙的流行商标"。哈贝马斯公开宣称"不放弃现代性",并且试图重构"现代性哲学话语"。③ 哈贝马斯在他的一系列关于"现代性"的著作中批判了工具理性,从语言行为理论出发,阐述了"普遍语用学"的4个有效性要求(可领会性、

---

① Andreas Huyssen: „Postmoderne – eine amerikanische Internationale?" in: *Andreas Huyssen*, Klaus R. Scherpe (Hg.): *Postmoderne, Zeichen eines kulturellen Wandels*, Rowohlt Taschenbuch Verlag GmbH, Reinbek bei Hamburg, 1986, S.13–44.
② [美]丹尼尔·贝尔:《文化:现代与后现代》,赵一凡译,载王岳川、尚水编:《后现代主义文化与美学》,北京大学出版社1992年版,第1—8页。
③ Detlef Horster: *Habermas zur Einführung*. Junius Verlag GmbH, Hamburg, 1995.

真实性、正确性、真诚性),大力张扬"交往理性"。他指出,在以相互理解为取向的交往行为的有效性要求成问题时,交往行为也就过渡到以论证为标志的话语层面,此时,人们交换的已不再是信息,而是论据。① 他进一步提出"话语伦理学"的基本原则,要求所有潜在的话语参与者享有平等的机会和权利,在民主的话语程序与规则的基础上达成共识,哈贝马斯不仅把交往行为有效性要求和规则提升到社会伦理道德的高度,将其视为处理人与人关系的准则,而且将"话语伦理的原则延伸到国家道德秩序和法律体制的建立与完善上来,把它作为医治当今西方世界的弊病、克服其日益严重的危机的灵丹妙药"。但是,哈贝马斯建立在理性主义基础上的"共识"理论遭到了法国的后现代主义者利奥塔尔非理性主义的"消解"。利奥塔尔认为"现代性"是启蒙意识形态的失败了的冒险行动,并将"后现代"定义为"针对元叙事的怀疑态度",据说,"这种不信任态度无疑是科学进步的产物,而科学进步反过来预设了怀疑"。在他看来,"按照理性的双方可以达成一致意见这一观念来判断,具有真理价值的陈述在陈述者和倾听者之间导致共识的规律便能成立:这就是启蒙叙事""这种意见的同一性违背了语言游戏的异变性""后现代知识并非仅仅是权威手中的工具;它增强我们对于差异的敏感,促使我们对不可通约事物的宽容能力"。②

---

① 章国锋:《关于一个公正世界的"乌托邦"构想——解读哈贝马斯〈交往行为理论〉》,山东人民出版社2001年版。
② [法]让-弗朗索瓦·利奥塔尔:《后现代状态:关于知识的报告》,赵一凡译,载王岳川、尚水编:《后现代主义文化与美学》,北京大学出版社1992年版,第25—39页。

在这里，笔者不想讨论哈贝马斯和利奥塔尔的得与失，不想详细引用美国学者的论述，把后现代主义与现代主义、先锋派、颓废、媚俗艺术作为"现代性的五副面孔"并列在一起①，由于篇幅的限制，也不可能介绍德国和匈牙利的学者如何在"现代·尼采·后现代"的题目下，谈论"马克思主义的尼采批评的视角"，或者"马克思阴影下的后现代哲学"②，只想指出，西方的后现代主义有其深刻的历史背影和复杂的发展过程。而随着近年来我国学者对当代西方理论的介绍，改革开放以来西方文化思潮（包括形形色色的文化先锋派、Pop-文化、消费文化、文化批评、文化研究）的渗透和影响，特别是国内"后现代"话语的兴起，我们可以感觉到：西方的后现代主义不再是海外的幽灵，它已经悄悄来到我们中间。

如何对来自西方的后现代主义做出比较全面和中肯的评价？我想，重温一下两位身处后现代主义批判前沿的国外著名学者对中国读者的告诫是有好处的："后现代主义是晚期资本主义的文化逻辑""现代主义本质上是西方的形式，西方的文化技术，西方的'出口物'""后现代本身也是一类出口物，第一次出现的北美式全球风格，其实也就是西方文化领域里帝国主义本身"（杰姆逊）。③ "'后现代主义'是一个复杂和范围广泛的术语，它已经被用来涵盖从某些建筑风格到某些哲学观点的一切事物。它同时是一种文化，一种理论，一种普遍敏感性和一个历史时期。""后现代主义就

---

① ［美］马泰·卡林内斯库：《现代性的五副面孔》，顾爱彬、李瑞华译，商务印书馆2002年版。
② Hanfred Buhr（Hg.）：Moderne · Nietzsche · Postmoderne. Akademie-Verlag, Berlin, 1990.
③ ［美］杰姆逊：《后现代主义与文化理论》，唐小兵译，北京大学出版社1997年版。

是一个这样的构架,已经在今天的中国引起了某种兴趣。但是,也许对最新流行的无论什么东西抱有一点怀疑态度总是可取的:今天激动人心的真理是明天的陈腐信条。"(伊格尔顿)①把后现代主义放在西方晚期资本主义这一框架中去观察,保持与它的一段批评距离,正确评判其哲学、社会价值,这其实是一个很高的要求。面对西方文化思潮,包括各种先锋派的实践和英语世界近年来兴起的文化批评理论,以开放的态度,认真研究,制定恰当的应对策略,这是 21 世纪对我国从事比较文学或比较文化研究的科学工作者提出的一项艰巨任务。

《中华读书报》(2002 年 9 月 18 日)"国际文化版"曾以"迈入新世纪的比较文学"为大标题,摘要刊登了乐黛云、刘象愚、曹顺庆、王宁等学者在中国比较文学学会第七届年会暨国际学术研讨会上的发言,这些发言,可以说是中国比较文学研究者在 21 世纪初对西方"后学"影响做出的反应。审视一下他们的观点,是颇有意思的。

从《中华读书报》上刊登的内容看,乐黛云和刘象愚两位教授谈的主要是"比较文学"的定义。乐教授在大会上提交的想必是英文发言稿,因为报上发表的是出自他人手笔的中译文。仔细阅读,译文一开始就有明显错误(是误译、编辑、打印错误,或者其他原因造成?),幸好手边有乐教授的若干著述可供查阅,不至于误解她的观点。乐教授以她政治和学术上的敏感尖锐指出,在已经来临的 21 世纪,我们将面临两方面的危机:一是文化的多元发展受

---

① [英]特里·伊格尔顿:《后现代主义的幻象》,华明译,商务印书馆 2000 年版。

到威胁,文化多样性日益削弱;二是文化孤立主义,导致文化对抗和文化衰微。① 她认为,在20世纪末,传统的比较文学领域发生了巨大变化,单一的文化模式打破了,中国、印度、非洲、阿拉伯等文学出现在比较文学的舞台,开启了文化的多样性,因此可以给比较文学一个新的定义:"文学的跨文化、跨学科研究。"乐教授怀着知识分子崇高的使命感指出,比较文学的根本目的是"以文学的方式促进不同文化,不同学科之间的理解和交流""换句话说,比较文学的主要任务是唤起不同文化传统中的不同文学的相互认同、理解、补充"。她还强调:"比较文学的跨学科研究会促进科学的人性化研究,由此推动21世纪人类精神的发展,将人类的幸福与文化的共处作为主要目标。"②乐教授的观点,具有鲜明的理性主义和理想主义特征,她的比较文学观与哈贝马斯的社会交往理论一样,强调了人类相互理解的重要性和可能性,从社会伦理道德的高度出发,把比较文学主要目标设定在"人类的幸福与文化的共处"这一远大理想上。

刘象愚教授在他的《再思考》中表现出科学工作者特有的那种认真、冷静、理智,他想固守传统的文学研究的领地,试图标明比较文学不同于其他学科的独特性质,于是,他"吸收已有定义中合理的、真正能表达比较文学学科独特的内容,剔除那些语焉不详、自相抵牾的内容,返璞归真,给比较文学一个简明扼要、准确鲜明的新定义",他提出:"比较文学是一种独特的文学研究。它具有

---

① 参见乐黛云等:《比较文学原理新编》,北京大学出版社1998年版;刘献彪等:《比较文学教程》第12章,中国青年出版社2001年版。
② 乐黛云:《21世纪的比较文学——中国的前景》,《中华读书报》2002年9月18日。

超越民族的视野,以跨民族或跨语言的各种文学关系为研究对象。在理论和方法上它具有高度自觉的比较意识。"据刘教授的解释,"这一定义与现有各家定义的不同是给比较文学划定了一个确定的范畴。它首先舍弃了美国学派的所谓'跨学科研究'"。在刘教授看来,"正是这种漫无边际的跨学科研究把比较文学引入当今盛行西方的'文化研究'的领域"。[①]

曹顺庆教授没有根据比较文学研究的对象和范畴给这门学科下定义,而是更多关注本学科当前所处的发展阶段及其特征,他石破天惊地将当前的比较文学界定为"跨文明比较文学研究",认为这是比较文学学科理论的第三阶段。在他看来,"跨文化"往往容易被误解或被滥用,即使强调"跨异质文化"也不足以让学界同仁理解其用意。曹教授断言:"'跨文明'研究,尤其是跨越东西方异质文明的研究,将是比较文学从危机走向转机的一次重大突破,是全球比较文学学科理论的一次意义深远的战略性转变。"[②]关于比较文学的危机,我们可以在曹教授的著述《中外文学跨文化比较》中找到注释,那就是:以比较文化取代比较文学的"泛文化"化。在他看来,"比较文学的'泛文化'化,是比较文学研究的歧途"。[③]

刘、曹两位教授的视角虽然并不相同,但都对西方的后现代文化批评持保留或拒斥态度。近几年,比较文学界有一种说法:在"文化研究大潮"的影响下,文学批评终于走出了长达大半世纪的

[①] 刘象愚:《关于比较文学学科基本理论的再思考》,《中华读书报》2002 年 9 月 18 日。
[②] 曹顺庆:《跨文明比较文学研究》,《中华读书报》2002 年 9 月 18 日。
[③] 曹顺庆:《中外文学跨文化研究》,北京师范大学出版社 2000 年版。

"语言学转向"之囚笼,进入明显带有文化研究意义的"人类学转向",在英语世界,一种新的以注重社会文化分析的批评方法已经占据了当代批评的主导地位。[①] 刘、曹两位教授显然不想随着这种新的"转向",成为"文化研究大潮"的弄潮儿。前者对文学和文学研究是如此执着,以至于从根本上反对跨学科研究,认为这种研究是"漫无边际"的,是要"首先舍弃"的;后者则强调文学研究的不可替代性,视"泛文化"的批评为"歧途",表现出强烈的学科危机感和"东方"意识。

如果说,刘、曹两位教授倾向于传统的比较文学研究方向,那么,王宁教授无疑属于他自己所说的那种"具有先锋超前意识的第三世界的知识分子",当我们还在这儿谈论后现代主义的时候,他已经宣布,"后现代主义在经历了从北美到欧洲乃至风靡全世界这样一个发展阶段后,终于日趋衰落",世界进入了全球化的时代,现在要考虑的是如何超越后现代主义,把研究重点转向全球化和文化研究。[②] 正是在这样一种背景下,王教授提出了"全球化语境下的跨文化和文学研究"。据说,在全球化语境下,"一种'全球本土化'的策略也许能防止我们的学科再度陷入危机中"。[③] 至于何谓"全球本土化"(glocalization),王教授在文中未做详细阐述。如果笔者没有理解错的话,那就是他在《超越后现代主义》中所说的,"未来世界的发展将是全球化与本土化的互动和对话","在使中国文学批评走向世界的过程中,我们别无选择,只有暂时借用西方

[①] 王宁:《超越后现代主义》,人民文学出版社2002年版。
[②] 同上。
[③] 王宁:《全球语境中的比较文学:中国的视角》,《中华读书报》2002年9月18日。

的话语与之对话,并不时地向西方学者介绍和宣传中国文化和文学的辉煌遗产"。①

笔者不厌其烦地引用上述各位学者的观点,并且有意识地将他们进行对比,并非想说三道四,然后标新立异,对比较文学重新下定义。从世界范围看,比较文学作为独立的学科,在其100多年的发展历史中,已有足够多的定义。在我国,经过20多年的发展,已经出版了多部由国内学者编写的比较文学原理的教材。在这些书中,对于比较文学的性质和特点,比较文学研究的范围、任务和方法,比较文学的历史、现状与学科定位,可以找到详尽的阐述。我这么做,只是想引起人们对后现代主义幻想下的比较文学进行再思考。如果说,比较文学是一种跨民族、跨文化、(如果人们愿意的话,还可以加上)跨学科的文学研究的话,那么,由于它的研究涉及不同的民族、文化和学科,因而,任何一个领域发生变革,都会对比较文学带来影响。后现代文化批评作为当今西方世界的一种具有广泛影响的意识形态,不可能不对比较文学产生冲击。早在20世纪90年代中期,中国学界已经开始关注比较文学研究的所谓"二次危机",即"文化淹没危机"。1995年,《东方丛刊》曾以"中国比较文学与比较文化"为题出版专辑,发表有关的论文。当时,有人担心,文化研究向比较文学的渗透,有可能导致比较文学最终丧失自己学科的身份。现在看来,这种担心是多余的。比较文学并没有被"文化研究"所淹没。8年过去了,我们看到,中国学者并没有停止思考。面对西方的后现代文化批评,人们从不同的角度

---

① 王宁:《超越后现代主义》,人民文学出版社2002年版。

出发,对比较文学学科的理论进行探讨,提出各自的主张。这种可喜的百家争鸣的局面说明,话语参与者有了同等的机会去交换意见和论据。从世界范围看,后现代的文化批评在英语世界可谓"不可一世",但在某些欧洲人眼里,不过是"文化学的盎格鲁-撒克逊的变种"。[①] 国内的学者对后现代文化批评的态度不尽相同,有些甚至相去甚远,这充分反映了国内学术界的全球意识以及对比较文学未来发展的关注。在多元话语的今天,意见分歧是正常的。你有你的话语,他有他的话语。学术观点上大可不必求同,只要有"平等对话"的共识就行。你紧跟英语世界的潮流,把视角转向文化研究,这很好。他继续蹲在象牙塔内,专心研究经典文学,这有什么不好?学有所长,业有专攻。有机会常常走出国门,用外语与国际学术界的同行进行交流和对话,这很令人羡慕,但也不必指责他人的外语水平实在太差以至于无法有效地从事国际学术交流。深居简出,甘于寂寞,在故纸堆中做扎扎实实的考证,也是很值得称赞的。钱钟书先生的研究可以说是一种独白式的学术对话,他的成果在国内受到了普遍的重视,在国外已引起注意,我敢说,即使未得到国际同行按照一定评估标准的认可,也是世界一流水平的。

在比较文学的研究中,我们应当提倡批评方法的多元化。所谓的"后现代文化批评",在笔者看来,如果指的是从文化的视角对文学进行批评和研究,那么,它只是西方文学批评方法中的一

[①] Walter Moser: „Literatur-und Kulturwissenschaft: Eine neue Dynamik". in: *Arcadia, Zeitschrift für Allgemeine und Vergleichende Literaturwissenschaft*, Band 33, 1998, Heft 2, S.265–284.

种。文学研究无论在历时上还是共时上都应当是一种开放的体系。文学批评的生命力在于它是动态的,不是静态的。人们既然可以从哲学、社会学、语言学、心理学的理论出发研究文学,理所当然也可以从文化学的角度分析文学现象。但是,应当看到,在西方,至少在欧陆国家,传统的文学批评方法,如社会历史的方法、结构主义的方法、精神分析的方法、文本内阐释的方法,仍然是基本的文学批评方法。接受美学、文学符号学、话语理论和话语分析、语言交际理论和语用学运用于文学作品叙事结构分析,各种各样的理论和方法,可以说是方兴未艾。这些理论和方法都不是文化研究或文化批评所能取代的。如果说,后现代文化批评是指把文化现象作为"文本"进行批评,那么,它已突破了文学研究这一学科,而进入文化学的领域。美国有人主张以此消解文学批评,用比较文化取代比较文学,这显然已涉及人文社会科学领域内的学科重组。这种重组是否有效,我们将拭目以待。依笔者看,文学就是文学,文化就是文化,两者虽有联系,但毕竟是两个范畴。为了更好开展外国文学和比较文学的研究,我们可以借鉴后现代文化批评,以丰富我们的批评方法和批评话语,但也不必过分夸大它的影响力。如果因为大众文化以及文化研究的崛起而放弃文学研究,将经典文学束之高阁,或使传统的文学研究"边缘化",那就会应了一句中国的成语——东施效颦。

(原载《学术研究》2003年第8期)

图书在版编目(CIP)数据

逃向纯净的东方 / 林笳著. -- 上海：上海社会科学院出版社，2024. -- (中德文化丛书). -- ISBN 978-7-5520-4412-6

Ⅰ.I206.2

中国国家版本馆 CIP 数据核字第 2024UJ4103 号

逃向纯净的东方

著　　者：林　笳
责任编辑：孙宇昕　熊　艳
封面设计：黄婧昉
技术编辑：裘幼华
出版发行：上海社会科学院出版社
　　　　　上海顺昌路 622 号　邮编 200025
　　　　　电话总机 021-63315947　销售热线 021-53063735
　　　　　https://cbs.sass.org.cn　E-mail:sassp@sassp.cn
排　　版：南京展望文化发展有限公司
印　　刷：苏州市越洋印刷有限公司
开　　本：890 毫米×1240 毫米　1/32
印　　张：9.5
字　　数：215 千
版　　次：2024 年 9 月第 1 版　2024 年 9 月第 1 次印刷

ISBN 978-7-5520-4412-6/I·534　　　　定价：78.00 元

版权所有　翻印必究